中公文庫

オン・ザ・ロード

樋口明雄

中央公論新社

目次

オン・ザ・ロード

序章

狭い村道を挟んで並ぶ住宅地の真ん中に、消防団の分団詰め所がある。

半鐘がぶら下がった火《ひ》の見櫓《みやぐら》だけがやけに周囲から目立つ、その二階建ての建物は、シャッターがめいっぱいに開放されていた。その前の舗装路に、白い軽トラックが数台。濃紺の帽子と、赤いラインが袖に走った法被《はっぴ》を着た消防団の男たちが六名、それぞれ心細げな様子で身を寄せ合うように立っていた。

全員の口許《くちもと》から白く呼気が流れている。

十二月の上旬。標高一四〇〇メートルの高原の村の気温は、明け方からマイナスのままだ。

鉛色の雪雲は霏々《ひひ》として粉雪を絶え間なく降らせていた。

電話で呼び出され、押っ取り刀で軽トラを飛ばしてきた森川吾郎《もりかわごろう》は、他の車輛に並べるように車を停めるや、ドアを開けて飛び出す。

「山で遺体が見つかったって?」

すると、ひときわ背が高い髭《ひげ》の男、分団長の織田幹雄《おだみきお》がいった。「和《かず》さんちに警察から連絡があってな。大葉沢《おおばさわ》の深い渓《たに》に落っこちてる人間を、佐久《さく》から来た猟師が見つけたそうだ」

和さんというのは区長の古関和明《こせきかずあき》のことだ。

「大葉沢……なんであんなところに？」

「とにかく現場に行ってみるしかねえべ」

吾郎の到着が最後だったと見えて、消防団の男たちは、それぞれの車輛に分乗し、次々と発進していく。吾郎は招かれるまま、織田分団長の軽トラの助手席に座った。

昨夜からしとしと降り出した小雨が、夜明けとともに雪になっていた。道路はすでに五センチばかりの積雪だが、早朝のためか、まだタイヤ痕はほとんど刻まれていない。水分を含まぬパウダースノーだが、昼に向かって徐々に気温が上がると、霙状《みぞれじょう》に溶けてくるだろう。

軽トラのフロントガラスには、ぴしぴしと音がするほど、真正面から小粒の雪がぶつかってくる。斑模様《まだらもよう》に雪が付着するたびに、織田は苛立《いらだ》たしげにワイパーを動かして、それをぬぐう。

道路の左右は広大な畑地だった。

夏場は一面、マルチと呼ばれる白いビニールシートが長く敷かれて、大地は見渡すかぎりストライプ模様となり、そこに無数のレタスが栽培される。長野県の東南部にある、ここ竜臥村《たつがむら》は日本でいちばんのレタスの産地として知られた土地であった。今は冬で、いわゆる農閑期である。だだっ広い畑地は見渡すかぎり真っ白な雪に埋もれ、青いトラクターが一台、ぽつんと取り残されているばかりだ。

「登山者の事故かな」

揺れる軽トラの助手席から、吾郎が訊いた。

「あそこは登山者なんかが踏み込む場所じゃねえな。渓流釣りのシーズンならともかく、こんな時季は猟師ぐらいしか入らねえべ」

織田は少し酒臭かった。ゆうべは仲間と遅くまで飲んでいたというから、早朝からたたき起こされ、アルコールがまだ体内に残っているのだろう。

吾郎も起床時間の前に携帯電話で呼び出され、まだ朝食もとっていない。空腹は感じないが、眠気が頭のどこかにわだかまっている。

「もしかしたら、自殺？」

「行ってみなきゃ、わかんねえなあ。にしたって、よりにもよって、なんでこんなところで」

ハンドルを握る織田の横顔が険しい。髭面が真っ黒なのは、夏場の農作業でずっと炎天下にいたせいだ。農家の倅《せがれ》である吾郎とて同じ。この村は住民の大半が農業従事者なのである。

川幅の広い千曲川《ちくまがわ》に沿って走っていた軽トラの車列が、次々と右に折れてゆく。山に向かう道をたどっておよそ三十分。道はいつしか舗装路ではなく、砕石《さいせき》の隘路《あいろ》となっていた。前をゆく軽トラが巻き上げた雪煙が、吹雪のように視界を閉ざそうとしている。

やがて左手、木立が密集した斜面に沿って流れる沢が、渓を深くえぐるように刻んでいた。その傍《そば》に消防団員たちの軽トラが次々と停車する。そこから先は道路が崩落しているために、〈進入禁止〉の細長い立て看板があり、ロープが道に渡されていた。

手前に長野県警と書かれたパトカーが二台。猟師のものらしい黒っぽい日産ダットサントラックが停められていた。荷台にふたつジュラルミン製の檻《おり》が並んでいるのを見つけたとたん、どこからかけたたましく犬の声が聞こえてきた。

織田に続いて軽トラを降りた吾郎は、土手道から渓を見下ろした。

沢に下りる急な斜面の手前には立入禁止の黄色いテープが張られていて、斜面の途中に濃紺の制服に白いコートをはおった警官たちがあちこちに立っていた。鑑識課なのか、カメラをかまえて写真を撮影している者もいる。

谷底の白い雪を分けるように、沢が蛇行していた。その手前にオレンジ色のハンターベストとキャップの猟師が立っていて、迷彩柄のソフトケースに入れた猟銃を肩掛けしていた。プロットハウンドらしい二頭の犬がけたたましく吼《ほ》えながら、落ち着きなく周囲を走り回っていた。

コートをはおった中年の刑事が二名、その猟師と話していた。

彼らの向こう、沢水に上半身をつけた状態で、うつぶせに人間が倒れていた。

吾郎の目が、それに吸い寄せられていた。

青いダウンジャケットがすっかり水を吸って、躰にまといついている。その上に、しんしんと雪が降り積もっている。フードの隙間からわずかに覗《のぞ》くうなじが青白く、うっすらと張った氷が付着していた。ごわごわに凍って固まった髪の毛は茶色に染めてあった。若い男性のようだ。

脇腹辺りの衣服が乾いた血でどす黒く染まっている。そればかりか、周囲の雪も、かなりの範囲が褐色に変色していた。

長野県警の腕章を巻いた刑事のひとりが挨拶に来た。

南佐久《みなみさく》署刑事課の大川《おおかわ》と名乗った。

額が禿《は》げ上《あ》がった丸顔で、温和そうな表情。警察官というよりも、田舎の学校の教師のようなイメージだった。

「竜臥村消防団秋川《あきかわ》分団長の織田です。いやぁ、大変なことになりましたね」

彼が頭に手をやりながら刑事と話している間、吾郎はなおもそれを見ていた。すぐ近くに突っ伏している遺体から目が離せずにいた。

人が死んでいるという実感があまりなかった。テレビドラマなどではお馴染みだが、現実にそういう現場に居合わせることはめったにない。しかし、死は確実にそこにあった。ひとりの人間が、ここで命を落としたのである。

ふいに、茶髪と背中に見覚えがあるような気がした。

その感覚がとっかかりとなったのか、だしぬけに何かが下りてきたように頭の中で閃《ひらめ》いた。

遺体はうつぶせだが、何となく見知った人間のイメージがそこに感じられたのだ。顔を見なくとも髪型や後ろ姿だけでそれとわかる人間もいる。

「もしかして、倉島《くらしま》んところの息子でねえか」

吾郎がいったとたん、織田がギョッとした顔で振り向き、また遺体に目を戻した。

憑《つ》かれたような表情で、じっと見つめている。

「ああ、そうだ。間違いねえ」織田がつぶやくようにいう。「ありゃ、倉島祐也《ゆうや》だ」

「倉島祐也?」刑事の大川が訊いた。

「この近くに農場を持ってる家の息子です」

そう織田が説明した。それから、はあっと息を洩《も》らした。「……なんてこった」

白い呼気が締め付けるような哀切《あいせつ》を含んでいた。

鑑識課員を含む、数名の制服警官が遺体を仰向《あおむ》けにした。

すでに死後硬直しているうえに、マイナス二十度近くまで下がった気温のせいで、躰が凍りついているため、苦労の末にやっと顔を上にできた。地表の雪から顔が剝《は》がされるとき、はっきりとバリッという音がして、その場にいた全員が顔をしかめた。

相貌《そうぼう》は雪と泥まみれだった。

薄目を開き、半開きの口から前歯が露出していた。片側の頰が、固化した血飛沫《ちしぶき》を付着させたまま、すっかり凍りついている。

吾郎は口を開こうとして、果たせなかった。

唇が小刻みに震えている。思わず、織田や他の消防団員たちと目を合わせる。

胸の真ん中に、小さなナイフが突き刺さっていた。

ちょうど鳩尾《みぞおち》と呼ばれるあたりだ。

そこからの出血が、これだけおびただしく衣服や雪を染めていたのだと気づいた。

ナイフは赤い樹脂製の柄。十字架のようなマークが見えたので、スイス製のアーミーナイフだとわかった。刃渡りはそう長くはないが、おそらく心臓付近の動脈が破断したための大量出血だったのだろう。

吾郎の傍に立っていた若い消防団員が、すぐに後退《あとずさ》ってから、近くのカラマツの根許に嘔吐《おうと》した。苦しげにうめきながら、躰を折り曲げていた。

動揺が走っていた。吐かないまでも、後退って目を背ける者が大半だ。ハンターの男性も青ざめた顔をして、口を真一文字に引き結んでいた。日常、動物を撃ち、獲物を捌《さば》く猟師であれば、血まみれの死体など平気なはずだが、相手が人間だと、そうもゆかぬらしい。

周囲を猟犬たちが興奮して吼え、走り回っている。

それを気の毒げに見てから、吾郎はまた遺体に目を戻す。

「倉島祐也という人物に、間違いありませんか？」

別の年配の刑事が訊いてきた。さすがに警察官といえども顔から血の気が引いている。

織田がうなずいた。

虚ろな死体の目。吾郎の視線は釘付けになっていた。

光を失った目は、もはや何も見ていないはずなのに、視線が合ったような気がした。

「倉島のおやっさんに誰かがいわなきゃな」

消防団のひとりが嗄《か》れ声《ごえ》でつぶやいた。

「俺がいうしかねえべ」

吐息を洩らし、織田がそう返した。

祐也の父、康治《やすはる》は、戦後から開拓した祖父のレタス畑の農地を引き継ぎ、今や平均年収二五〇〇万といわれるこの村の豊かな農場経営者のひとりだった。そして当然のように、ひとり息子の祐也には、農場の跡を継がせたかっただろう。

祐也は傍目《はため》から見ても不出来な息子だった。佐久の私立高校に通っていたが、いつの間にか不登校となり、やがて高校を中退した。間もなく上京して、葛飾区《かつしかく》にある小さな町工場で働いていたらしいが、五年ともたずに職場を去り、それからは家にもどってブラブラしていた。

同年代の吾郎から見ても、祐也は典型的なニートだった。村内での交友関係もろくになく、自室に引きこもっていたかと思えば、親に買ってもらったという派手なスポーツ車を乗り回し、耳障りな排気音を蹴立てては、どこかに出かけたりしていた。

「箸《はし》にも棒にもかからねえ放蕩《ほうとう》息子だったが、こんな末路とは哀れなものだ」

織田がいったが、誰も返事をしなかった。

深い沈黙が辺りを領し、かすかな瀬音と、カラマツ林を抜ける風の音だけが聞こえる。

重苦しい静寂をときおり破るように、猟犬たちが吼える声ばかりが続いていた。

1

「暇だねえ」

後部座席から素《す》っ頓狂《とんきょう》な男の声がする。

ハードトップの旧式日産セドリックのハンドルを握っていた田浦滋《たうらしげる》は、ちらとルームミラーを見た。

さっきから三度目の、同じ言葉だった。

ルームミラー越しに阿久津達男《あくつたつお》の顔が見えている。くわえ煙草の火口《ほくち》が赤く光っていた。

田浦はまた前方に目を戻した。

カーラジオのニュースだと、昨日まで雪が降っていたということだが、積雪はたいしたことはなかったようだ。車窓の左右を流れるだだっ広い原野は、白と黒の斑模様になっていた。

アスファルト舗装された道路は完璧に除雪されている。

センターラインは追い越し禁止のオレンジ色だった。左側のガードレールが、ときおり途切れたり、また続いたりをくり返している。

音更帯広《おとふけおびひろ》インターチェンジで道東《どうとう》自動車道を下りたばかりだった。

中天にさしかかった太陽が、一面に広がる曠野《こうや》に冬の弱々しい光を投げていた。足寄《あしよろ》国道——国道二四一号線は、朝日の当たる大地を左右に切り裂くように、どこまでも一直線に続いている。目的地の足寄町までは、まだ距離があった。

二度ばかり、車に撥《は》ねられた無残な動物の轢死体《れきしたい》を路肩に見かけた。どちらもキタキツネのようだった。

隣の助手席には痩せた柳克紀《やなぎかつき》が座っていた。阿久津とおそろいのような黒いスーツで、腕組みをしたまま、じっと前を見ている。彫りの深い顔に、感情の読めない眼。

阿久津はヤクザにしてはあまりに垢抜《あかぬ》けていた。前髪が後退して額が広く、ハの字眉のおかげで、人の良さそうな中年男にしか見えない。

ところが柳は違う。まるで死者がそこにいるかのように、近くに存在するだけで空気が冷たく感じられる。隣で運転している田浦は、あまりにも異質な彼の存在感が気になって仕方なかった。

「なあ、田浦。得意の小咄《こばなし》でも聞かせてくれよ」

また、後ろから声がする。

「小咄っていっても……」

「プロの芸人だったんだろう？　漫才のひとつぐらいできるだろう」

田浦は困惑を露わにして、こういった。

「プロったって、半年かそこら、テレビに出てたぐらいのものですから」

「いいから、何かやってくれよ」

「……ったって」

口ごもった。

「だからさあ、半端なままで終わったんだよ」

阿久津がいった。ミラー越しに赤い火口が揺れていた。

「それがどこをどう間違えたか、ヤクザの運転手とはなあ」

まるで他人事《ひとごと》のようにいう阿久津であるが、何も返せなかった。

実際、どこをどう間違えたかと、自分でも思っている。

「俺なんざな。国立大学出のインテリだぞ」

偉そうに自慢する阿久津に、柳が冷ややかな笑みを投げた。

「インテリがなんでヤクザだよ。しかも大卒のくせして、まっとうな幹部にもなれねえ。おかげで、俺たちゃ、こんな半端な仕事ばかりだ」

「うるせえな」

阿久津が鼻を鳴らした。

ハンドルを握る手が硬直していたが、田浦は黙っていた。遠慮のない柳の言葉に、阿久津が切れるかと思ったが、それきり会話が終わっただけだ。なぜか阿久津はめったに柳に腹を立てない。兄貴分と舎弟の間柄のはずだが、奇妙な関係がふたりにはあるらしい。

それにしてもと田浦は思う。

過去を振り返るたび、喉が締め付けられるような気持ちになる。

夢に破れ、それだけじゃなく、落ちるところまで落ちた。まとまった金さえできれば、こんな奈落の底から抜け出せる。そう思ったのが間違いだったかもしれない。阿久津のおかげで借金こそ返せたが、そこから先が無間《むげん》地獄だった。

プロの芸人。

阿久津が口にした言葉が脳裡《のうり》によみがえる。

田浦が漫才番組に出ていたのは、十五年以上も前のことだった。

そのあとは階段を転げ落ちるような人生だった。挙げ句の果て、こうして組関係の運転手をしている。

たしかに阿久津はヤクザだったが、ある意味、恩人でもあった。兄貴分として多額の借金を肩代わりしてくれ、組の中でも実の兄のように面倒見が良かった。たまにはたかれたり、蹴飛ばされたりもするが、そんなことは芸能界でも日常だったし、ともすれば、もっと陰湿な嫌がらせをうけたこともある。

それに今の暴力団は昔と違って切った張ったの世界ではなく、むしろある種の異質なビジネス組織として裏社会に存在する。だから、組事務所のデスクにパソコンが並んでいたりする。

阿久津という兄貴分に引っ張られたのは、田浦にとっては幸運だったのだろう。

ところが一方の柳はまるでタイプが違った。一言でいえば冷酷。研ぎ澄まされた刃物のような危なさが漂っている。だから、こうして隣にいるだけで、田浦は緊張する。

柳は若い頃からドス柳と呼ばれるほど、匕首《あいくち》の扱いに長《た》けたヤクザだったらしいが、それ以上に拳銃が巧《うま》かったという。それも躊躇《ちゅうちょ》なく相手を撃ち殺す。幾多の抗争で、刃物や銃で殺した相手は十人を下らないという。が、一度も実刑を食らったことがないという噂だった。

足寄国道から糠平《ぬかびら》国道に入る手前で、小高い丘を回り込むように道が大きくカーブする。その途中にあるドライブイン〈峠《とうげ》〉の電飾看板を見つけた田浦は、ウインカーを左に出した。

少し前から、阿久津がしきりと「腹が減った」と洩らしていた。

ゆっくりとステアリングを切り、セドリックを駐車スペースに入れた。サイドブレーキを引くと、後部シートに座っていた阿久津がいった。

「何だかひどい佇《たたず》まいの店だなあ」

車窓に広い額を押しつけるようにして、彼はドライブインを見ている。

これといって特徴のない平屋造りの地味な建物で、どこか埃《ほこり》っぽく、軒下《のきした》のウインドウを透《す》かして見る店内も、やけに暗く感じられた。駐車スペースにはツーリングらしい、荷台に荷物を括《くく》りつけたバイクが三台、停まっているだけだ。

「でも、この先、糠平の街まで食べられる店はありませんよ」

カーナビの画面を見ながら、田浦は答える。

「柳。どうする、ここにするか」

田浦の隣、助手席に座っていた柳克紀は、いつものように無表情なまま、いった。

「俺はかまわないぜ。さほど腹も減ってない」

「ま、いいか。味に期待しなきゃ、カレーライスぐらい食えるだろう」

阿久津がいったので、田浦は安心した。

ふたりがドアを開けて、外に出た。そのあとで田浦もエンジンを切って、車外に立った。緊張と運転の疲れで、腰の辺りがコチコチに固まっている気がする。肩をゆっくりと上下させ、上体を右左に回してほぐした。

いちばん先に店に入ったのは阿久津だった。

中は意外にも広かったが、空気がカビ臭く、店内は清潔とはとてもいえないほど、何もかもが古めいて、くすんでいた。テーブルクロスはどれも色褪《いろあ》せているし、客が食べていったあとの食器が残ったままの卓も、三カ所ばかりある。天井からぶら下がる照明には、埃をまとった蜘蛛《くも》の巣がかかっていた。

阿久津はやはり入ってくるべきじゃなかったと後悔したが、仕方なかった。

客は、表のバイクの持ち主らしい革ジャン姿の男性三名が、窓際の席にいるばかりだ。いずれも三十から四十代で、ごつい体格をしていた。全員が同じく皿に載った大きなステーキを食っていた。阿久津たちが通り過ぎるとき、一瞬、視線が合った。挑発的な目だった。

阿久津は先に目を離した。

彼らと反対側の壁際のテーブルに、三人は陣取った。

眼鏡をかけた小太りの中年女が注文を聞きに来た。赤いトレーナーにジーンズ。無愛想な顔。

阿久津がメニューを見て、カツカレーを注文し、柳はトーストのセット。田浦は味噌ラーメンにした。最後に阿久津が生ビールを注文すると、中年女は無表情のまま、「ビールは罎《びん》だけです」と、素っ気なくいう。

「持ってきてくれ。グラスはひとつでいい」

女はうなずきもせず、背を向けて厨房《ちゅうぼう》に消えた。

　阿久津はテーブルの上の灰皿を自分のところに寄せて、キャビンに火を点けた。ここのところ、煙草を吸いすぎていて、口の中から喉にかけてヤニの味がべったりと染みついている上、イガイガした不快感がある。が、どうしても煙草をくわえてしまう。

　真正面の壁に小さなテレビがかかっていて、バラエティ番組を垂れ流していた。頭の悪そうなタレントたちがスタジオでヘラヘラ笑い、彼らが何かしゃべるたびに、同じ言葉が太字のテロップで流れていた。

　阿久津は顔に紫煙をまとわせながら、テレビから目を離した。

「目的地はまだ遠いのか」

　向かいに座っていた田浦がうなずいた。

　もっさりとした下ぶくれの顔。顎《あご》の左に剃刀《かみそり》負けした痕が赤く残っていた。こいつは典型的な人生の負け組だ。しかし見所はある。ヤクザとしてではなく、下《した》っ端《ぱ》の運転手としての話だが。

「ここからだと、あと一時間ってところでしょうか」

「ずっとこんな景色かい」

「ここらはどこもそうですよ。都会じゃなく北海道にいるんですから、われわれ」

「とんだところに来ちまったもんだ」

　いいながら苦笑した。

トレーナーの女が罎ビールを運んできた。水を入れたグラスとともに、テーブルの真ん中に置く。空のグラスを別にひとつ。田浦がすかさず注《つ》ごうとするのを手で払うようにして断り、阿久津は手酌で注ぎ、喉を鳴らして飲んだ。二杯目を注ぐと、テレビの画面に映っている、派手な化粧の女性タレントの顔を見た。

「とんだ道化役だな、俺たちは」と、また煙草をくわえてつぶやく。

間もなくして、眼鏡の女が三人のメニューを運んできた。

阿久津がカツカレーを食べていると、背後にリノリウムの床を鳴らす音がした。振り返る間もなく、黒の革ジャンに黒ブーツの大柄な男が、彼らのテーブルの横を通り抜けて歩いて行く。そのとき、革ズボンがテーブルに当たって、阿久津のグラスが揺れ、ビールが少しこぼれた。

「おい――!」

柳が低い声で呼びかけた。

革ジャンの男は立ち止まり、振り向く。髪を短く刈り上げ、眉を細く剃った顔。敵意に満ちたような眼を細めて阿久津たちを見ている。がっしりとした体躯《たいく》もさることながら、立ち居振る舞い、さらに手の拳頭《ナックル》が硬く盛り上がっているところからすると、空手か何かの格闘技をやっているらしい。

「謝るぐらい謝ったらどうだ」

柳の声を無視するように、男は黙ったまま、表情ひとつ変えずに背を向け、店の奥にある〈化粧室〉とプレートのついたドアの向こうに消えた。

「最近のバイク乗りは礼儀も知らねえ」

柳がわざとらしく大きな声でいうと、窓際にいた残り二名の革ジャンの男たちが、また鋭い視線を向けてきた。いずれも敵意剝《む》き出《だ》しである。三枚目の田浦はともかく、黒いスーツ姿の阿久津たちがカタギではないことぐらいわかりそうなものだが、まるで物怖《ものお》じしない様子だ。

「やめとけ」

阿久津が眉をひそめていった。「ここでトラブルを起こしたらことだぞ」

柳は憤懣《ふんまん》さめやらぬといった顔で、目の前にあったグラスの水を飲んだ。上着のポケットから出した赤いバンダナで口許をぬぐう。

「ところで、阿久津さん。今回の仕事って何だい」

「元官僚だった男だ。今は小さな牧場を経営している」

「痛めつけるだけじゃなくて?」

「人生に終止符を打ってくれという依頼だよ。ただし、自殺に見せかけなきゃなんねえが」

「そいつはことだな」

阿久津はうなずいた。「前と同じやり方でいい。ロープにぶら下げりゃ、勝手に死んでくれるよ」

「そんな汚れ仕事をなんで俺たちに押しつけるんだ」

「政治家が自分の手を汚したりするはずがない。心が汚れてるから、見てくれだけでもきれいにしたいんだろう。だから大金を払って、一切合切を俺たちに丸投げするんだ。まあ、餅《もち》は餅屋っていうからなあ」

「ああいう連中こそ、ロープにぶら下げてやりてえ」

冗談とも本気ともつかない柳の言葉を、阿久津は黙って聞き流した。

しつこく口許をぬぐっていた赤いバンダナをポケットにもどした。

阿久津がまたビールをグラスに注いでいると、〈化粧室〉のドアが開き、革ジャンの大柄な男が出てきた。眉を剃った顔で挑発的に阿久津たちを睨《にら》みながら、革ブーツを鳴らしてゆっくり歩いてくると、彼らのテーブルの横に立ち止まった。

「ヤクザがカツカレーかよ」

黙って立ち上がろうとした柳を、とっさに阿久津が制した。

「我慢しろ。柳」

わざと視線を逸《そ》らしたまま阿久津がいう。

眉間に深く皺《しわ》を刻んだまま、柳は革ジャンの大男から、ゆっくり目を離す。

「けっ。腰抜けが」

捨《す》て科白《ぜりふ》を残して、男が窓際の仲間のところへもどっていく。

「田浦。ここの支払いをしておけ。食ったらすぐに出発するぞ」

阿久津にいわれて味噌ラーメンをかき込み、田浦が立ち上がった。

柳は目の前のトーストにほとんど手をつけず、コーヒーだけをまずそうな顔をして飲み干した。阿久津はカツカレーを食べ終えると、グラスに少しビールを残したまま、柳と立ち上がる。

彼らが歩くのを、窓際の革ジャンの男たちがまたもや挑発的な目で見ていた。が、あえてそれを無視しながら、阿久津はふたりを連れて店の外に出た。


田浦がセドリックの運転席に、阿久津が後部座席に乗った。

しかし柳は車内に入らなかった。

「悪い。忘れ物をしてきた」

「忘れ物？」

窓が下りて、阿久津が顔を出してくる。

「そうだよ。ちょっと行ってくるだけだ」

返事も待たずに踵《きびす》を返すと、出てきたばかりの店内に戻る。

躊躇することなく、窓際の革ジャンの三人のところへと歩いて行った。

靴音に気づいて、三人組が顔を上げた。

「何だ、てめえ！」

怒鳴りながら立ち上がろうとしたひとり――さきほど、便所に行った大柄な男の右手首を無造作に摑《つか》むと、テーブルの上に押しつけた。間髪容《かんはつい》れず、ステーキ皿の上にあったナイフをもう一方の手で摑み、手の甲の真ん中にまっすぐ突き立てた。

鈍い音とともに、革ジャンの男の右手が、テーブルに串刺しになっていた。

あふれ出した血が、見る見る広がっていく。

一瞬ののち、男が甲高《かんだか》い悲鳴を洩らした。

他のふたりは、ややのけぞるようなかたちで、柳のやったことを凝視していた。が、どちらも感電したように硬直したまま、声も発せずにいた。あまりにも常軌を逸した柳の出方に、革ジャンの男たちは意表を突かれ、棒立ちになっていた。

ナイフを手に刺された男は断続的に声を洩らしながら、身を捩《よじ》り、涙を流している。が、ふいに肩を震わせたかと思うと、躰を折り曲げて吐いた。食べたばかりのステーキがテーブルや足許の床に音を立てて落ちる。それをなすすべもなく、ふたりの仲間たちが見つめている。

柳は満足したようにうなずき、少し笑った。

「焼き方がレアすぎるんじゃねえのか。血だらけだぜ。店に文句いったほうがいい」

ふいに踵を返すと、ゆっくりと店の外へと出て行った。

手に飛んでいた血飛沫を、歩きながら赤いバンダナでぬぐっている。

セドリックの後部シートで、阿久津が煙草をくわえたまま、柳の戻りを待っていた。涼しげな顔で車内に入ってくる彼を見ていった。

「忘れ物……な」

柳は黙ってうなずき、シートに背を凭《もた》せかけた。

田浦が車を出した。

セドリックが滑るように舗装路を加速していく。

2

綿入りのジャンパーをすっぽり頭からかぶり、背もたれを倒した運転席の上で、胎児のように丸くなっていた。峻烈《しゅんれつ》な冬の寒さが車のボディやガラスを透過するように忍び込んできて、車内の空気は冷蔵庫の中のように冷え切っている。

村越謙作《むらこしけんさく》はそっと首を伸ばした。ふうっと息を吐くと、白い呼気が立ち昇って車内に拡散していく。息が酒臭かった。安ウイスキーの小罎が、すっかり空になったまま、助手席に横たわっている。

雪粒に覆われて視界が閉ざされている車窓越しに、かすかに外の光が見えていた。夜半から、うとうとと眠ったり目を覚ましたりをくり返しているうちに、いつの間にか、朝になっていた。どこからか鳥の声が聞こえていた。

デジタルの腕時計を見た。午前六時五十分。

日付は十二月六日。

眉根を寄せて、強く目を閉じる。

今さら日付や時間などに何の意味があるのか。

重篤《じゅうとく》な病人のように躰を震わせながら、ズボンのポケットからハイライトのパッケージとライターを引っ張り出した。一本、振り出してくわえ、百円ライターの火花を何度か飛ばして火を点けた。

オレンジの炎の揺らぎを、憑かれたように見つめていた村越は、それをそっと覆うように皺だらけの手で包むような仕種をしてみた。

小さな炎が掌に暖かい。しばし、そうしていた。

煙草なんか欲しくなかった。そのことにようやく気づいた。ただ、習慣のように起き抜けにくわえただけのことだ。ハイライトをパッケージに戻し、ライターといっしょに車のダッシュボードの上に放り投げた。そして、かさかさに乾いた顔を両手でこすった。

ゆうべはひとり、しとどに酔っ払っていた。

あげくに寒い車内で寝込んでしまった。これで風邪をひかなかったのが不思議なほどだ。ルームミラーを動かして、顔を映してみた。充血した目。目尻の皺。落ちくぼんだ眼窩《がんか》。ボサボサの髪にずいぶん白いものが混じっていた。短い針のような無精髭に覆われた口許が乾涸《ひから》びていた。

先月、村越は七十歳になったばかりだ。

十年前まで、神奈川県警横浜港町《みなとまち》署刑事課にいた。

高卒で警察官に志願し、警察学校卒業後、地域課で交番勤務となった。やがて功績を認められ、所轄の刑事課に引っ張られて以来、刑事畑一筋。四十年もこの仕事を続けてきた。ノンキャリアだったために出世にも縁がなく、いわゆるたたき上げ。けっきょく警部止まりで警察を去ることになった。

六十になって定年退職したのが昨日のことのように思えるが、いつしかすっかり、こんな老人になりはてていた。老いというものは静かに、少しずつ忍び寄ってくるものだ。しかしふとしたはずみで老化が急に進むこともある。人生には特別な手札のようなものがいくつかあって、それを失うごとに、終焉までの時間が一気になくなっていくのではないだろうか。

座席のレバーを引き、倒していた背もたれをゆっくり起こすと、ドアを開いて車外に出る。たちまち刺すような冷気が全身を包んでくる。

周囲は森である。白樺《しらかば》やリョウブ、まれにアカマツが混じった混合樹林。人家もなければ田畑もない。里から数キロは離れている。信州の深い山奥。土地や山の名もまったく知らないが、未舗装の細い林道が森の奥深くに切り込んだ先に行き着いた終点だった。

標高は一三〇〇メートルを越している。

国内で最高地点にJRの駅があるという野辺山《のべやま》に近い場所だった。

すっかり葉を落として冬枯れた木立は、枝々や林床に白く雪が積もっていた。木々の幹の風上側に、斑模様に粉雪が付着していた。風が吹くたびに、枝々から落ちる雪煙が、純白のレースのカーテンのように樹間を流れていった。

そんな景色を見ながら、村越は草むらに小便をした。足許から立ち昇る湯気の中、ぶるっと躰を震わせると、ジッパーをあげ、振り返る。車は五年前に中古で購入した軽ワゴン、白いダイハツ・アトレー。ルーフの上に、うっすらと雪が降り積もっていた。

ジャンパーの襟《えり》を立てて肩をすくめながら、急いで車内に戻った。

ドアを閉めて、ホッと安堵《あんど》する。

しばらく自分の拳に息を吹きかけてから、ドリンクホルダーに立てていたミネラルウォーターのペットボトルをとり、半分残っていたのを一気に飲んだ。酒の味が残っている喉越しに、冷たい刺激が流れ落ちた。

後部座席に置いたコンビニのレジ袋にパンやインスタント麺などの食糧がある。昨日の昼に食べようと思って買ったものだが、食欲がなく、そのまま放置していた。夜を過ごし、朝になってみても、やはり空腹は感じない。宿酔《ふつかよい》で、喉が渇いているだけだ。身を乗り出してとったレジ袋から、紅茶のペットボトルをとりだし、さらに半分ほど飲んで、ドリンクホルダーに突っ込む。

車のガソリンはまだ少しばかりあった。バッテリーもへたっていないだろうが、いずれにせよ、自分はこの先、どこへ行くあてもない。ひっそりと静かな雪の森にいると、ここでひとり酒をあおり、しとどに酔っ払って、そのまま眠りながら死んでゆくのも悪くないとすら思えた。

村越はまたミラーに自分の顔を映し、眉を寄せて、眉間に深い縦皺を刻んだ。

じっとおのが顔を見つめた。

ふと視線を落とすと、足許――ブレーキとクラッチの間に、写真が落ちているのに気づいた。そっとそれを拾った。

真ん中に白いセーター姿で立っている孫娘。その後ろに、中腰になって並び、笑っている娘夫婦の姿。その横には村越の妻の姿があった。

娘たち三人が、久しぶりに福島から横浜を訪ねてくれて、家族のみんなで《みなとみらい21》に行って遊んだときの一枚だった。撮影したのは村越本人だ。

あの震災が起こる二年前のことだった。

自宅から持ち出してきた写真は、これきりだ。

昨夜はこの写真をダッシュボードの上に立てて、それを見ながらウイスキーをあおっていた。写真の表と裏についた汚れを指先でぬぐい、妻と娘夫婦、それから孫娘の笑顔に見入った。

指先で、それぞれの顔をそっとなぞった。

いつしかまた睡魔が忍び寄っていたらしい。

ふいに目を覚ましたのは、カチカチという奇妙な物音が外から聞こえたからだった。執拗《しつよう》にそれが続いていた。

背もたれから身を起こすと、その音が途絶えた。

すっかり曇ったウインドウを掌でぬぐったが、雪に閉ざされた森しか見えない。

枯れ木が風にあおられていたのだろうか。

そう思ったとき、カチカチという音が、また聞こえた。何かが外からドアをひっかいている。

少し怖かったが、思い切ってドアを開く。

隙間から、たちまち外の冷気が忍び寄ってきた。

雪の中にそいつがいた。

村越は驚いた。

犬だった。行儀良く、お座りの姿勢をとっていた。

ピンク色の長い舌を垂らし、ハアハアと白い息を吐いている。

毛色は薄茶で、柴犬のような姿と顔をした日本犬だったが、目が少し吊り上がっていた。

三角形の耳を立て、鳶色《とびいろ》の目で、まっすぐ村越を見つめている。

どれぐらいの間、互いに視線を交わしていただろうか。

ふいに犬が吼えた。

村越はまた驚き、少し身を引いた。が、二度、三度と吼えられるうちに、犬が何かを要求しているのではないかと思った。後部シートのレジ袋に手を伸ばし、中をさぐった。発泡スチロールのトレイに三つ入ったおむすびがあった。膝上でビニールの包装をほどき、ひとつをとって、そっと差し出した。

しかし、犬はお座りの姿勢のままだ。

仕方なく、軽くそれを放った。焼き海苔《のり》に包まれたおむすびが、犬の前に落ちた。犬はひるむ様子もなく、雪まみれのそれに鼻先を近づけると、口を開き、ゆっくりとした動作でそれをくわえた。臥《ふ》せの姿勢になっておもむろに食べ始めた。顔を左右に傾けながら、舌と歯を使って咀嚼《そしゃく》し、飲み込んだ。

すっかり食べ終えたあと、舌なめずりをしながら村越を見ているので、ふたつ目を投げた。すると驚いたことに、犬はそれを空中で器用にくわえてキャッチするや、ふいに素早く踵を返した。パッと雪煙を散らして跳び、木立の中へと見えなくなった。

犬の消えた雪の森を凝視していた。小さな足跡が雪上に刻まれていた。

村越はふっと笑った。

「なんだ、あいつ……」

そう独りごちると車のドアを閉める。膝の上にもうひとつ、おにぎりがあった。見つめているうちに食欲が出てきたので、ビニールの包装を開封し、口に入れた。ゆっくりと時間をかけて嚙《か》んでから紅茶で流し込んだ。

胃袋に食べ物が入ったためか、少し躰が暖かくなった気がした。食欲を感じたので、コンビニのレジ袋をまさぐった。サンドイッチを袋から出し、それを頰張った。

美味《うま》かった。

本当は躰が食べ物を欲していたのだと、ようやく気づいた。

漫然と咀嚼しながら、犬のことを考えた。

窓を見た。また、外にあいつがいるのではないか。そう思って、ドアを少し開けてみた。

やはり犬はいなかった。

しかし、今し方までそいつがいた証拠に、小さな足跡が雪上にいくつか残っていた。

またしんしんと粉雪が降り始めていた。

犬がまたやってきたのは、夕刻近くになってからだった。

村越はその一日を、ほとんど狭い車の中で過ごした。

シートを倒し、ダッシュボードの上に足を載せて寝転がり、何をするでもなく、虚ろな表情で、車窓越しに森に降る雪を見つめていた。ただ、呼吸をし、心臓が動いているというだけで、死者と変わりなかった。

サクサクと雪を踏むかすかな音がして、身を起こした。

車窓から外を見ると、あの薄茶色の犬が、また車の近くに座っていた。大きく三角の耳を立て、長い舌を垂らしている。鳶色をした無垢《むく》な瞳が、何かを訴えかけるように彼を見返している。

じっと見ていた村越は、ふいに笑みを洩らしてドアを開けた。

「お前……また腹を減らしてきたのか」

そういってから、ふいに気づいた。

この犬は、いったいどこから来ているのだろうか。山の中をほっつき歩く野良犬にしては、毛艶《けづや》が良かった。こんな森の中に、犬を飼っている誰かが住んでいるのか。それとも猟犬の類いか。

何かと詮索してしまうのは、刑事時代にすっかり染みついた癖かもしれない。

それでも奇妙な犬に対する好奇心は確かだった。

後部座席のシートに手を伸ばし、レジ袋をとった。中にはバターロールがひとつあるだけだった。開封して、ふたつにちぎり、片方を放ってやると、犬は前肢でとらえ、ムシャムシャと食べた。残りのパンを投げると、朝と同じように、それを少しなめてから口でくわえ、さっと走り出した。

犬が消えた白い森を、しばし凝視していた。

「そうか。お前には帰るべきところがあるのか……」

嗄れた声で、そう独りごちた。

点々と森に続く小さな足跡を見ているうち、ふと自分の中につのる好奇心を意識した。犬の行き先を調べてみたくなったのだ。

何の意味があるのだろうかと自問したが、別に意味など必要なかった。自分には時間だけはいくらでもあった。無益な時間を過ごしても、何の損得もないだろうが、なぜかあの犬を捨て置けなかった。

ジャンパーの前のジッパーを喉許まで閉めると、フロアに転がっていた靴を履いた。さいわい、東北の被災地からずっと履いていたスノーブーツなので、保温性があり、冷たい雪の中を歩くことができる。

ドアを開き、車外に出た。

冷気の中に立ち、肩をすぼめる。

雪は止《や》んでいた。林床の下生《したば》えの間に、足跡は蛇行しながら続いている。

ズボンのポケットに両手を突っ込み、背中を丸くしながら雪の中を歩いた。

最初は寒かったが、歩き出してからは少しずつ躰が暖まってきた。

凍死する心配がないとはいえ、何しろ深い山だから、帰り道がわからなくなって遭難する可能性があった。それでも、かまわなかった。老いぼれひとりがこんな深い雪の山の中で消えても、世の中がどう変わるわけではない。新聞記事の片隅にすら載らないだろう。

足跡は雪に覆われた林床に点々と続いていた。

それをたどって歩き続けた。静かな冬の森に、サクサクと雪を踏む足音だけが続く。

ときおり、小用を足した痕があって、レモンジュースのように、そこだけ鮮やかな黄色に雪が染まっていた。

白樺やリョウブの混合樹林を抜けると、ふいに林道に出た。

汚れがいっさいない、真新しいガードレールが路肩に続いていた。雪を靴先でぬぐうと、ゴツゴツしたアスファルト舗装が出てきた。

村越は驚いた。こんな山の奥にまで立派な道路があったとは知らなかった。車載のカーナビの地図が古いバージョンだったため、表示されなかったのだろうか。

雪の上に轍《わだち》がいっさい見当たらないので、ふだんから車が通るような道ではないらしい。神奈川県警在職中に何度か行ったことがある丹沢《たんざわ》山中でも、こんな場所になぜ、ここまで立派な道路が?と首をかしげるような舗装路が山奥まで入っていた。必要もないのに、山奥に大きな道路を作りたがるのは、土建を基幹産業とする地方行政の悪い癖のようなものだ。

犬の足跡は、その路肩を、ガードレールに沿うように続いていた。

それをたどりながら、黙然と歩を運び続けた。

道が少し下りになったところで、犬の足跡は未舗装の枝道に入っていた。その先に、円柱にとりつけられた木製の表札があって、〈山荘ＫＩＨＡＲＡ〉と読めた。突き当たりにレッドシダーの重厚な丸太を組んだログハウスが見えた。ウッドデッキの上に三角形に軒が大きく突き出している。

別荘の犬だったのか。

立ち止まった村越はそう思った。が、よく見ると、そのログハウスの前には持ち主のものらしい車がなかった。ガレージがあるようにも見えない。人の足跡も車の轍もなく、ただ雪の上に犬の足跡だけが点々と続いているのだった。

肩をすぼめながら歩き出した。

足跡をつけると、それはログハウスの正面玄関に向かっていた。だが、ポーチを上がったところにあるドアには行かず、側面に回り込んでいた。ログハウスは緩やかな勾配に作られているため、コンクリートの布基礎《ぬのぎそ》は半地下になっている。その壁のひとつに小さな窓があって、雪の上に割れたガラスの砕片が散らばっていた。

村越はまた足を止めて、眉根を寄せた。

半地下になった壁の小さな窓のひとつが半開きになっていた。よく見れば、アルミサッシのレバー式ロックがある窓枠付近のガラスが割れていた。楕円形《だえんけい》の大きな石が近くに落ちている。誰かがそれを使ったらしい。

犬はサッシの隙間から出入りしているようだった。

足音を殺すように慎重にそこに近づき、割れたガラス窓から中を覗いてみた。だが、暗くてよく見えない。小さなLEDライトは持っていたが、あいにくと車の中に置いてきていた。

左右を見てから、そっとサッシ窓に手をやって、それを大きく開いた。

身をかがめ、靴のままで中に入った。

馴れぬ姿勢をとったので、背筋をひねりそうになって、思わずうめいた。

屋内の空気はカビ臭く、ひんやりしていたが、それでも外気に比べるとかなり暖かく感じた。

半地下の部屋は狭い倉庫になっていて、コンクリの壁際に段ボール箱がいくつも積み上げてあり、ソファや冷蔵庫などが埃をかぶっていた。いらない家具や家電などをそこに入れてあるのだろうと察しがついた。

そっと長靴を脱いで、窓際の板張りの床に置いた。

濡れた犬の足跡が、木製の階段に点々と残っていた。

それをたどりながら上り、突き当たりにあるドアノブを回して、開けてみた。

吹き抜けのだだっ広い空間だった。ペルシャ絨毯《じゆうたん》が敷かれ、高級そうなソファセット。

壁際には煉瓦《れんが》敷きの炉台に、黒い重厚な薪《まき》ストーブが置かれている。高い天井には天窓がうがたれ、そこから冬の頼りない光が入っていて、シーリングファンがうっすらと埃をかぶっていた。

もう一度、視線を落とすと、ゆったりと座れそうな大きな長椅子の横、長い黒髪を顔の前に垂らした女がフロアにジーンズの足を投げ出すようにして座っていた。不釣り合いなほど大きな、カーキ色のコートをはおっていた。

一瞬、村越は硬直した。

幽霊を見てしまったのかと思った。

が、その女の横に、あの薄茶の毛色の犬が座っていて、例によって長い舌を垂らしながら、村越をじっと見つめていた。

女は前髪の間から覗く目で、村越を凝視している。

「あんたは……ここの住人じゃないようだ」

静かに声をかけてから、ふっと自嘲《じちょう》した。自分も人のことをいえた義理ではない。

女は何もいわず、黒っぽい瞳をじっと彼に向けたままだ。

顔色がひどく悪い。幽霊のように見えたのはそのためだろう。

衰弱しているようだった。病気ではなく、過度の疲労か、あるいは飢餓のように思えた。

足許には、彼女のものらしい汚れた白のスニーカーがそろえて置いてあった。その周囲に菓子の袋やチョコレートの銀紙のようなものが散乱していた。野菜ジュースと書かれた空き缶も横たわっている。別荘の住人が保管していた食糧らしい。

長い黒髪はボサボサに乱れていたし、コートもジーンズも靴下も薄汚い。が、ホームレスにしては若い。年齢は二十代後半ぐらいだろうと推測した。

少し近づいてみると、彼女は怯《おび》えたように身をすくめた。

村越は立ち止まり、そっといった。「あんたの犬か」

若い女がかすかに首を振る。

「その犬は私の車に二度もやってきて、餌《えさ》をねだった。食べ物をやると、必ずひとつくわえてどこかに持っていった。悪いけど、気になったんで、足跡をつけさせてもらってここに来たというわけだ。もしかすると、その子はあんたのために食べ物を運んでいたのかね」

彼女が小さくうなずいた。

「賢い犬だな」

「……すず」

かすれた声で、こう聞こえた。

村越は首をかしげた。ふいに理解した。「すず。それが犬の名前か」

またうなずいた。

「あんたは？」

娘が少し緊張した顔になったので、村越はわざと笑みを浮かべていった。

「大丈夫。詮索してるんじゃないんだ。たぶん私も、あんたと似たような境遇だよ。老いさらばえて、行くあてもない」

ふうっと吐息を洩らし、静かに名乗った。「私は村越謙作っていうんだ」

それから彼女を指さした。

「チャン・リーホワ」

娘が小声でいった。

「中国人か」

かすかにうなずいた。

「すず。とても頭が良くて、可愛い」

「あんたの犬じゃないんだったら、どうしていっしょにいるんだ」

しかしチャン・リーホワと名乗った娘は口を閉ざしたまま、答えなかった。

「もしや、誰かに追われているのか」

相変わらず黙ったままだ。

いろいろと詮索したい衝動に駆られたが、村越は自分を抑えることにした。

「何かワケありのようだが、まあ、それはお互い様だ。私も世捨て人みたいなものだからな」

リーホワはちらと村越を見上げ、目を伏せた。子供のように唇を嚙みしめている。

「この別荘に何日ぐらいいた？」

ゆっくりと右手を出し、細長い指を三本立てた。

「三日か」

リーホワがうなずく。かすかに頭を揺らして、顔にかかった長い髪を払った。

村越はまた別荘の中を見た。

天窓には蜘蛛の巣がかかり、ソファもうっすらと白く埃をかぶっていた。

冬場だから、オーナーが来ないのだろう。

半地下室の窓を壊して侵入したリーホワは、どこかに貯蔵されていた食糧を見つけ、すべて食べてしまったのかもしれない。よそに食べ物を探しに行こうにも、その体力がない。

だから、こうして衰弱したまま、壁にもたれて座っている。

だからといって、犬が人のために食べるものを調達にいったりするだろうか。

忠犬の美談はよく聞くが、目の前にいる犬がそうだとは、とても思えなかった。だが、村越はこの犬が、娘のいるこの場所に彼を導いたような気がしてならなかった。

ふいにまた肩をすぼめた。

屋内とはいえ、気温は五度もないだろう。吐く息が白かった。

「ここは寒いな」

独りごちるようにいうと、村越は周囲を見た。

薪ストーブがあったが、使い方がわからなかった。それでも、何か熱いものでも飲んだら、少しは暖まるだろうと思った。

自分たちがいる居間の向こう、アーチカットされた壁面の先にやや狭いキッチンルームが見えた。そこに行って、ガスレンジのスイッチを入れると、ぽっと音がして青い炎が立った。

コーヒーポットに蛇口から水を入れて、レンジの上に載せた。

吊り戸棚を開けてみると、インスタントコーヒーの罐があったので、それを下ろす。食器棚からコーヒーカップをふたつとり、適量のコーヒーの粉を入れたときだった。

かすかに足音がして、村越は振り返った。

背後に彼女が立っていた。

やや青ざめた顔。両手で持って頭上に振りかざしているのは、薪ストーブの傍に積んであった薪のひとつだと気づいた。それが無造作に振り下ろされ、村越の額を直撃した。

3

佐久甲州街道と呼ばれる国道一四一号線。

野辺山を過ぎた先、すぐのところにある信号を右に折れて、小海《こうみ》線の単線軌道をまたぐ踏切を渡る。じきに目の前に広がる、いかにも高原らしくフラットに開けた農地を見ながら、二車線の舗装路をずっとゆく。小海線の線路に沿って走りながら、やがて道がゆるやかな下りカーブになってくると、右手に千曲川とその両岸にある集落が見え始める。

沢井《さわい》一磨《かずま》はスバル・インプレッサのブレーキをゆっくりと踏んで、路肩ギリギリに停めた。シートベルトを外してドアを開き、車の通行がないのを見て車外に立つ。

景色を何枚かデジカメに収めた。

身が切れるほどに寒い。

はあっと息を吐くと、それは白い帯となって流れた。

長野県南佐久郡竜臥村。

若い頃、ここには何度か、足を運んだことがある。趣味の渓流釣りのためだった。千曲川やその支流で山女魚《やまめ》や岩魚《いわな》を狙っていた。九〇年代に入って釣りブームになり、そこらの川に若い釣り人たち――ルアーマンやフライフィッシャーたちがあふれるようになって以来、すっかり足が遠のいていた。

それから十年。この土地を久々に再訪したのは、フリージャーナリストという仕事のためだった。

戦後から、ここ竜臥村で始まった高原野菜の大規模栽培。とりわけレタスの出荷量は日本一を誇り、平均年収二五〇〇万の夢の村といわれてきた。

もともとは日本人の学生たちを労働力として使っていた。当時から農業は3Kと呼ばれ、きつい、汚い、危険という職業の代名詞として敬遠されてきたが、それでも、給料の良さなどから、毎年のように一定の労働力が確保できていたらしい。

ところがバブルが弾け、不況という言葉が当たり前のようになってくると、格差社会、ワーキングプアなどの言葉に代表されるような、熾烈《しれつ》な競争と分断の時代へと変わっていった。

そうなると労働力の手っ取り早い担い手として、外国人労働者に目を付けるのは、当然のことだったのかもしれない。ここ竜臥村も、リスクが少なく、効率的な労働力として、当然のように外国――それもアジア系の労働者を受け入れるようになっていた。

いわゆる外国人研修生である。

ところが、のちになってブラック農家、奴隷制などといわれるほどまで、アジア、ことに中国からの労働者たちは薄給の中でこき使われ、自由さえも奪われていた。そのことが明るみに出たのは、ある中国人研修生の名で日本弁護士連合会（日弁連）あてに出された一通の投書がきっかけだった。

日弁連は現地調査をし、事実認定をした上で、村の農林業振興事業協同組合に待遇改善を勧告。同様の投書は在日米大使館にも届き、アメリカ政府が日本側に竜臥村での実習実態の改善を求めるという異例の事態となった。

沢井は何度か村に足を運び、農家や役場の担当者たちと面会してインタビューをし、いくつかの雑誌に記事を載せた。それはかなりの反響を呼んだ。

やがて東京入国管理局からも研修生の受け入れ停止処分が出され、村内にあった組合は解散。現在、外国人の研修制度は技能実習生と名を変え、国内労働法の適用を受けるなど、条件の改善とともに、別の受け入れ機関が、それぞれの農家に外国からの労働者を派遣している。

沢井はライターとして、この研修生問題に切り込み、名を売った。

それがゆえに村役場や農家からの反発、恨みも買った。嫌がらせの電話や、あからさまな脅迫の手紙が届いたりもした。が、やがて静かに収束していった。

それきり、ここには足を運んでいなかった。

インプレッサに戻り、また車を走らせた。

カーラジオをつけると昼のニュースを流していた。

北海道の足寄郡足寄町の郊外にある小さな牧場を経営している五十九歳の男性が、近所で首を吊ったという事件だった。

夕刻前に出かけたきり、夜になっても家に戻らないため、妻が警察に捜索を依頼した。そして明け方頃になって、近くの林の立木にロープにぶら下がった遺体が発見された。

亡くなった男性は元内閣府の官僚で、情報保全監察室参事官という役職だったが、二年前に辞職した。妻とともに郷里の北海道に戻り、病死した兄が経営していた牧場を引き継ぐかたちで、当地で暮らしていたという。

遺書は見つからず、自殺の理由は明らかではないが、牧場の経営不振をよく周囲に洩らしていたという。

今のご時世、不況による自殺は多すぎて大半がニュースにもならないが、今回の場合、当事者が元官僚だったということで、とりあげられたのだろう。

いくら政治に期待しても、長引く不況が終わることはない。毎年、三万人を下らないという自殺も、外国人研修生問題も、けっきょくは多くの根っこがそこにある。

村内に入り、その中心を抜ける県道六八号線を東へ、秩父《ちちぶ》方面に向かう。道の左右には古い民家が連なっている。

事件が起こったのは、村の中心部からずっと東にある秋川地区。そこにある大きなレタス農家のひとつ、倉島という家の二十四歳になる息子の変死体が近くの沢で見つかった。発見したのは狩猟中のハンターで、警察の調べによると死因は心臓付近の刺傷による出血多量。遺体の胸にはスイス製のアーミーナイフが刺さっていたという。

その事件を地方新聞で知ったとき、沢井の直感が閃いた。

竜臥村はいま、汚名を払拭するために躍起になっている。ブラック農家、奴隷制度などといわれて労働者が来なくなると、いずれの農家も大打撃となってしまう。だから、少しでもイメージをよくするために、ありとあらゆる手段でかつての名声を挽回しようとしてきた。

それでもなお、ダークな部分がどこか残っているのではないか。

柳の下のドジョウ狙いではないが、この事件のことを知って、広大なレタス畑のイメージが脳裡によみがえり、なかなか消えようとしなかった。だから、またここを訪れるしかなかったのだ。

千曲川を離れて、少し山間部に入ったところにある倉島の家は、大きな屋敷で、まさに旧家といってもいい、古色蒼然《こしょくそうぜん》とした佇まいだった。折しも亡くなった息子の葬儀が行われている最中で、村の内外からやってきた無数の車が白壁の塀に沿って停まっていた。

白黒の鯨幕《くじらまく》を張った広い庭に、大勢の弔問客が立っていて、焼香の匂いの中、屋内から読経《どきょう》の声がかすかに洩れていた。

雪をかぶった大きな松の木が風に揺れている。

沢井は少し離れたところに車を停め、また写真を撮った。

屋敷の周囲は、向こうの山裾までずっと続くような、広大な農地である。そのすべてが一面のレタス畑であり、農閑期の今は白く雪をまとった平原となっている。

調べたところによると、倉島の農地の作付け面積はおよそ十五ヘクタールあるという話で、毎年、二百万個というレタスを収穫しているという。農業法人として登記し、従業員は二十名。さらに毎年、春から秋にかけては、中国からの実習生を何十名も使っていたようだ。

屋敷の周囲に停まっている車は、軽トラなども多かったが、中にはポルシェやベンツといった外国の高級車も目立っていた。レタス景気がもたらした贅沢品《ぜいたくひん》なのだろう。のみならず、彼らは農繁期の半年は身を粉《こ》にして働き、その代わり、農閑期は海外に出て豪遊しているという話だった。そんな極端な生活ぶりを、沢井はどうしても想像ができなかった。

やがて出棺が始まり、遺族や周囲の人々に支えられた白木の棺《ひつぎ》が邸内から運び出され、待機していた霊柩車《れいきゅうしゃ》に乗せられた。長いクラクションのあとで、粛々《しゅくしゅく》と出棺が終わった。

霊柩車に続いて何台かが車列を作り、静かに農耕地に挟まれた道を進んでいく。

沢井はコートの襟を立てながら、それを見送っていた。

そのあと、倉島の屋敷から出てきた喪服姿の数人が、沢井を見て、そろって足を止めた。ほぼ全員の顔を知っていた。村役場産業建設課の面々だ。そのうち三名は農政課といって、村の農業にかかわる諸事業の担当者たちだった。

中でもひときわ背が高い、メタルフレームの眼鏡をかけた痩せ男が目立っていた。

「沢井さん。今になって、いったい何ごとですか？」

農政課長の三好《みよし》だった。

醜聞《スキャンダル》を取材している沢井に、ことあるごとに突っかかってきた人物だった。

ひとり抜けて足早にやってくると、沢井に向かい合うように立った。露骨に嫌悪の表情を見せながら、間近からにらみつけてくる。他の課員たちも、離れたところから沢井を凝視している。

「何だって、今頃になって、また村にやってくるんですか」

「私は出入り禁止というわけですか」

「できれば、そうしてほしいところです。われわれに権限はありませんがね」

「実は、今回の殺人事件に興味がありまして」

とたんに、三好の顔が曇った。

「まだ殺人と決まったわけじゃない。警察は自殺の疑いが濃厚だといってる」

倉島祐也の遺体は、松本大学医学部で司法解剖に処された。ここに来る前、長野県警や地方紙などから得た情報だった。遺体の検案によって犯罪性があると認められた場合は、刑事訴訟法によって司法解剖が行われる。犯罪性というのは、すなわち他殺の可能性があるということだ。

「もちろん自殺の可能性もあるでしょうが、小さなアーミーナイフで自分の胸を突いて死ぬというのは、ちょっと常軌《じょうき》を逸《いっ》しているとは思いませんか」

「錯乱していたら、あり得ることです。しかし、そんなことはどうだっていいじゃないですか」

三好は語気荒く、いい放った。怒りに満面が紅潮している。

そのとき、屋敷の門から黒いスーツ姿の男が三人、出てきた。トラブルを遠巻きに見るように、沢井たちを眺めながら、砂利道に停めてある灰色のトヨタ・セルシオに向かう。

三好の肩越しにそれを見た沢井は、ふと眉をひそめた。

縁の太い眼鏡をかけた背の高い男に見覚えがあった。

男は後部座席のドアに手をかけ、もう一度だけ、振り返った。一瞬、沢井と視線が合う。

尾野泰俊《おのやすとし》――。

その名がふいに出てきた。

十年前、大手新聞記者として、ある事件の報道を担当した。その渦中にいた人物だった。

「あんた、何を見てんですか」

三好に怒鳴られて、我に返った。

今にも胸ぐらを摑まんばかりに、相手は怒っていた。自分を無視されたからだろう。

とっさに尾野のことを訊ねようとして、やめた。どんな理由があって、彼がここにいたとしても、そのことについて役場の担当者が話すはずがなかった。訊くだけ無駄だ。

「いっときますがね。倉島さんとこの息子のことと、外国人実習生の件は無関係ですよ。無駄足だから、さっさと帰ってくれませんか」

そういうや、三好は他の課員たちとともに自分たちの車に向かった。

取り残された沢井は、線香の匂いが立ちこめる大きな屋敷をじっと見つめ、やがて踵を返した。

インプレッサに乗り込むと、エンジンをかけてヒーターを入れ、スマートフォンをポケットからとりだす。

都内中野区にある自宅の電話番号を呼び出してかけた。

妻の麻由子《まゆこ》がすぐに出た。

——どうしたの？

「悪いがインターネットで調べてもらいたいことがあるんだ。尾野泰俊という人物について」

名前の漢字を伝えると麻由子が少し笑っていう。

──そんなことぐらい自分のスマホで調べることだってできるでしょう。

「パケット通信費がもったいないんだよ。そっちのPCなら、固定料金のＷｉ－Ｆｉ接続だろう？」

──相変わらずの貧乏性ね。

キイボードを叩くかすかな音が聞こえてきた。

──同姓同名の男性がふたり、検索にヒットしてる。ひとりは家具職人。

「それは違う」

──もうひとりは元官僚。

沢井はスマホを耳に当てたまま、目を細めた。「それだ」

本人の経歴を調べてくれというと、すぐに答えが返ってきた。

──東大卒のバリバリのキャリアね。外務省に入省して、在中国日本国大使館二等書記官、経済局外務参事官、国際経済第二課長……経歴に要職が延々と並んでるわね。

「あの尾野克美《かつみ》総理の甥《おい》っ子《こ》だった人物だ。外務省の事務次官だったとき、公金横領の疑いで告発を受け、東京地裁によって懲役五年の判決を受けた。あれからもう十年は経《た》っているはずだ。で、現在の肩書きはわかるか」

──二年前から、〈日中交流事業組合〉理事長となってるわ。

スマホを耳と肩の間に挟みながら、彼はメモを取った。

「やっぱりそうか」

──どういうこと？

「その組合は、中国人実習生たちの日本側の受け入れ機関のひとつだった。直接、取材したことはないが、黒い噂がいろいろとある組織だった」

──つまり天下り先なのね。

「たぶん叔父のコネだろうな。尾野克美は首相時代に中国との国交に力を入れていた。泰俊はその下で、頻繁《ひんぱん》に中国と行き来していて、あちらの政府ともかなり交流があったようだ。そんな経歴が買われて組合の理事長になったんだろう」

──どうして、今になって彼のことを知りたいの？

「竜臥村の農家のひとり息子の不審死に、どうも尾野泰俊が絡んでいるふしがある。さっき、葬儀の現場で彼を見た」

──不審死って……。

「事故や自殺じゃなく、あれは殺しだ」

──殺しって……そんなことに首を突っ込んでもいいの？　ちょっとまずいんじゃない？

「こういうときのために、若い頃からボクシングのジムに通ってたんだ」

——莫迦《ばか》ね。いざってときに、そんなの役に立つわけないいじゃない。

「大丈夫。ミイラ取りがミイラになるようなドジは踏まないよ」

そういって、沢井は通話を切った。

そして、メモに書いたその名前を凝視した。

〈日中交流事業組合〉

ふうっと吐息を洩らしてから、シートベルトを装着し、インプレッサを走らせた。

4

てっきり車の中でまた寝入っていたのかと思っていた。

村越は顔をしかめながら、目を開いた。

ふだんの目覚めとは違う不快感に気づく。宿酔のそれでもない。

うつぶせの姿勢で、冷たいフローリングの床に右頰を押しつけていた。片手を突いて身を起こしたとたん、頭に激痛が走って顔をしかめる。額の上、髪の生え際近くを、そっと触ってみると、そこだけ頭髪が濡れている。

血であった。

それで思い出した。

彼女に薪で殴《なぐ》られた。

チャン・リーホワという名。乱れた黒髪の間から見えていた哀しげな瞳が脳裡に残っていた。

どうしてだろうかと思いながら周囲を見渡すと、フローリングの一角に、四十センチぐらいの長さの太い薪が落ちていた。その近くに自分の財布があった。近づいて拾い上げると、札と小銭がなくなっていた。キャッシュカードやクレジットカードは入ったままだった。

盗まれたのは現金だけだ。といっても、二万円も入っていなかったはず。それでも無一文だったはずの彼女にしてみれば濡れ手で粟《あわ》だったのだろう。

金を盗みたいがために、頭を殴りつけたのだろうか。いや、やはり村越が怖かったのではないかと思った。さほど強面《こわもて》ではないと思うが、自分のどこかに、刑事だった頃の気配が残っているのかもしれない。

「私としたことが、まったく……」

そう独りごちて笑った。

シュンシュンと音がしていて、振り返った。

ガスレンジにかけたままのコーヒーポットが湯気を吹いている。火を点けて三十分ぐらいは経っていたのだろうか。中の湯はほとんど蒸発してしまっていた。近くの窓がすっかり真っ白に曇ってしまっている。

ガスレンジの火を止めると、よろよろと洗面所に歩いていった。洗面台に向かい、冷たい水で頭の傷をよく洗った。鏡に映してみると、斜めに皮膚が裂けていたが、出血は止まっていた。

フローリングの床を横切って、薪ストーブのところまで戻った。リーホワが座っていた床の上に、長い黒髪が何本か落ちていた。それをじっと見つめた。

ここにいても仕方がない。

車に戻るしかなかった。

玄関のドアが目の前にあったが、靴を地下室に置いたままだった。階段を使い、脱いでいた長靴を履いてから、入って来たときと同じ、ガラスの破れたサッシの窓から外に出た。

頬を撫《な》でる風が冷たい。

また寒い雪の森を、凍えそうになりながら車まで戻ることになるが仕方なかった。

雪の上に足跡が続いていた。少し離れたところに見える、白樺や杉、ヒノキの林に向かっていた。それに併走するように、犬の小さな足跡もあった。

去っていったふたりの面影をたどった。

あの奇妙な犬は、なぜリーホワという娘に従っているのだろうか。そんなことを思っていると、足跡の途中に何かが見えた。

村越は急ぎ足に歩き、そこに立つと、半ば雪に埋もれたそれを身をかがめて拾った。

免許証に似た顔写真付きのカード。リーホワの顔写真だった。

《日本国政府　在留カード》と読めた。国籍は中国。その左横に名前があった。

ZHANG　LI　HUA
張梨花

その名前を憑かれたように凝視した。

唇を固く噛みしめていた。

チャン・リーホワ……張梨花。

かさかさに乾涸びた右手の拇指《おやゆび》の腹で、在留カードを手にしたまま、顔写真を撫でていた。

「梨花《りか》……」

そうつぶやいて、立木に片手をついてもたれながら俯《うつむ》いた。

歯を食いしばり、じっと耐えていた。


潮騒《しおさい》の音が、いつまでも耳の奥に残っていた。

群青色《ぐんじょういろ》の海原に広がる無数の波のうねりが、あれからずっと目の奥に焼き付いていた。

娘たち三人を呑み込んだ、あの東北の海。

瓦礫《がれき》を押しのけ、異臭の中でヘドロをかき分けながら、必死に捜し続けていた。寒々として昏《くら》い遺体安置所の冷たい死者たちの顔と、どれだけ対面してきただろうか。

絶望の中、冷たく凍てついた海に向かって、何度となく、呪詛《じゅそ》の言葉を吐いた。

返ってくるのは非情な潮騒の音ばかりだった。

福島県双葉郡浪江町《ふたばぐんなみえまち》。

山沿いにある小さな小学校の体育館が、遺体安置所のひとつに指定されていた。

五年前の三月十一日。東日本大震災が起こった。

各地を揺らした大きな地震の直後、東北地方から関東にかけての広範囲を、巨大な津波が襲った。死者、行方不明者は一万八千人以上。四十万戸近くの家屋が全半壊し、四十万人以上が被災地から避難した。

被災の四日後、村越は横浜の自宅から駆けつけた。

浪江町は娘が嫁いだ先だった。娘の夫は公務員で、町役場の役人だった。たったひとりの孫娘は東京の私立大学を卒業後、就職した都内のデザイン事務所が多額の負債を抱え、入社一年目にして倒産。以来、浪江町の実家に戻っていた。家は海に面した高台にあったが、まともに津波にやられて全倒壊していた。ふたりは波にさらわれ、海に消えていた。

娘の夫は当時、町役場にいたはずだったが、震災直後に津波が来るというので、車に乗って自宅に戻ったという。だから、三人は同じ家で津波の災厄に巻き込まれた可能性が高かった。

本当はもっと早くに行きたかったのだが、余震や津波による交通遮断や渋滞などで、車中泊を余儀なくされつつ、被災地入りに三日もかかってしまった。

村越の前で、この海の町は多くの死を抱え、重苦しい空気に包まれていた。震災によって徹底的に破壊され尽くした浪江町の光景は壮絶を極めた。人々は嘆き悲しむことすら忘れたように、茫然《ぼうぜん》として表情を失っていた。やがてさらに数日が過ぎる頃になって、ボランティアの若者たちが見られ、マスコミの姿も目立ち始めた。

村越は隣町にあった娘の義父の家に厄介《やっかい》になり、毎日のようにそこから通った。寒々とした体育館で遺体の到着を待ち、ときには雪を頭や肩に載せ、あるいは氷雨に濡れそぼって、震災の爪痕《つめあと》が深い海辺の街区を歩き回った。

無数の瓦礫の下から、あるいは海の底から発見された遺体は、自衛隊や警察、消防団などによって、ひっきりなしに安置所に運ばれてきた。

村越はひとつひとつの遺体の前に膝を突き、布をめくって顔をたしかめた。

眠ったように見えるきれいな遺体もあれば、ひどく損傷したり、あるいは水中で腐敗したものもあった。それまで仕事で遺体を見ることは何度もあったが、やはり苦手だった。若い頃は、何度となく嘔吐したものだった。

が、連日、安置所に通っては遺体と対面しているうちに、少しずつ馴れていった。

いや、馴れたのではなく、心が死んでいったのかもしれない。

能面のように無表情になって、ひとつひとつの遺体の顔に直面していた。

死者はさまざまな容貌、姿で、村越の脳裡に記憶として刻まれていった。見知らぬ者たちの死に顔を、今になっても、ひとつひとつ思い浮かべることができる。

被災から八日目にして、ようやく娘と夫の遺体が発見された。

津波によって沖合に引きずり込まれた家屋の残骸に引っかかっていたらしい。全身を魚に突かれて、無残な姿になっていた。それでも村越は娘夫婦の遺体をかき抱いた。

しかし、孫娘の遺体だけは見つからなかった。

村越はしゃにむに捜し続けたが、やがてそれもできなくなった。福島第一原子力発電所の爆発事故による放射能の影響で、危険区域に指定され、一帯は立入禁止となってしまったからだ。

むりにでも町に入ろうとすると、入口に立てかけられた〈通行禁止〉の立て看板と、白いマスクで顔を覆い、厳めしい目つきで立っている地元の警察官たちににらまれて、すごすごと引き返すことになった。

当時、付近の火葬場はどこもフル稼働で、娘夫婦の遺体は長らく安置所の白木の棺の中にあった。やがて発見から二週間が経過した頃になって、山形の火葬場まで運ばれ、灰になって戻ってきた。

その遺骨を傍らに、村越は打ちひしがれた様子で自宅に戻ってきた。娘と義理の息子は、横浜の根岸《ねぎし》郊外にある墓地にそろって眠っている。墓石には孫娘の名も刻んでもらったが、躰の一部すら見つからないのは、やはりどうしても心残りだった。

あれから五年が経過した。

孫娘の遺体は今に至るまで発見されていない。

あの冷たい海の底のどこかに沈んでいるはずだ。

名は梨花といった。

たまさか、雪の森であの犬とともに出会った中国人の娘の名も、張梨花。

孫娘が被災したのは二十四歳。もし生きていたら、彼女と同じぐらいの年齢だったはずだ。

5

昏くなった雪の森に、少し傾《かし》ぐように停まっている軽ワゴン、ダイハツ・アトレーがあった。

まだしんしんと雪は降り続いていて、車を離れたときよりも、屋根に積もった雪が厚くなっていた。

白い息を洩らしながら、村越は冷たいドアを開き、痩せた躰を滑り込ませた。車内の空気は外気温と変わらないぐらいに冷え切っていて、シートも氷のように冷たい。

老骨に鞭打《むちう》つというが、雪の森を抜けて歩くだけで、かなりの疲労感があった。風の冷たさも骨に凍《し》みるほど堪《こた》える。

ルームミラーで顔を見る。額の傷はさほど目立たない。

ハンドルの付け根にキイを入れて回し、セルモーターを二度、作動させてエンジンをかけた。

ジャンパーのジッパーを首まで上げて、背を丸くしながら寒さに耐えた。ガソリンはそんなにはないが、次のスタンドまでなら走れるだろう。

やがてエンジンが暖まってきて、タコメーターの針が少し下がるとともに、アイドリングの音が少し低くなる。水温計の針が動いたのを見て、ヒーターのスイッチを入れた。両手をこすり合わせ、息を吐きかけながら、排気口から暖気が出てくるのを待った。

ダッシュボードの上に立てたままの写真。

時が止まったかのように、娘夫婦と孫娘が幸せそうに笑っている。

しばし見つめてから、ジャンパーのポケットに入れていた在留カードをとりだしてみた。

チャン・リーホワの写真。

昏く、冷めたような切れ長の目から、視線を離せずにいた。

先刻、出会った彼女と孫娘は、まるで似ていなかった。

写真のリーホワは感情を殺したような顔をしている。あのときの本人は、絶望を通り越すほどに心が死に絶えていて、まるで魂を抜かれた人形のようだった。

自分を殴って金まで奪ったのに、そんなことはどうでも良かった。村越は彼女との出会いに奇縁を感じた。それゆえか、何かしてやらねばという気持ちがつのっていた。

神奈川県警横浜港町署にいた時代、村越は何度も不法入国者を逮捕した。中には中国人も多くいた。麻薬や武器の密輸に絡んだ犯罪者が多かったが、ただたんに日本で働いて稼ぎたいという目的で密航してくる者も少なからずいた。

かつての職場にはまだ当時の後輩が何人かいるはずだが、携帯電話をとうに破棄してしまった村越には、いま、彼らと連絡をとる手段がなかった。

家族の写真の上に在留カードを重ねて置き、村越はサイドブレーキを戻して車をバックさせた。

バックミラーに雪が付着していて見えなかったため、背後に立っていた杉の若木に車体がぶつかったが、すぐに戻し、ハンドルを回しながら何度か切り返してから、雪の積もった林道を下り始めた。

勘に頼って枝道を選んだら、ガードレールが敷設《ふせつ》された、あの新しい道路に出た。

別荘への入口を見つけて、車を乗り入れる。

ログハウスの前にいったんアトレーを停めてから、車外に出る。雪の上に残っている彼女の足跡を調べた。犬の小さな足跡が、寄り添うように併走している。

もう一度、自分の車に戻って、カーナビの画面を見た。

地図の表示区域を変えてみると、二キロばかり西の方角に、国道一四一号線がある。

とりあえず、そこを目指してみることにした。

十五分も走らないうちに、森が途切れて、忽然《こつぜん》と視界が開けた。

夜のとばりが下りて、周囲は薄暗くなっていたが、雪をまとっただだっ広い高原の風景がどこまでも広がっている。すぐ間近に野辺山電波観測所があって、巨大なパラボラアンテナがいくつもならび、空を仰いでいる。それらが無数の巨人のシルエットのように見えた。

彼方《かなた》に連なる雪山の稜線《りょうせん》は、西日の残照の中で、淡い群青色に染まりつつ光を失っていた。

国道に出ると、清里《きよさと》方面に向かってゆっくりと車を走らせた。背後からヘッドライトが近づくたび、ウインカーを出しながら路肩に避《よ》けた。せっかちな長距離トラックの運転手が、長いホーンを鳴らしながら、苛立たしげに追い抜いていく。

さらに十分近く走った頃、前方、百メートルばかりの道端にハザードを点滅させながら停まっている赤いスポーツ車が見えた。村越は少し速度を落として、注意して見た。

車輛はホンダＣＲ－Ｚ。ナンバーは品川だった。

路肩側のドアが開いていて、人影が四つ、見えている。小さな犬がまとわりつくように吼えているのがわかった。そのすぐ後ろにダイハツ・アトレーを停車させて、村越はドアを開き、外に出た。

知り合いという様子ではないし、ナンパというレベルのものでもない。強引に拉致《らち》しているとしか思えなかった。

革ジャンやジャージを着た若者が三人。コート姿の女を車に引っ張り込もうとしていた。

犬がしきりに吼えて、若者のひとりの脚に咬《か》み付《つ》いた。

罵声《ばせい》を上げながら、若者が犬の下腹を蹴った。

犬の悲鳴。

「何をしている！」

村越は怒声を放った。

刑事をやっていた時分は、しばしばヤクザやチンピラ相手にドスの利いた声を出したものだが、今のそれは老人独特の嗄れ声以外のなにものでもなかった。

若者三人はいっせいに振り向いた。彼らに腕を摑まれていた娘も、ハッと顔を向けてきた。

リーホワだった。思ったとおりだ。

犬はすずという名の薄茶の和犬。少し離れた場所から、身をかがめるようにして、若者たちに吼えかかっている。だが、三人はそれを無視して、村越のほうにやってきた。

それぞれが余裕の表情だった。

「ジジイは引っ込んでな。怪我するぜ」

ニキビ面の革ジャンの若者が濁声《だみごえ》でいった。

威嚇のつもりか、両手をズボンのポケットに入れながら、顎をしゃくるようにして近づいてくる。

村越は一歩踏み出しざま、相手の軸足を無造作に右足で払った。ポケットに手を入れていた若者は驚愕の表情を浮かべたまま、無様《ぶざま》にアスファルトの上に転んだ。

鈍い音がして、背中と後頭部を舗装路に打ち付けた。

他のふたりが顔色を変えた。

リーホワの手を放したジャージの若者が、歯を剝き出しながら殴りかかってきた。無駄の多い、素人の動き。村越はその手を摑むと、自分に引き寄せつつ、相手の躰を腰に載せるようにして投げた。ふっと宙に浮いた直後、若者が路肩に背中から叩きつけられた。

一瞬、バネのようにのけぞってから力を失った。

最後のひとりは驚きの表情を顔に張り付かせたまま、硬直していた。両手がかすかに震えているのが見えた。

「来なさい」

そういってリーホワを手招きした。

彼女は唇を嚙みしめ、村越を見つめていたが、意を決したように歩いてきた。

すずと呼ばれた犬も、いっしょに走ってきた。

軽ワゴンの助手席に彼女を座らせると、すずも車内に飛び込んできた。村越は反対側に回り込み、運転席に入ってドアを閉める。シートベルトを締めながら、車を走らせた。

赤いホンダCR－Zの傍に、ふたりが倒れたまま。残るひとりは茫然と立ち尽くしながら、遠ざかる村越の車を見つめている。

それをミラー越しに見ながら、彼はふうっと吐息を投げた。

久々の荒事《あらごと》だったためか緊張していた。心臓の鼓動が激しく胸郭《きょうかく》を打っていた。動揺を顔に出さないように、わざとらしく咳払いをした。

助手席に座るリーホワは、無表情のままだ。

怯えたり、ショックを受けた様子もなく、相変わらず人形みたいに感情の読めない横顔を見せている。犬は彼女の膝の上にいた。長い舌を垂らしながら、ハアハアと呼吸音を洩らし、躰を小刻みに揺らしている。

「これを……」

村越はジャンパーのポケットから在留カードをとりだし、彼女に見せた。

「あの別荘の前に落ちていたんだ。ないと困るものだろう？」

リーホワは黙って受け取った。それをコートのポケットに入れると、何かをとりだした。ちらと見ると、くしゃくしゃになった紙幣だった。村越の財布から抜き取ったものらしい。

寄越そうとしたので、手を振って断った。

「とっておきなさい。私は別にあんたを恨んじゃいない」

彼女は思い詰めたような表情になり、なおも紙幣を差し出した。

黙ってかぶりを振り続けている。仕方なく片手で受け取り、ジャンパーのポケットに突っ込んだ。それからしばし口を閉じたまま、ステアリングを握っていた。

清里から須玉《すたま》に抜けると、市街地に入ったせいか、対向車のライトがひっきりなしにすれ違うようになった。すでにとっぷりと日が暮れている。夜気が車内に忍び寄る。フロントガラスも曇ってきたため、村越はヒーターのパワーを少し強めた。

また隣の娘の横顔を見た。

「わけありなことはわかってる。無理な詮索はしないつもりだ。ただ、どこへ行きたいのかを教えてほしい。行くあてもなく車を走らせるよりは、明確な目的地があったほうがいい」

「私、中国に帰りたいです」

リーホワの横顔にまた目をやった。そして、村越は前方に視線を戻す。

「パスポートや旅費はあるのかね」

「お金、ないです。パスポートも」

「なくしたのか」

「仕事、世話をしてくれた組合に預けてあります。働いたお金の貯金通帳もぜんぶ」

「組合……」村越はふいに悟った。「日本に働きにきていたのか」

「私、中国人労働実習生です。竜臥村で働いていました」

そういった研修制度があって、多くの外国人が日本に働きにきていることは、村越も知っていた。

「竜臥村というと、たしかレタス農家で有名だったな」

「毎日、朝の二時から夕方の五時頃まで働いてました。残業もいっぱい。でも、中国を出る前に聞かされた話と、とても違っていました。働いたお金は貯金させられていて、休みもほとんどありませんでした」

「貯金を自分で自由に引き下ろしたり、故国に送ったりできなかったのかね」

「通帳と印鑑。パスポートといっしょに強制的に取り上げられてました。仕事の契約期間が終わるまで返せないといわれました。だから、私たち、毎月、一万円の生活費だけ」

「一万円……」

村越は無意識に顔をしかめていた。

「それでどうやって暮らす？」

彼女がいうには、レタス農家での労働の実態はこうだったらしい。

毎月の基本給は五万円。そのうちの四万円は強制的に貯金扱いとなり、実費として支払われる額が一万円のみ。残業手当は時給三百円。それも強制的に貯金扱いとなる。

休日は週に一度。しかし無届けの外出は厳禁され、竜臥村の、たとえばスーパーマーケットなどに買い物に行くときですら、決められた帽子をかぶり、作業服を着用しなければならない。そんなルールを課せられていた。

「まるで奴隷だな……それは」

リーホワは膝の上の犬の背をそっと撫でている。

「その組合とやらは、どうして通帳やパスポートを返してくれないのかね？」

犬を撫でていた手を止め、ちいさくかぶりを振った。

「預けているだけじゃないのか」

リーホワはしばし黙っていた。やがて、口を開いていった。

「中国人が逃げ出さないためだといってました」

かすかに眉根が寄っている。

「職場から逃げ出す？　そんなことがよくあるのかね」

彼女はうなずいた。「お金もパスポートもない。だから、みんな逃げ出せなくなった。男の人は殴ったり蹴られたり。それでも我慢して働いていました」

「どれぐらいの期間、そんな仕事をさせられるのかね」

「ふつうの実習生。村で働くのは七ヵ月です。秋になったら、みんな中国に帰ります」

「じゃあ、どうしてあんたは？」

「私……特別ですから」

「特別？」

「農業実習生としてレタスの収穫していたの、最初だけ。途中から、班長がやってきて、別の仕事をするよういわれました」

「班長というのは？」

「同じ中国人でも、少しえらい人。農場で私たちを管理することが仕事の人です。みんな班長に逆らうことはできません。だから、班長にいわれたら従うしかない」

「それで、どんな仕事に……」

「家事手伝い、いわれました。お家の人の食事の用意や買い物や、そんなことです」

「だから七ヵ月が過ぎて、冬になっても村で働いていたのか」

「他にも、女の仕事、やらされました」

「女の仕事」

つぶやきながら村越はリーホワの横顔を見つめた。

伏せ気味の目から、長い睫毛《まつげ》が見えていた。口許を引き締め、鼻をすすったとたん、目尻から涙が頰を伝って落ちるのが見えた。

「それで、たまらず逃げ出してきたんだね。だから、国に帰りたいと？」

「帰りたいです。でも、帰れないです。パスポート、ない。お金もない。私の父、八万元の借金して、私を中国から日本に送り出してくれました」

「八万元というと、百五十万円ぐらいか」

横浜で刑事をやっていたとき、華僑たちが絡む事案をいくつも担当したので、村越はおおよその見当がついた。

「八万元のうち、二万元が保証金。中国の組織に払いました。それ、私がちゃんと働いて中国に戻らないと返してもらえない。途中で強制帰国、だめ。逃げて帰っても、お金、戻ってこない」

リーホワはそういってから、口を引き締めた。ハラハラと落涙していた。

「外国で就労するための渡航費用だとしては、かなり法外な額だと思うな」

「私、事務局の担当の人にいわれました。それだけの大金を納めるからこそ、中国人は必死になって外国で働くのだ。保証金も手数料も必要なければ、誰もがみんな日本に行くだろうって」

いかにも詭弁《きべん》だと村越は思った。

しかし、それをここで彼女にいっても始まらない。村越はリーホワの肩に優しく手を置いた。

「この国には人権相談の窓口がいろいろとあるはずだ。あんたは、まずそこに行くべきだ。もしも、そんな奴隷制度みたいなことがまだ行われているとすれば、司法に訴えるべきだ。そしたらきっと社会問題になるだろうが、真相は公表するべきだと思うがね」

そうはいったものの、すすり泣くリーホワを見ていると、村越の中で怒りが薄れ、代わりに沈鬱な感情が持ち上がってきた。

「そうか……そんなことになれば、あんたはますます故国に帰れなくなる、か。いや、もし帰れても、保証金は没収されたままということか」

つまり、中途半端なかたちで仕事を抛《なげう》って中国に戻ることになれば、リーホワの家族が大金を借りて、娘を送り出したことの意味がなくなってしまう。のみならず、このことで彼女の家族はそれまで以上に苦難に追い込まれる結果になるだろう。

「だったら、斡旋《あっせん》業者に訴えて、どこか別の場所で仕事ができるようにならないものかね」

「私、どこにも行けません。もう仕事もできません」

そういわれて、村越は首をかしげた。「どういうことだね」

「私、人を殺しました」

リーホワは思い詰めたような表情で、そういった。

村越は彼女の横顔を見つめた。

冗談をいったわけではない。本当なのだと思った。

「誰だね、相手は」

「農場の人」

「つまり、あんたたちの同僚じゃなく、日本人ということか」

うなずいた。険しい顔がいっそう深刻になった。

6

標高が一三〇〇メートル以上あるというだけあって、ひどく寒い土地だった。

セドリックを降りた田浦は、身をすくめながら、阿久津、柳とともに歩いた。

夕闇の中、ストライプ模様に畝《うね》が残った広大な畑地を抜ける、砂利敷きの狭い一本道だった。砕石の隙間に、あちこち白く雪が残っているのが夜目にも鮮やかだ。

ゆうべ遅く、北海道からトンボ返りで戻ってきたばかりだというのに、またしても寒いところに行かされるのかと阿久津はしぶったが、組長命令とあってはいかんともしがたい。

――汚い仕事はいつだって俺たちだ。

阿久津は捨て科白を吐いて、組事務所を出た。

中央高速道を松本方面に向け、車を走らせている間、足寄での出来事が田浦の頭にずっと残っていた。

彼らは人ひとりを殺してきた。

相手はもともと死を覚悟していたのか、ヤクザたちを見ると、ほとんど抵抗もしなかった。車の後部座席に乗せられて運ばれ、牧場の近くの林で下ろされた。

――田浦。車の番をしてろ。

そういった阿久津が柳とふたり、その男を連れて林の中へと消えて行った。

しばらく経ってから、阿久津と柳はまるで立ち小便を終えてきたような涼しげな顔で、車に戻ってきた。来シーズンの開幕のときに、巨人のピッチャーは誰が先発になるのがいいかという会話を、ふたりで延々と続けていた。

なぜ、あの男だけが戻らなかったのかを、田浦は知っていた。現場を見ていない。が、それだけにあの林の中で何があったかを想像して萎縮した。

「何やってる。えらく遅れてるぞ」

前を歩く阿久津の声だ。

あわてて走り、ふたりに追いついた。

「車で門前まで行きゃいいじゃねえか。何だって歩かせるんだよ」と、柳が不平をいう。

「ヤクザの車でお屋敷に乗り付けてもらいたくないんだとさ」

答えて、阿久津が苦笑いを見せた。


豪壮な屋敷だった。

白塀に囲まれていて、雪をかぶって亭々と繁る松の大木が庭の一角に目立っている。倉島と木彫りの表札がかかった大きな門の外に、一対の提灯《ちょうちん》がかかっていて、喪中の紙が薄闇の中に浮かんでいた。その周囲に車が何台か、停まっている。

空気がどこか線香臭かった。

門をくぐると、縁側の向こうにある障子《しょうじ》の明かりが見え、話し声がよく聞こえた。葬儀は終わったはずだが、弔問客はまだいるようだった。

玄関の引き戸が開いて、割烹着《かっぽうぎ》姿の痩せた中年女が出てきた。阿久津の顔を見て驚いたように立ちすくんだが、すぐに察したように目を伏せ、頭を下げた。

「倉島の妻でございます」

「東京から来た阿久津です」

「うかがっております」

恟々《きょうきょう》とした様子で三人を三和土《たたき》に招き入れた。

靴を脱いで上がりかまちに立つと、廊下の途中にある障子が開いて、中肉中背の男が出てきた。年齢は五十前後。胡麻塩《ごましお》の頭髪を短く刈り上げ、日焼けした顔は縦長で馬面だった。ワイシャツに黒ネクタイをゆるめて巻いている。いかにも農家の主《あるじ》らしく、ゴツゴツとした手をしていた。口許が引き締まっている。

「私が倉島康治だ」

そういってくるりと背を向けた。ついてこいということだろう。

線香の煙が漂う大きな広間では、男たちの濁声が洩れ聞こえて酒宴が続いていたが、三人は別室の応接間に通された。倉島がいったん姿を消し、三人で腰が沈み込むようなふかふかのソファに座っていると、最前の割烹着の女が茶を運んできた。

阿久津がテーブルに備えつけのライターをとって、煙草に火を点けた。

田浦は湯呑みを取って茶をすすった。渋めの緑茶だった。

阿久津も柳も黙って座っているだけなので、彼は少し遠慮がちに湯呑みをテーブルに戻した。

旧家独特のカビ臭い空気。天井近くに額縁に入った老人たちの顔写真が並んでいる。白黒写真の大勢の視線が沈黙の中で、こちらを見下ろしている。古い家の歴史が重たげな雰囲気を投げていた。

やがて倉島が戻ってきた。酒のせいか、顔が紅潮している。片手に茶封筒を持っていた。

年齢は五十前ぐらいだろうか。ひとり息子を失った親にしては悲愴な様子はさして見られず、むっつりとした表情で、向かい合わせのソファに腰を下ろした。目は充血していたが、泣きはらしたためなのか、酒の飲み過ぎなのかは判然としない。

「あんたら、祐也を殺した娘を見つけ出せるのか」

鼻の上に少し皺を刻みながら、倉島がそう切り出した。落ちくぼんだ眼窩の中で目が異様に光っていた。

「そのために来ました」と、阿久津が答える。

「そっちの痩せたほうはともかく、人殺しがやれるようには見えんがね」

柳の隣に座る阿久津が笑った。

たしかに額が広くて丸顔。いかにも温和な笑みを顔に張り付かせた阿久津は、ヤクザというよりもどこかの会社の古株の課長のように見える。

倉島は茶封筒の中から臙脂《えんじ》色をした薄い手帳をとりだした。

中華人民共和国　护照
と、読めた。

その下に英語でパスポートと記してある。

阿久津が顔写真入りの証明ページを開いてテーブルに置いたので、田浦は柳とともに見つめた。

張梨花《チャン・リーホワ》。二十四歳。住所は吉林《きつりん》省煌山《こうざん》となっている。

顔写真を見れば、化粧っ気のない、地味な顔立ちの娘だった。

「この娘を殺して死体を始末するようにいわれたんですが、それでいいんですか」

阿久津がいうと、倉島がうなずく。

「死んだ息子への手向《たむ》けだ」

「警察には何と説明されましたか」

「気が進まんが、息子は生前から自殺をほのめかしていたということにした。検視の結果が昨日、南佐久署から届いたが、やはり具体的な他殺の証拠が見つからなかったそうだ。念のために、息子のパソコンにも〝遺書〟を書かせておいたから、警察は自殺として処理するはずだ」

そのことに忸怩《じくじ》たるものを感じるのだろう。倉島は眉根を寄せ、わずかに目をしばたたかせた。

「この中国娘のことを他に知っているのは？」

「われわれ関係者だけだ」

「農場には他の実習生もいるんじゃないですか」

「全員を中国に帰したあとだった。残っていたのはあの娘だけだ」

阿久津は薄ら笑いを浮かべた。「わかりました。ならば、あとはこちらに任せて下さい」

「見つけられるのか」

すると阿久津が微笑《ほほえ》んだ。ヤクザらしからぬ、柔和な笑顔だった。

「われわれはプロですよ、倉島さん。それに俺たちだけじゃない。組の息がかかった者があちこちで情報網をめぐらしています。相手はたかが中国人の娘ひとりです。時間の問題だと思っていて下さい」

「警察に駆け込まれたら、それで終わりだ」

「自分から自首して出るようなことはしないでしょう。よけいな心配は無用ですよ。私ら、あなたの不出来な息子さんがしでかしたことの尻ぬぐいをさせられてるんです。そのことを少しは自覚してくれませんかね」

「たしかにあいつは愚息だったが、そのうちに性根を鍛え直してやろうと思っていた。いずれはこの家を継がねばならない。それが……」

「ご家庭の事情に興味はありません。娘は確実に捕まえる。それだけですから」

阿久津がパスポートを持って立ち上がった。「これ、お預かりします」

去ろうとして、肩越しに振り向いた。「そういえば、犬もいっしょなんですってね」

「うちで飼っていた雑種の犬だ。なぜかあいつにだけ、なついていた」

「犬も、殺しますか？」

倉島は驚いたような顔を向けていたが、やがていった。「勝手にしろ」

阿久津は眉根を寄せながら笑って歩き出す。柳も続いた。

最後に立ち上がった田浦が、去り際に肩越しに振り返った。

倉島はソファに座ったままだった。皺だらけの両手で顔を覆っていた。その姿を見た田浦はかすかに同情の念を覚えたが、何もいえずに背中を向けると、ふたりを追った。

「たかがレタスで平均年収二五〇〇万だってな」

セドリックの後部シートにもたれながら、阿久津が煙草をくわえた。

革靴を脱いで、両足を横に伸ばしている。

「中国人を薄給で奴隷みたいにさんざんこき使って、自分らばかりが濡れ手で粟ってことだ」

倉島家の外塀に沿って並ぶ高級外車を見ながら、そうつぶやく。

「同情はしないいんじゃなかったのか」

助手席から柳が皮肉を飛ばすので、阿久津は不機嫌そうに鼻を鳴らした。「同情じゃないさ。気にくわないだけだよ。あんな奴らに比べたら、俺たちヤクザのほうが、まだしもまっとうに思えるぐらいだ。おまけにこちとら、勝手に汚れ仕事を押しつけられるんだ」

「あんたがいやなら、俺がさっさと始末をつけてやるよ」

「若い娘が相手だからって、〝趣味〟に走るんじゃないぞ、柳。さっさとことを終えて都会に帰るんだ。こんな骨の髄まで凍りつくような山ん中は性に合わない」

柳が舌打ちしたとき、阿久津のスーツの上着の中でスマートフォンがバイブした。液晶を見ると、発信元の番号が表示されている。名前はないが、その人物を阿久津はよく知っていた。

「尾野さん。直接、こっちにかけないって約束ですよ」

しばし間があって、落ち着いた男の声がした。

――予定が少し変わったんです。仕事が増えるようで申し訳ないのですが、フリージャーナリストの沢井一磨という男がそっちに行っています。例の事件のことを嗅ぎ回っているようなので、少々、ヤキを入れておいてもらえるとありがたいんですが。

「別途料金ということでいいですか」

――もちろんです。先の仕事との優先順位はそちらの判断に任せます。沢井に関するデータは、これからメールで送りますので、そちらをご参考に。

唐突に通話が切れた。

阿久津は口許を曲げて、しばしスマートフォンの画面を見ていたが、やがてまたバイブが始まり、メールの着信を知らせてきた。指先でタップすると、フリージャーナリストの沢井一磨に関する写真や経歴、車の種類やナンバーなどの情報が細かく記されてあった。

それを保存してから、火を点けぬまま煙草をくわえっぱなしだったことに気づく。

「娘だけじゃなく、もうひとつ仕事が増えた」

「沢井って野郎は近くにいるのか」

電話の声を聴いていたらしく、柳が不機嫌な顔のままでいった。

「たぶんな」

ライターで煙草に火を点けてから田浦にいった。「さて、仕事が増えたし、早いとこ行こう」

「で、どこに行けばいいんですか」

「莫迦」

ぶっきらぼうな声を阿久津から投げられた。

「その灰色の脳細胞って奴を使って、少しは考えろ。推理するんだよ」

「推理……ですか」

「都会から来た男が、いつまでもこんな田舎にいるはずがない。どうせ腹ごしらえか、宿捜しのために清里辺りをうろうろしてるってことだ。さっさと出せ」

田浦は黙ってセドリックのアクセルを踏みつけた。

ヘッドライトの光芒《こうぼう》が闇を切り裂き、未舗装の道に積もった雪をタイヤが巻き上げる。

7

車中泊するつもりはなかったのだが、道端に停めたインプレッサの中で、二時間近く寝込んでいた。

竜臥村を去って、国道一四一号線を南に下り、清里駅方面に折れたところに車を停め、あちこちに電話をしていた。日中交流事業組合と、その理事長の尾野泰俊について調べられるだけ調べておこうと思ったからだ。

そのうちに眠くなって、シートを倒していた。

目を覚ましたのは、ポケットの中でバイブしたスマートフォンのおかげだ。

液晶に表示された名を見て、すぐに通話モードにした。

相手はヤスオ・カルロス・ヤマグチという名の日系ブラジル人で、一年ぶりの声だった。

五年前に勤めていた自動車の下請け工場をリストラされて以来、ずっと日雇いの仕事をしながらハローワークに通い、職を探す毎日だった。それが、再就職をあきらめてブラジルに帰ることにしたという。向こうで待っている妻が病気になり、子供たちの面倒も見られないということで、帰国を余儀なくされてしまったのだ。早口で、ときおりポルトガル語が混じる、わかりにくい声だったが、沢井は深く同情した。

カルロスとの出会いは、十年以上前だった。

愛知県のある地方都市で、ブラジル人の労働者たちと地域住民たちの摩擦に関する取材をしていた。九〇年の入管法改正によって、それまで短期と定められていた日系人の就労に無期限の定住資格が与えられることになり、それをきっかけにブラジル国内の日系社会に〝デカセギブーム〟が巻き起こった。

当時の日本とブラジルは、十倍近い賃金格差があり、すなわち、日本で一年間働けば、ブラジルの十年分の収入になるということで、日本に渡航するブラジル人労働者の数が爆発的に増え、今では永住者を含めて三十万人以上になる。

国内の、とりわけ地方にはこうしたブラジルからの出稼ぎ労働者たちによるコミュニティが出現して、ひとつの文化圏となりつつあった。

が、一方で、こうしたことによるトラブルも頻発した。

外国人の異端視から始まり、根拠のない噂が広がり、ブラジル人たちは危険で、犯罪者予備軍だということで、住民たちとの間に軋轢《あつれき》が生じた。そこに至って右翼団体やヘイトスピーチ集団などが押し寄せ、外国人排斥を声高に叫ぶようになった。

そして双方の間に小競《こぜ》り合《あ》いが続き、やがて暴力事件などに発展していった。

一時は警察が機動隊まで出動させる騒ぎとなり、街はさながら戒厳令下のようだったという。

竜臥村のレタス農家だけではなく、ここにも安易な労働力として受け入れようとした側と、人生を賭けて渡航してきた外国人たちの食い違いが、意外な結果で露呈することになる。

〈開発途上国の青壮年に対する技術・技能の移転を通じた国際社会への貢献〉

研修制度を本来、管轄すべき公益財団法人・国際研修協力機構（ＪＩＴＣＯ）が掲げていたこのスローガンが、これほどむなしく感じられたことはない。

それが数年前、リーマンショックに始まる不況による派遣切りがあちこちで行われた頃から、市内のあちこちに失業者、ホームレスがあふれるようになり、日系ブラジル人たちは次々と国へ帰っていくようになった。

そんな取材の中で、いろいろな日系ブラジル人と知り合ったが、カルロスはまるで友達のように接してくれた。だから努力が実って、どこかでまた就職口が見つかることをずっと祈っていた。それが残念な結果となった。

カルロスに「帰国支援費はもらうのか」と訊いたが、受け取らないという答えだった。何とかブラジルに戻る飛行機代だけは稼いだという。

六年前、厚生労働省が打ち出した〈帰国支援事業〉では、ひとりあたりにつき三十万円の帰国費用を支給するということになっていた。ただし、そこには三年以内の再入国は禁止という条件がつく。そのため、この事業に対する批判意見は多かった。会社の派遣切りに続いて、今度は政府が国内のブラジル人を追い出しにかかったというわけである。この先、日本でどうしても稼ぎたい日系人労働者たちは、支援策を無視して自費で帰国するしかなかった。

——沢井さんは、まだ外国人労働者の取材をするのか？

カルロスに訊かれたので、素直に答えるしかなかった。

「いまはまた中国人研修生のことで竜臥村にいるんだ。たんなる労働移住者の問題だけではなく、それまでとは別のアプローチになると思う」

——気をつけたほうがいいよ。最近、中国人の入国には悪い奴らが絡んでいるという話だから。

「悪い奴ら？」

——ヤクザとか、あっちの黒社会。

「チャイニーズ・マフィアか」

——あんまりヤバイことに首、突っ込まないほうがいいよ。

沢井は自分は大丈夫だと断ってから通話を切った。

液晶表示を見ると、スマートフォンの電池が消耗していたので、カーバッテリーにコードで繋いで充電モードにする。それをコンソールの上に置いてから、欠伸《あくび》を噛み殺しながら腕時計を見た。

午後八時を回っていた。

シートベルトを装着して、アクセルを踏み込み、インプレッサを出した。


車は信号を折れて、国道一四一号線にふたたび入る。

前方をゆくトラックの赤い尾灯を見ながら、ずっと考えていた。

外務省事務次官のとき、汚職に手を出して逮捕される前年に、尾野泰俊は頻繁に中国東北部に足を運んだ形跡があった。それも一年のうちに七回も渡航している。主に訪れた先が、吉林省の省都である長春《ちょうしゅん》。それ以前から、中国にはたびたび渡航しているのだが、それまでは主に北京《ペキン》や上海《シャンハイ》などの都市部だった。翌年、懲役五年の実刑判決を受けて収監され、出所したのちに日中交流事業組合の理事長の職に就いた。

尾野が長春を訪れていたのは、おそらく中国人労働実習生の送り出し機関とのコネを作るためだったのだろうと推察される。調べてみると、やはり彼の組合が受け入れを担当して、国内各地に労働のための実習生を送り込んでいたらしい。

不況という波を乗り越えるために、各地の中小企業は、単純な労働力として安価に雇える外国人労働者を、偏見と無理解を抱きつつも受け入れていった。

一方で、日本にやってくる労働者たちは、この研修制度のパンフを飾ったこんな言葉を信じていたはずである。

〈外国人研究・技能実習制度。それは日本の先端技術を発展途上国へ移転することを目的に運営される。一年の研修を終え、検定に合格すれば、さらに二年間を実習生として、同一企業で就労ができる〉

受け入れ側の日本の会社、企業が、そんな甘言を実行するはずもなかった。

彼らにしてみれば、安価で獲得できる労働力という認識しかなく、旧態依然とした奴隷のような扱いで、薄給でこき使い、ともすればそこに暴力やセクシャル・ハラスメントがともなうことも少なくなかった。そもそも人生を賭けて、借金をして日本に来ている研修生と、たんに安上がりな労働力を期待する受け入れ側との間には、埋めがたい深い溝がある。

そして、トラブルが各地で多発した。

こんな問題が、いつまでも水面下に抑え込まれるはずもなかった。

竜臥村に関しては、むしろ異例といえるアプローチがあった。

もともと村の農林業振興事業協同組合が受け入れ機関として中国から労働者を集めていたのだが、前年に告発があって違法就労の実態が明らかになり、日弁連と在日米国大使館から圧力がかかった結果、組合は解散を余儀なくされた。その結果、外部団体に委託して中国人実習生の監理を任せるようになったらしい。

それが尾野の日中交流事業組合だったというわけだ。

「ヤクザにチャイニーズ・マフィアか……」

カルロスの言葉を思い出し、沢井はつぶやく。

尾野泰俊の叔父、つまり元首相の尾野克美は、右翼の大物だった昔から暴力団との癒着が噂されていた人物だった。甥っ子だった泰俊も、何らかのかたちでそういった社会の暗部に関わっているのかもしれない。

竜臥村の一農家である倉島の息子の葬儀に、なぜ尾野が自ら出てきたのか。

今回の事故、あるいは事件を調べてみる必要がありそうだ。

沢井はフリーのジャーナリストになる前は、大手新聞社の記者をしていた。社会部と政治部で、それぞれ四年ずつ。昔から群れることが嫌いだったため、取材もいつだってひとりだった。もっぱら記者クラブに詰めて、取材後に角突き合わせて読み合わせをしているような記者たちを、遠くから冷笑していた。その代わり、これと決めて狙った相手からは絶対に離れず、徹底的に尾《つ》けまわしたが、自分から積極的に攻めの取材はしない。ただ、相手が根負けするのを待つ。だから、沢井はひそかに〝電信柱〟などと揶揄《やゆ》されていた。

あのときのように、食らいついてやる。

沢井は思った。このネタだけは、絶対に逃がしてはならない。

国道一四一号線を南に下り、野辺山から清里まで下りたところで、道の左側にレストランの電光看板を見つけた。ウインカーを出し、インプレッサを減速させる。

駐車場には、長距離トラックや普通車が何台か停まっていた。

広い店内に入ると、薄暗い照明の中、客席の八割方が埋まっていた。窓際の空席を見つけて座った。ステーキやハンバーグなどの肉料理、カレーなどが評判の店らしかったが、さほど腹が空いているわけではないので、あさりのパスタを食後のコーヒーといっしょに注文する。

上着の内ポケットからメモ帳をとりだし、一連の出来事を読み返しているとき、背後の四人がけの席からの会話が耳に入った。

革ジャンやジャージの若い男が三人。大声でしゃべり合っている。

ちらと振り返ると、三人とも不良というか、ヤンキーっぽい雰囲気で、ひとりが顔にひどい擦り傷を負っていて、頬についた生乾きの血を手ふきでしきりとぬぐっていた。何かトラブルがあったことは一目瞭然だった。

沢井は知らん顔をして、ウエイトレスが運んできたパスタを食べながら、背後のテーブルの会話に耳を澄ましていた。

「中国人の女」「ジジイ」

そんな言葉が頻出していた。

どうやら野辺山駅近くの国道で、中国人らしい若い娘を車に連れ込もうとして、通りかかった老人に殴られるか投げられるかして、こっぴどい目に遭わされた。娘は老人の乗っていた車で去っていったようだが、ふたりは旧知の関係ではないらしい。

沢井はボールペンをとりだして、彼らの会話をメモしていた。

――中国人の女。二十代ぐらい。老人は七十歳ぐらい？　車は白のダイハツ・アトレー。横浜ナンバー。

若者たちはその車輌ナンバーも携帯のデジカメ機能で撮影していたようだ。

「今頃、ふたりしてホテルにしけこんでヤッているにちがいない」とか、「今度、見つけたらタダじゃおかない」などと声高にしゃべっているおかげで、周囲の客たちのみならず、店のスタッフすらも、すっかり引いていた。三人ともビールやハイボールなどを飲んで赤ら顔になっているため、飲酒運転になるのは間違いないだろう。

聞いているうちに、「犬」という言葉も出てきて、沢井は耳を立てた。

三人がナンパ――というか、強引に車に連れ込もうとした中国人の娘は、どうやら犬連れだったらしい。日没後に、こんな都市部から離れた国道の路肩を、その娘は犬連れで歩いていた。そんな状況が沢井には理解できなかった。

そもそもなぜ、中国人なのか。

もちろん、ここらにも中国やフィリピン、ブラジルなどからの外国人労働者が大勢いる。

彼らの職場は、町工場だったり、建築業、水商売などが大半で、中には農場や牧畜業なども含まれるが、野辺山のような高原ではほとんど見かけない。

竜臥村のレタス農家などは、たしかにかつて大勢の中国人労働者を受け入れていたが、それも春から秋にかけての農繁期、収穫期にかぎられている。市街地の工場などの職場で働く労働実習生たちと違って、一年と経たずに故国に戻されるのが定番なのだ。

それにつけても、彼らの会話に出てくる中国の娘のイメージが、どうしても脳裡から離れない。

「すみません」

思い切って立ち上がり、声をかけてみた。

「フリージャーナリストをしている沢井と申しますが、今のお話、もう一度、詳しくお聞かせ願えませんでしょうか」

最初、険悪な顔をそろえて、挑発を返してきた三人の若者たちだった。それが、沢井の柔らかな口調のせいで、少し態度が軟化したようだ。

有名な雑誌の名を出して、地方に暮らす若者の特集記事の取材をしているのだと嘘をいうと、さして経たぬうちに、向こうから乗ってきた。コンパクトカメラをとりだして写真を撮らせてくれと申し出ると、それぞれが眉根を寄せて粋がった顔でVサインやガッツポーズを決め、撮影に応じた。

訊けば、近くの韮崎《にらさき》市に住む、ある高校の同窓生たちで、ひとりが持っていたホンダCR－Zという車に乗り、朝から諏訪《すわ》の知人の家まで遊びに行っていたのだという。その帰り道に見つけた中国人の娘のことを、彼らは口々に自分たちから話し始めていた。

大きな男物らしいコートを着て、犬連れで国道の路肩を歩いていた。

徐行して停まり、車窓越しに声をかけると、中国語なまりの日本語で「道に迷ってしまったので、どこかの街まで連れて行ってほしい」といってきた。三人が車を下りて、車内に入れようとしたとたん、抵抗して暴れ出したので、仕方なく〝少々、強引な手段に出た〟のだという。

あくまでも親切心だったたと。

沢井は彼らの言葉を逐一、メモにとりながら、ときおり質問を挟んでは聞き続けた。

犬が吼えて威嚇し、娘もしゃにむに手を振り回して抵抗しているうちに、横浜ナンバーのダイハツ・アトレーが後ろに停まり、七十ぐらいの年寄りの男性が出てきて、ふたりに乱暴をはたらき、娘を連れ去った。

話しぶりからして、かなりの脚色が入っていると見たが、おおかたの様子は想像できた。コートは明らかに彼女の体型に合っていなかったそうだし、荷物も持っておらず、ヒッチハイクで旅をしているなどという感じではなかったらしい。しかも犬連れというところが、やはり気になった。

いずれにせよ、車で行ってしまったというからには、もうこの近くにはいないのではないか。

竜臥村のレタス農家の息子の死亡事故と、犬連れで彷徨《ほうこう》していた中国人娘。ふたつの事柄に関連性があるとは思えなかったが、双方のイメージがどうしても頭から抜けない。


レジで勘定を払って店の外に出ると、ちらほらとまた雪が舞い始めていた。

時刻は間もなく九時になろうとしていた。

レストランの駐車場の端に停めたインプレッサに向かって歩いていると、最前の若者三人が乗ってきたらしい赤いホンダCR－Zが近くに停まっているのが見えた。その横に並んでいる黒いハードトップのセドリックのドアがふたつ開いて、スーツ姿の男がふたり出てきた。

ひとりが行く手を遮《さえぎ》るように前に立ち止まり、もうひとりがその後ろに立った。

沢井は緊張に硬直した。

目の前に立つ小柄な男は、額が広く、ハの字眉に小さな目。どこにでもいそうな中年男性のように見えた。その背後にいる、ひょろっと痩せ細った男のほうは、どこか異様な感じで、切れ長の目に殺気を宿らせていた。

「沢井一磨さんですね」

名をいわれて驚いた。「悪いけど、ちょっとだけ、つきあってくれない？」

柔らかな口調でキーの高い声だった。ニコニコと笑いながら、細めている目の奥に、なにやら異様な光が垣間見えた。

「あなたは？」

少し声が震えていた。

「荒神会《こうじん》の阿久津っていいます」

「荒神会……」

数年前、週刊誌の取材で、暴力団に少し関わったことがある。荒神会は、東日本でいちばん勢力を誇る関東俠友《きょうゆう》連合という組織の中でも、とりわけ大きな組だった。事務所は新宿歌舞伎町《かぶきちょう》にあったと記憶している。

「ヤクザなんかに用はない」

「そっちになくても、こっちにはあるんです」

あくまでも向こうは慇懃《いんぎん》な口調でいってくる。

たまさか悪い相手に遭ってしまったのではないとわかって、沢井は驚いた。だから、彼はこちらの名前を知っていたのだ。ミイラ取りがミイラにならないと妻にいったばかりだったのに、早くも危険の渦中に飛び込んでしまったのかと、愕然《がくぜん》とする。

「尾野から依頼を受けたのか」

「そんなバックボーンなんかどうだっていいんです。今、大事なのはわれわれの間にある、ちょっと特殊な関係でしてね」

そういって阿久津はふっと目を細めた。だしぬけに彼の顔から笑みが消失した。温和な顔の裏に隠されていたヤクザの本性が、にわかに表に出てきた。

無造作に片手で沢井の右耳を摑んだ。「車に乗ってもらいましょうか」

苦痛に顔をしかめながら、思った。

奴らの車に連れ込まれたら、あとは好き勝手にされるだけだ。何としても抗《あらが》わねば。

無我夢中だった。

意を決して、右手の拳を相手に向けて飛ばした。

それがまともに顔に入った。阿久津が彼の耳を離し、後ろによろめいた。殴られた顔を歪《ゆが》めている。左目の周囲に見る見る青痣《あおあざ》が生じてきた。

行ける。

そう思った。

若い頃から、暇を見つけてはボクシングのジムに通っていたから、パンチの切れには自信があった。アマチュアながら、何度も試合に出たことだってある。

勢いよく踏み込みざま、トドメとばかりに男の顎のあたりにフックを見舞おうとした。

そのとき、何かが風を切る、ぶんという音がした。背後だと気づいて振り向こうとした刹那《せつな》、しなりを持っていて、しかも重量のある何かが、脳天に当たった。

まるで視界が爆発したようだった。したたかな打撃を頭に受け、脳震盪《のうしんとう》を起こした沢井は、グラリと反転して、そのまま背中から硬いアスファルトに積もった雪の上に倒れ込んだ。

意識が急速に暗転した。

8

村越はアトレーのハンドルを握ったまま、茫然と目の前のメーターを見つめていた。燃料計の針は〈E〉よりも上にあった。が、その上にある水温計のメーターが振り切れるほど上がっていた。運転していて、そのことにまったく気づかなかったのだ。

少し前からエンジンの回転が不調になり、アクセルを踏んでも速度が低下していく。同時に、運転席の下にあるエンジンルームから煙が出て、車内に何かが焼け付くような臭気が充満してきたのだった。

ハザードのウインカーを出しながら路肩に車を寄せると、そこでふいにエンジンが停止してしまった。いくらイグニッションを回しても、二度とかからなかった。

「まいったな」

溜息まじりにつぶやいた。

何らかの原因で、エンジンが焼き付いてしまったようだ。

一四一号線から二〇号線に合流。甲府《こうふ》の市街地を過ぎて、勝沼《かつぬま》を越し、そろそろ大月《おおつき》の市街地が近づくところだった。近くに車を修理できる車輛工場などはなかったし、もしあったとしても、夜中の十時過ぎに開いているとは思えなかった。

ＪＡＦのロードサービスを呼ぼうにも、村越は携帯電話を持っていなかった。

路肩とはいえ、車道にはみ出しているためだろう、後ろからやってくる車がしきりとクラクションを鳴らしながら追い抜いていく。

最前のリーホワのショッキングな告白に打ちひしがれていた。

そこに来て、このトラブルだ。

リーホワは助手席のウインドウに頭を預けるようにし、虚ろな目を開いていた。まるで生きて呼吸をするだけで精いっぱいという感じで、肉体的、精神的に疲弊しきっているようだった。


農家の人間を殺した。

リーホワからその経緯を詳しく聞いた。

取調室《とりしらべしつ》で、容疑者から核心や真実を引き出すように、ついつい言葉で深入りしそうになる。刑事のときにすっかり躰に染みついた癖を抑えながら、事の次第を訊いた。

彼女を雇っていた農家のひとり息子だったという。

収穫期が終わる頃、農家の主人はリーホワに農場に残るよういってきた。

農家は倉島という名だった。

家事手伝いということで、特別に手当も出すという条件を切り出してきたので、リーホワはそれに応じた。それでなくとも薄給だった。少しでも収入が増えるのなら、ありがたい。

そんなわけで、他の中国人労働者たちが帰国しても、彼女はひとり、残っていた。

あるとき、倉島家の二十代のひとり息子、祐也がリーホワにいい寄ってくるようになった。日頃から、女を見るいやらしい視線は意識していたが、それが日増しに露骨になってきた。

彼女は母屋から離れた農具の倉庫の二階に同僚と寝泊まりしていたが、仲間たちが帰国してからは、ずっとひとりきりだった。それをいいことに、ある晩、夜這《よば》いのようにひとり息子の祐也が入って来て、強引にリーホワを押し倒した。

抵抗しても無駄だった。頰を叩かれ、動けなくなった彼女を、祐也は凌辱した。ずいぶんと泣き叫んだから、家族の誰かに聞こえていたはずだが、助けに来る者はいなかった。

けっきょく、どこにも訴えることもできずに、泣き寝入りするしかなかった。

しかし、それは一度では終わらなかった。それからというもの、祐也は頻繁に彼女の寝床にやってくるようになった。

そうあって当然といいたげな様子で、リーホワの部屋にやってきては、彼女の服を脱がせ、犯した。ときにはスマートフォンを使って、裸になった彼女の肢体を撮影することもあった。

どこかのサイトに投稿しているのだと彼はいった。顔にはモザイクを入れているが、もし抵抗すれば、お前の顔をネットにさらしてやる、ともいわれた。

父親は知らん顔を通していた。

もとより、そのための〝特別待遇〟だったということに、リーホワは気づいた。親が息子に玩具《おもちゃ》を与えるぐらいにしか思っていなかったのだろう。

ある日、ドライブに連れ出され、森の中でいつものように迫られた。

動画を撮影するのだと、祐也から小さなビデオカメラを見せられた。リーホワは拒絶した。それでなくとも、何度も凌辱され続け、肉体的にも精神的にも限界だった。彼女があまりに抵抗するので、祐也は折りたたみ式のナイフを出して脅した。

リーホワはたまらず逃げ出したが、やがて追いつかれた。

雪の中に押し倒され、喉許にナイフを突きつけられながら、衣類を剝がされた。

その刹那、相手に隙が生じたのを見た彼女は、夢中で飛びかかった。ふたりはそのまま急斜面を転落した。

気がつくと、谷底にいた。傍にうつぶせになった祐也の姿があった。

ぴくりとも動かないため、そっと引き起こしてみると、胸の真ん中に自分自身のナイフが刺さっていた。血飛沫がおびただしく雪を染めていた。

殺したのではない。事故なのだ、そう自分にいい聞かせた。

しかし、そんなことを誰が信じてくれるだろうか。

祐也の死体をそっとうつぶせに戻したとき、近くの雪の中に落ちていたSONYと書かれたビデオカメラを見つけ、拾い上げた。

〈再生〉ボタンを押すと、最前のリーホワの姿が液晶画面の中でよみがえった。それを見ているうちに、耐えられないほどの恐怖がこみ上げてきた。

祐也の衣服をまさぐって、ポケットに入っていたスマートフォンを抜き取ると、ビデオカメラといっしょに持ちかえることにした。森を抜けて、車のところにたどり着く。キイがさし込まれたままだったので、それを運転して農場に戻った。

部屋に入って、祐也のスマートフォンを見つめた。

これでやっと故郷に電話ができる。そう思ったが、やめた。家族の声をこんなときに聞いたら、それこそ耐えられなくなるだろう。

彼女はスマホとビデオカメラを踏みつけた。なかなか壊れないので、外に出て庭先からレンガを拾ってくると、それを床の上で壊した。憎しみを叩きつけるように、執拗に、小さな破片になるまで徹底的に破壊した。記録媒体であるカードもすべて粉々に砕いていた。

それから、しばらく布団の中にもぐり込んでいた。

眠るに眠れず、ただ震えていた。

どうすればいいか、わからなかった。彼の死体が見つかったら、おそらく警察に逮捕される。いや、農場の主人からリンチを受け、殺されるかもしれない。そんな想像をした。

逃げるしかなかった。

ゆくあてもないが、とにかくここにいてはならない。

衣類やわずかな食べ物と飲み物、そして防寒着としてあてがわれていた大きな男物のコートをひっかけ、外に飛び出した。

犬の声に気づいた。

農場で飼われていたこの家の犬だった。

いつも飼い主一家に虐待されていた。餌は残飯だけ、ろくに散歩もさせず、糞《ふん》の始末すらしてもらえていなかった。そんなすずも、たったひとり優しかった中国人労働者のリーホワにだけはなついていた。

すずは頭のいい犬だった。

何か急を要することが起こったと悟ったのだろう。あまりに寂しげに啼《な》くので、犬小屋に繋がれていた鎖を外した。

すずは逃げるリーホワについてきた。

以来、数日間。ずっとすずといっしょだった。

つかず離れず行動をともにしていた。

やがて山の中で見つけた別荘に忍び込み、貯蔵されていた食糧を食べていたが、それも尽きてしまった。どこかへ行こうという気力もなく、寒い居間の片隅に座り込んでいた。

すずがひとり、どこかへ行ったことは気づいていた。

まさか、知らない人を連れてくるとは思ってもみなかった。

それが彼女たちと村越との出会いだった。

ギアをニュートラルにして、サイドブレーキを外したまま、村越は車を下りた。

いつまでも国道の路肩に置いておけないので、ダイハツ・アトレーを後ろから押し始めた。

途中でいったん運転席に戻ってハンドルを回し、左に車を向けた。未舗装の細い枝道にゆっくりとアトレーを入れる。

しばし押し続けてから、腰に手を当てて足を止めた。

大きく肩を上下させながら息をつくたびに、白い呼気が闇に流れていく。

市街地を離れているせいで、周囲に家の明かりがまるでない。暗い針葉樹の森が広がり、山の輪郭が夜空を切り取って連なっている。星が瞬き、眉のように痩せ細った三日月がほくそ笑んでいた。

「悪いが、今夜はこのまま車中泊するしかなさそうだ」

掌に息を吹きかけながら、村越がいった。

助手席のリーホワは無表情に見返してくるばかり。一瞬、何かいいたげに思えたのだが、けっきょくは何もしゃべらず、また目を伏せてしまった。

村越は無意識に目の前の計器を見つめた。

エンジンがかからないということは、ヒーターの暖気もとれないわけだ。寒い一夜を過ごすしかないと覚悟した。彼女は大きな、それもなぜか躰に合わないコートをはおっているから、おそらく大丈夫だろう。それに、いざとなったら犬だっている。

自分も寒い中の車中泊には馴れている。

「私、寒い……きらいです」

唐突にリーホワがいったので驚いた。

かすかに眉根を寄せた彼女は、思い詰めたような表情で、フロントガラス越しに外の闇を見つめている。

「私の故郷、中国の吉林省。冬は長くて、とても寒い。雪はそんなに降らないけれども、大地も空気も凍りついていています。家はお金がないから、家族はとても寒かった。でも、父がとてもいっぱいの借金して、ハルビンの職業訓練学校に行かせてくれました。それから日本に来ました」

「故郷に帰りたいといったね」

「はい」

「あんたの家族が払った保証金は戻らないかもしれないが、この国にいても、事態が好転することはないだろうし、それどころか、ますます悪化するだろう。しかし帰りたくてもパスポートを取られ、金も戻ってこない……か」

「それに私、人を殺しました。きっと警察に捕まる。日本の刑務所に入れられる」

リーホワがつぶやくようにいい、片手で目を覆った。すすり泣いている。

村越は鼻息を洩らし、眉間に深く皺を刻んだ。

現役の刑事時代の自分だったら、こういうときは、どんなことをいい、どんな行動を取るだろうか。そんなことを考えた。

どうするべきか。

まるで、見当もつかなかった。

背後から車の排気音がした。

同時に、ヘッドライトの光がリアウインドウから車内を照らして、思わず振り向いた。

ちょうどウインカーを明滅させつつ、国道を甲府方面からやってきた軽自動車、ホンダ

N－ONEが、アトレーの真後ろに停まったところだった。村越のアトレーが細い道の入口をふさいでしまっているので入れないらしい。

仕方なく、また車外に出て、手を挙げてから頭を下げた。

N－ONEのドアが開き、四十ぐらいの男性が出てきた。ダウンジャケットをはおり、眼鏡をかけている。つづいて助手席から、白いセーターを着たショートカットの同年配の女性。

「どうされました？」

男性が声をかけてきた。

「すみません。車が故障してしまったんです」

村越が答えると、彼はポケットから小さなLEDライトをとりだした。それで車内を照らす。

助手席にいたリーホワが、怯えたような顔を見せた。

国道を轟然《ごうぜん》と疾走してきた大型トラックのライトが、一瞬だけ、彼女の顔を照らした。

「ちょっと失礼」

男性がいうと、彼女は犬を先にして、助手席から外に出た。

入れ替わるように運転席のドアを開けて入った眼鏡の男性は、片手で座席のロックを外した。

車のメンテになれているらしく、シート自体を後ろに倒し、エンジンルームを開けた。とたんに、そこからきな臭い臭いとともに黒煙がもうもうと舞い上がってきた。

「エンジンが焼け付いてる。こりゃ、末期的だなあ」

気の毒げな表情で男性がいった。「オイルが洩れてたのかもしれませんね」

そういえば山に入って無理やりデコボコ道を走り、何度も岩に乗り上げていた。そのときに、どこかに亀裂が入って、オイル洩れしていたのかもしれない。

「ここまでになったら、たとえ工場に運んでも修理は無理かもしれませんよ」

村越は動かなくなった愛車を見つめた。

廃車になるのはかまわなかったが、移動する足がなくなるというのはかなりの痛手だった。

「今夜は、うちに泊まっていかれたら？」

男の横に立つ女性がいったので村越は驚く。

「ぼくらは、この道が突き当たったところでペンションをやってるんです」

男性がいいながら指さす。それまで気づかなかったのだが、すぐ近くに木造りのしゃれた看板が立っていた。

〈ペンション・青い鳥〉と読めた。

その名の通り、青い小鳥のイラストが描かれている。

「――今日はお客さんもいないですから部屋は空いています。ぼくら、さっき外で食事をしてきたばかりですが、簡単な料理なら出せますよ」

「いいんですか？」

そういった村越に、男性がほほえみかけた。

「高野和之《たかのかずゆき》っていいます。それから妻の深雪《みゆき》です」

「横浜から来た村越謙作と申します。こちらは――」

隣に立つ彼女を見てから、いったん口をつぐんだ。「……孫の梨花です」

「よろしく」

高野が答えると、アトレーを指さした。「ところで道を空けたいので、悪いけど、ちょっとだけ車を移動させてもらいます」

また、高野とふたりでアトレーを後ろから押した。

運転席に妻の深雪が座ってハンドルを操作し、やがてアトレーは砂利道から少し離れた場所まで移動した。冬枯れた草が雪をかぶった場所だった。

作業を終えると、高野の頭や肩に粉雪が積もっていた。村越も同じだ。

「ここに置いておけば大丈夫でしょう。うちまで少し距離があるので乗っていきませんか？」

そういって高野は自分たちのＮ－ＯＮＥを振り返った。

「すみません」

嘘をついたことに自責の念を感じつつも、村越は頭を下げた。

そしてアトレーの中にあったいくつかの荷物を、ボストンバッグに詰め始めた。

もちろん、娘夫婦と孫娘の写真も忘れなかった。


ペンションはこぢんまりとした白壁の二階建てで、レンガ造りの煙突から、白く煙が夜空になびいていた。庭先にN－ONEを停めて、高野が深雪とともに玄関ドアを開けて入る。

大きなボストンバッグを肩掛けした村越が続こうとすると、リーホワは躊躇したようにポーチに立ったままだった。傍らに犬のすずが佇立している。

それに気づいた深雪が優しく笑った。

「あら。うちはペット連れもOKなんです。どうか気になさらないで」

村越に促され、リーホワはすずとともにペンションに入る。

靴を脱ぎ、スリッパを履いて上がると、そこは広いリビングになっていた。カーペットの上に応接セット。壁際にレンガ造りの炉台があり、小振りながらも黒い四角の薪ストーブが設置されていて、耐熱ガラスの中で赤々と熾《おき》が輝いていた。

そこから来る暖気が、冷え切った躰に心地よかった。

鋳鉄が焼ける独特の匂いが何ともいえない。

深雪が対面式のキッチンに入ってガスレンジに着火し、食事の支度を始めた。

高野は上着を脱いでソファに置き、チェックのシャツとジーンズになった。肘までの革手袋をはめてから、ストッカーの薪を二本ばかりとり、ストーブの蓋《ふた》を開けて入れた。

ガラス越しに炎が立つのを見てから、ゆっくりと側面のレバーを回した。

「お部屋は二階ですが……」

そういいながら、リビングの向こうにある階段を指さす。「えっと、おじいさんとお孫さんなら、ひと部屋でいいですよね」

「すみません」と、村越は頭を下げる。

案内された部屋は思いの外《ほか》広く、大きなベッドがふたつ並び、きちんとメイクされていた。白のレースのカーテンの向こうは、狭いながらもバルコニーになっているようだった。

「ワンちゃんのベッドもありますから、これからお持ちします」

そういって高野は部屋を出た。

すずを連れたまま、リーホワは緊張している。

「悪かったな」その後ろ姿に声をかけた。「本当のことをいうわけにはいかなかった。何かを訊かれたら、黙ってうなずけばいい。日頃からおとなしい娘だということにしておくよ」

村越は荷物を置き、上着を脱いだ。

リーホワも不似合いなコートを脱いでハンガーにかける。コートの下はジーンズと、黒いタートルネックのセーターだった。

やがて丸い犬用のベッドを持って、高野が部屋に入って来た。

「お風呂もすぐに沸きますが？」

村越の顔の中に途惑いを見て、高野が笑った。

「いや、ご心配には及びません。正式なお客さんじゃないんだから、お金はとりませんし」

「何から何まで、本当にもうしわけなく思います」

「困ったときはお互い様ですよ」

壁際に犬のベッドを置いて、高野はいった。

「長引く不況のせいで、ペット同伴可じゃないとペンションもやっていけないんです。でも、もともとぼくも妻も犬や猫が好きだったし、うちも去年までゴールデンレトリーバーを飼っていたんです」

「今は？」

「あいつが死んでからはもう。二度と哀しい思いはしたくないって、深雪がいうもんですから」

村越はうなずいた。

自分はとんと犬には縁がなかった。しかし犬と聞くと、思い出すことがある。浪江町の海沿いで、娘夫婦や孫娘の遺体を何日もかけて捜していたときだった。ヘドロ臭のある風の中、積み上がった瓦礫の中に座り込み、惚《ほう》けたように海を見つめていたら、背中に視線を感じた。肩越しに振り向くと、少し離れた場所に小さな犬がじっと座っていた。赤い首輪をした雑種犬だった。地震で飼い主とはぐれたのか。それとも津波で飼い主を亡くしてしまったのだろうか。

それからというもの、何度となく、その犬を見かけた。つかず離れず、いつも一定の距離を置いたところになぜかいて、瓦礫の間に鼻を突っ込んだり、ひび割れた舗装路の上に寝そべったりしていた。

あいつとはそれきりになったが、今も元気に生きているのだろうか。

深雪が用意してくれた食事は、スパニッシュオムレツにクリームシチュー、レタスとミニトマトの生野菜サラダ。それにベーコンやタマネギのスライスなどをチーズといっしょに載せて焼いたバケットだった。

思いの外、空腹だったことに、今さらながら村越は気づいた。

リーホワも夢中で黙々と食べている。

「あり合わせのもので作ったり、残りものを温めただけですから」

テーブルの向かいに座った深雪は、微笑みながらふたりが食べる姿を見ていた。

すずはペンションに常備してあったドッグフードにありつき、ひと皿をあっという間に平らげてから、すっかりご満悦の様子でリーホワの足許に横になっている。

「村越さん。よければ一杯おつきあいいただけませんか？」

食後、高野が赤ワインのボトルを持ってきた。グラスを四つ、それぞれの前に置く。

「そこまでしていただかなくても……」

「いや、さっき妻と勝沼のレストランで食事をしてきたんですが、何しろ運転手なもんですから、お酒を我慢していたんです。それにどうせ飲むなら、ひとりでも多いほうがいい」

コルク栓を抜いて、それぞれのグラスに注いだ。

「お前はどうする？」

リーホワにグラスを差し出すと、彼女は黙って小さく首を振った。

「気にしないで。無理強いはしません」と、高野が笑う。

「そろそろお風呂に入れると思うわ。あなたから、どうぞ」

深雪が立ち上がり、浴室の場所を教えるためにリーホワを連れて行った。

それから高野とふたりでワインを飲んだ。

酒のおかげで会話ははずんだ。

ことに高野がよくしゃべった。脱サラをしてペンション経営をするようになった話や、移住、田舎暮らしの苦労話。妻の深雪とは勤めていた会社での社内恋愛ののちの結婚だったが、子供には恵まれなかったことなど。

それから村越の番になったようだ。

まず横浜で刑事をやっていた話をした。

東日本大震災による津波で娘夫婦を亡くしたことを口にした。話しているうちに、当時の思いがつのってきた。酒のせいもあっただろう。何度か声を詰まらせ、ハンカチで目を押さえた。

それを聞く高野も、眼鏡を持ち上げては指先で目許をぬぐっていた。

孫娘の死については、やはり語れなかった。リーホワのこともあったし、生き残った孫娘とふたりで信州を旅行した帰途だったという事情にした。

途中から深雪が戻ってきて、彼らのワインにつきあった。

アルコールにほんのりと顔を赤らめながら、ふたりの会話につきあっていたが、やがてカーペットの上で寝ている犬に目をやった。

「すずちゃんは柴犬みたいだけど、どこか違うのね」

そういいながらしゃがみ込み、深雪はそっと犬の腹を撫でた。「顔がまるでオオカミの仔みたい」

すずはうっすらと目を開けたが、すぐにまた瞑《つむ》った。一度、気持ちよさそうに伸びをして、それからまた優しく深雪に撫でられていた。

リーホワがバスルームから戻ってきた。濡れた黒髪は拭き切れておらず、ろくに櫛《くし》を通さぬまま、もつれてベッタリと横顔に張り付いていた。

やや俯いて立つ姿に村越は微笑んだ。

着ているものは薄紅色のパジャマだった。

「私のお古なんです。ちょうどサイズがぴったりでよかった」

少し恥ずかしげに深雪がいった。「あっちの部屋に化粧水とかクリームがあるから、いっしょにいらっしゃい」

リーホワをつれて、ドアの向こうへと消えた。

ふたりがいなくなると、高野は村越のグラスにワインを注いだ。

「わけありですね、察するところ」

いわれて村越が苦笑いした。

「やはり気づかれましたか」

「お孫さんじゃないとは思っていたけど、外国の人のようですが」

うなずいた。目の前にあるワイングラスを見つめながら、村越は答えた。

「中国から来た農業実習生です。竜臥村の農家で働いていたようですが、トラブルが起きて職場から逃げてきたということでした。それが奇妙な縁でしてね」

「といいますと?」

「このすずという犬が引き合わせてくれたんです」

そういって村越は、床に横になる薄茶の犬を見下ろした。

「竜臥村か……たしかレタスを始め、高原野菜を出荷して日本一裕福な山村ということでしたが、実態はとんでもないブラック農家の集まりだったとか。ニュースや週刊誌の記事でもずいぶん騒がれていましたね。でもまだ、そんなことがあるとは――」

高野はふうっと吐息を洩らした。

「トラブルって、どんなことですか?」

村越は少し躊躇した。しかし、話さないわけにはいかなかった。

すべてを聞き終えると、高野は居間のストッカーに突っ込んでいた新聞の束から、三日前の朝刊を出してきて、村越の前に広げた。

「たまたまですが記事を読んで憶えていたんです」

社会面に、竜臥村での不審死の事件が載っていた。

農家の長男の死体が山中でハンターに発見された。胸に刺し傷があったことから他殺の疑いありと検案にかけられ、司法解剖となったが、遺体に刺さっていたナイフからは本人の指紋しか検出できず、また、当人のノートパソコンから遺書らしきものが発見されたため、南佐久署は自殺と断定。事件はそれで終息したはずだった。

もちろん記事の中にはリーホワに関することは何も記載されていない。

だから彼女が容疑者として手配され、あるいは追われる心配はないと見ていい。

問題はこれからのことだ。

高野が神妙な表情を浮かべた。「思ったよりも根が深そうですね」

「というと？」

彼は立ち上がり、薪ストーブ近くにある壁際の本棚から、一冊の本をとって村越の前に置いた。四六判単行本の表紙には、こうタイトルが記されてあった。

《外国人労働者のダークサイド　沢井一磨》

「インターネットで海外からの労働者たちのひどい実態を知って興味を持ったんです。リーホワさんのような事件は、他にもいくつかありました。経営者を刺し殺して、実刑を受けている中国人の話もそこに書いてあります。おそらく氷山の一角みたいなものなんでしょうね」

その本をとって、村越はじっと表紙を見つめた。

「なぜ日本の政府はそうした問題に真剣に取り組もうとしないのでしょうか」

村越は答えられなかった。

高野は本を取り上げて、ページをめくった。

「もともとが怪しい制度なんですよ。九〇年の入管法改正によって、〈研修〉という名目の在留資格が政府によって与えられ、協同組合などの企業団体が彼らを受け入れ、各地の職場にふりわける、いわゆる団体監理型の受け入れ態勢が主流となります。けっきょく、これが大きなビジネスとして独走していくんです」

「それを監督し、取り締まる機関はなかったんですか」

「翌年に、研修生の受け入れ、支援を監督する政府関係機関として、財団法人〈国際研修協力機構（JITCO）〉が設立されています。研修生の入国、在留手続きの申請代理や、送り出し国との連絡調整、それから……国内受け入れ機関の認定や評価も行っています」

「それがなぜ、こんな違法行為を表沙汰にできなかったんでしょうね」

「単純にいえば、天下り団体だったからですよ」

高野は笑い、いった。「JITCOの役員の顔ぶれを見ればわかります。キャリア官僚に、国内トップ企業の会長、社長の名がずらりです。受け入れ団体の評価を担当しているといっても、かたちばかりの審査をやっているだけでした。立ち入り調査といっても、ほぼやらせの状態で担当者を職場に送るだけで、労働の現場の実態は、まったく把握しないまま、ただ書類にするだけの仕事だったようです」

「いかにもお役所仕事といった有様だな」

「哀しいかな、これが実態ですよ」

高野はそういって、本をテーブルの上に置いた。

「で、彼女をどうするおつもりです」

「中国に帰してあげようと思うとります」

村越はつぶやくようにいった。

「どうやって」

「むろん、正規のルートではむりだ」

村越は言葉を切ってから、またいった。「心当たりがひとつだけあるんです。その手段を使って、国外に出させる」

「つまり……彼女を非合法に中国に送り返すということですか」

村越はうなずいた。「そうするしかないと思います」

「日本で裁判は受けさせないつもりですね」

「そうなります」

はっきりと答えた。

高野は逡巡の表情を浮かべながら、こういった。「人権団体に身柄を預けるというのは？」

「たとえ正当防衛だとしても、殺人が事実である以上、無意味です。何ヵ月も、あるいは何年もかかって裁判で争うことに彼女が耐えられるとは思えない。それにもし、この娘の身の上にふりかかった災難が世間に明らかになれば、別の苦しみを味わうことになります」

レイプ被害者がさらされた場合、世間からどんな目で見られるかを、村越は経験上、いやというほど知っていた。今はインターネットなどでそうした個人情報があっけなく流れ出してしまう。ましてや身勝手なレイシズムが蔓延しているような時代である。中国からの労働者であるという身上が、リーホワをさらに追いつめることになるだろう。

「かりに過剰防衛としての殺人の罪で服役することになれば、この先、さらなる苦渋を味わうことになります。むろん、国に戻しても不幸は不幸のままです。が、それでも日本に残るより、少なくとも家族の元にいるほうがいいと、私は思うんです」

しばしののち、高野がいった。

「あなたの車はもう走れない。だとすると、電車かバスなどの交通機関を使うしかないですね」

彼は立ち上がり、玄関のほうに姿を消した。

戻ってきたときには、車のキイが握られていた。

「あなた方をＪＲの駅か高速バスの停留所まで送っていってあげたいんですが、あいにくと明日は午後から地区の寄り合いがあって留守できないんです」

そういって村越の前にキイを置いた。「裏に軽トラが一台あります。それを使って下さい」

「いいんですか?」

高野が笑ってうなずく。「ふだんはオフシーズンにもらってくる薪の運搬ぐらいにしか使わないんです。足がないと何かと不便でしょうから、ご遠慮なくどうぞ。車をどこかにデポしたら、場所を電話で連絡して下さい。あとで取りに行きますから、大丈夫です」

「何から何まで、本当にすみません」

村越はまた深々と頭を下げた。

9

「もう、やめとけ。殺したら、あとが面倒だ」

セドリックの助手席に座り、コンビニで買ったロックアイスをビニール袋のまま直《じか》に顔に当てながら、阿久津がいった。青タンができた左目の周囲を、それで冷やしている。

柳は後部座席に座っていた。

清里のレストラン前から拉致してきたフリージャーナリストの胸ぐらを摑み、顔や腹の辺りを何度も殴り続けていた。沢井という名のこの男は、すでにほとんど意識がなく、顔は別人のように腫れ上がっている。鼻と口から流した血で、服の前をどす黒く染めていた。

沢井が意表を突いて阿久津を殴った直後、柳は背後から彼を襲った。それも隠し持っていた武器――ブラックジャックを使った。長い革袋に硬貨をたくさん入れた凶器だ。秘匿《ひとく》性《せい》があり、いざ使うときは打撃にしなりと重みがくわわるために、強烈な力を発揮する。

その一撃を、後ろから沢井の頭に容赦なく叩き込んでいた。それだけで充分なダメージを与えたはずだが、彼らの車に連れ込んで以来、執拗に殴り続けていた。

「素人がヤクザ相手に粋がるのを見ると、許せねえんだよ」

柳はそういったが、べつだん、興奮しているふうでもない。ただ、機械的に黙々と沢井に拷問をくわえているだけだった。あの革ジャンのライダーたちに仕返しをしたときも、きっとこんなふうだったのだろうと、運転席の田浦は想像した。

柳には人の感情がないのだ。しかし恨みや憎しみやねたみといった瞬発的な情動だけは、人一倍持っている。ふだんは彫像のように寡黙だが、ひとたびその衝動に火が点くと、自分で制御できなくなるらしい。

目を逸らしていた田浦だが、拳が肉や骨を打つ音が、執拗に聞こえていた。

「田浦」

呼びかけられ、おそるおそる助手席の阿久津を見た。

左目の痣はだいぶ引いたが、顔がまだ腫れぼったい。苦虫を嚙み潰したような顔をしていた。

「おまえ、柳が苦手だろう？」

見透かされたようで、何もいえなかった。

「こいつは子供の頃から問題児で、中学一年の時に初めて人を殺してる。それも自分の親だよ。カッとなってやったんだとか。少年院を出てからも、ムショと娑婆《しゃば》を行ったり来たりだった。うちの組が拾わなきゃ、どこかの国で傭兵にでもなっていたかもなあ」

阿久津が肩を揺らして笑った。

そんな怪物を阿久津がどうして子飼いにするのだろうかと、田浦は思う。冷酷な柳に比べたら、まだしも阿久津は人の血が通っている気がする。実際、田浦には兄貴分としてよくしてくれた。

「柳。やめろっていってるだろうが」

阿久津が少し声を荒げたので、ようやく柳が手を止めた。

トレードマークのような赤いバンダナをとりだし、血まみれの手をぬぐっている。柳がいつもこれを持っているのは、血をぬぐうのに適しているからだと田浦は気づいた。だとすると、この男は今までいったい何枚の赤いバンダナを汚してダメにしてきたのだろうか。

阿久津が助手席のドアを開けて出ると、柳とは反対側の後部座席のドアを開けて入った。沢井は阿久津と柳に挟まれたかたちになって座り、シートに背を預けている。

半開きの口と両の鼻孔から、だらだらと血が流れていた。前歯も折れているようだ。

顔の腫れで両眼がふさがりかかっていた。

「フリーライターだか、ジャーナリストだか知らんが、損な役回りだな、あんた」

煙草をくわえて火を点けながら阿久津がいった。「あの村のことに、もう首を突っ込むな」

「尾野の……依頼か」

嗄れた声で沢井が訊いた。

「依頼人の名は明かせないよ。もしいったら、それこそあんたを生きて戻せなくなる」

阿久津はくわえ煙草で沢井の衣服をまさぐる。あちこちボディチェックをしてから、どこかのポケットから灰色の表紙のメモ帳をとりだした。それをパラパラとめくった。

「仕事とはいえ、まめな性格なんだな。だがインテリってのは、こうじゃなきゃなあ」

メモ帳の間に挟んであった名刺などを、無造作に投げ捨ててはページをめくる。その手がある場所でふいにとまり、阿久津がニヤリと笑った。

「犬連れの中国人娘……横浜ナンバーのダイハツ・アトレー……か。先に見つけてくれたとはありがたい」

「あんたら、まさか」

片目を痙攣《けいれん》させるようにふるわせながら沢井がいった。

「人捜しもこっちの仕事のうちなんだ。もっとも目的は、あんたとは少し違うが」

「娘というのは、もしや竜臥村の……？」

ふいに阿久津が顔をしかめた。

「まいったな。よけいなことを知られる結果になっちまったか」

阿久津が顎をしゃくり、柳が動いた。

沢井の躰を摑んで無造作に鳩尾に拳を突き込んだ。

躰を折り曲げたまま、沢井が動かなくなった。半眼を開いて完全に気絶している。

「田浦。柳を手伝って、こいつを車から放り出せ」

阿久津に命令され、仕方なく運転席から下りた。

外はまた雪が降りしきっていた。

国道から山奥に入った雪の野原である。付近に人家もないし、誰も通らない。

柳が沢井を背後から抱え、田浦は足を持って運び、雪の中に乱暴に放り出した。

気温は零度を切っている。ふたりの呼気が白い。

田浦は柳を振り返っていった。「このまま放っておいたら凍え死んでしまいますよ」

「いいんだよ、それで」吐き捨てるように柳が答えた。

「でも――」

「マスコミの一匹や二匹、どこかでのたれ死んだってどうってこたあねえ」

柳はさっさとセドリックに戻った。

田浦は路肩の狭い歩道に仰向けになった沢井を振り返りながら、車の運転席のドアを開ける。

沢井は死んでいるみたいに、ぴくりとも動かなかった。その躰の上に早くも雪が白く積もり始めている。

「おい！」

車から柳の怒声。

仕方なく乗り込み、セドリックを走らせた。

10

ノックの音がした。

ふかふかした暖かな布団と清潔なシーツの中で、村越は夢を見ていた。

鉛色に荒れた東北の海を見つめながら、茫然と瓦礫の山の中に座り込んでいた。傍にはあの赤い首輪の雑種犬がいて、じっと村越のことを見つめていた。犬の息づかいまで感じられるほど、リアルな夢だった。

ふたたびノックの音がして、ようやく目を開いた。

眦《まなじり》に涙が溜まっていたので、それを手の甲でぬぐってから起きた。

隣のベッドに寝ていたはずのリーホワの姿はなく、シーツも掛け布団もくしゃくしゃなままになっていた。窓際に置いていた犬の丸いベッドにも、すずの姿がなかった。

が、その傍の床に赤い染みが点々と落ちているのに気づいた。血のように見えた。

三度目のノックの音に、村越はようやくドアを開いた。

ダウンベストを着た高野が、神妙な顔で立っていた。

「村越さん。すずちゃんの様子がおかしいんです」

「どういうことです?」

「来ていただけますか」そういって彼は手招きした。

「いま、彼女といっしょに下にいます」

急いで洗面と着替えをし、階下に降りた。

昨夜、高野と食事をし、ワインを飲んだキッチンルーム。パジャマ姿のリーホワがテーブルの椅子に座り、足許に敷かれたタオルケットの上に、すずが四肢を伸ばして横たわっていた。明らかに不調なようだ。苦しげな表情で喘《あえ》いでいた。呼吸が速く、そのたびに躰が震えるように揺れている。

隣に椅子を並べて座った深雪が、寄り添うようにリーホワの肩を抱いている。

「明け方頃から、苦しそうに鳴いていたようです」

高野が説明した。「梨花……リーホワさんがそれに気づいて、すずちゃんを抱えて、ここに降りてきました」

不覚にも村越はまったく気づかず、眠っていた。

「病気かな」

そういうと、深雪が顔を上げた。

「ひどい血便だったみたいだし、まだお尻から血が出ているの」

寝室の床に落ちていた血痕を思い出した。

「そういえば——」

村越は昨夜のことを回想した。あの若者たちとトラブルがあったとき、すずはさかんに彼らに向かって吼え続け、ひとりに容赦なく蹴飛ばされていた。あのときに内臓にダメージを被ったのかもしれなかった。

すずの容態はひどく悪そうだ。このままにはしておけないだろう。

「近くに獣医さんはいらっしゃいますか」と、訊いてみた。

「犬を飼っていたとき、何度もお世話になった動物病院があります。腕は確かですよ」

高野がそういった。


貸与してくれるという軽トラックは、ダイハツのハイゼットだった。

薪運びに使うというだけあって、後ろの荷台には木っ端《こば》や木屑が散ったままだったが、運転席と助手席はきれいに掃除してあった。ワイパーが凍結防止のために立ててあったのでフロントガラスに戻してからエンジンをかける。燃料は半分以上あった。

水温計をついつい見てしまうが、始動したばかりでは当然、冷え切ったままだ。車内も寒いので、村越はジャンパーの前のジッパーを首許まで上げた。助手席に乗ったリーホワも、コートの襟を立てて身をすくめている。その膝の上で、すずがぐったりとしていた。

軽トラを走らせると、ペンションの前で、高野が妻の深雪と並んで手を振っていた。

肩を並べるふたりの姿が、ミラーの中でどんどん小さくなっていく。

高野たちとは、これでお別れになる。

恩義を返したいと思うが、きっとそれはできないだろうと村越は思った。

リーホワの膝に横たわるすずを見た。

鳶色の目が、村越を見つめていた。

リーホワに奇縁を感じるとすれば、この犬もきっとそうだ。

浪江町の海辺で会ったあの犬を、また思い出していた。

孤独な犬の姿に同情はしたが、それ以上、村越は近づこうとはしなかった。もともと犬という生き物に興味もなかったし、だいいち、海に呑まれた娘夫婦と孫娘を捜すのが精いっぱいだった。犬に心を開くような感情が芽生える余地などなかった。

今にして思えば、あのときの自分は死人のように青ざめ、無表情だっただろう。言葉を失ったかのように口を開かず、誰とも会話しなかった。ボランティアの若者に、何度、声をかけられても知らんぷりを通したし、足繁く通った地元小学校の体育館――遺体の安置所でも、居合わせた人々に声をかけず、目も合わせず、ただ、納体袋に入って横たえられた冷たい遺体の検分だけをくりかえした。

村越はすっかり心を病んでいた。凍える海のように魂が冷え切っていて、涙も出なかった。

魂が萎縮して、心が空虚になっていた。

あれきり、あいつには二度と出会わなかった。

いや、出会わないはずだった。


車を走らせること二十分。

大月に入ってからは、前方を山梨交通のバスがのろのろと走っていて、それを追い越せずに村越は焦った。が、村山北詰《むらやまきたづめ》という信号を右折して、住宅地を二百メートルばかり走った先に〈三枝《さえぐさ》動物病院〉の看板が見えてきた。

狭いカースペースには、赤いスバル・レガシィ・アウトバックが停まっている。

その隣に軽トラを入れた。

電話では、時間外だが診察するとのことだった。リーホワに代わってすずを抱きかかえると、彼女とともに急いで院内に入る。

診察室に誰もいないので、声をかけた。

「すみません。電話させていただいた村越ですが」

しばし間があって、どこからか女の声がした。

――ちょっと待って。すぐに行きます。

リーホワとふたり、立ち尽くすように待っていた。

消毒薬の独特の匂いが、つーんと鼻を突いた。

壁掛けのアナログ時計のカチカチという音が聞こえ、ときおり猫の鳴き声がした。

フロアの中央には長方形の診察台。その向こうにノートパソコンが置かれたデスクと回転式の事務椅子。診察室の奥にはいくつかのケージが置かれた狭いスペースがある。猫の声はそこから聞こえてくるのだろう。

小さな受付カウンターの横にペットホテルの料金表がかかっていた。

犬を抱いたままの村越が無意識にそれを見つめていると、ふいに足音がした。

猫のケージが並ぶ場所から、すらりとした痩身の女性が、白衣を手にして姿を現した。

メタルフレームの眼鏡をかけ、長い髪を後ろでまとめている。タートルネックの焦げ茶色のセーターに、スリムのジーンズだった。

「ごめんなさい。ちょうど仔犬に餌をあげていたところだったの」

そういいながら、素早く白衣の袖に手を通した。その袖をまくりながら足早にやってきて、村越たちの前に立った。眼鏡越しにリーホワを見つめ、それからすぐ、すずに目を落とした。

「あら、雑種だけど、オオカミみたいな顔をしてるわね」

彼女はじっと犬の顔を覗き込み、全身を観察した。「女の子だね。いくつなの？」

答えに窮していると、彼女は笑った。「いいわ。診察台に載せてみて」

村越が黙ってすずをそっと台の上に下ろした。

デジタルの体重計が十二・八キロと表示する。

「具合が悪くなったのは今朝方からだっていう話だったけど、下痢や嘔吐は？」

リーホワは黙って首を振った。

犬がじっと動かないのを確認した獣医師は、隣のデスクに向かって座ると、パソコンのキイボードを軽やかなリズムで叩いた。

「入口のカウンターに問診票があるから記入して下さい」

画面を見ながら彼女がいった。

村越はカウンターに向かい、ボールペンで書類に記入する。飼い主は自分ということにして、横浜の住所を書き込んだ。その間、静かな診察室に、キイボードの音がずっと続き、ときおりケージが並ぶ部屋の奥から猫の哀しげな鳴き声が聞こえていた。

問診票を書き終えた。壁に掛かった額に、村越の目が留まる。農林水産大臣から授与された獣医師免許証の文頭、山梨県という文字の隣に、こう読めた。

三枝未緒《みお》
電話の声で三十代後半だろうと思っていたら、記載された生年月日でその通りだとわかった。

未緒という名の獣医師が椅子を引いて立ち上がり、診察台のすずの触診を始めた。馴れた手つきで下腹部を中心に触り、肛門を調べてから、そっと体温計をさし込んだ。

「レントゲンか内視鏡の検査をしてみないとはっきりしないけど、内臓……おそらく腸壁からの出血。もしかして、何かにお腹をぶつけるとか、蹴られたりした?」

あの不良たちにすずが吼えかかったとき、ひとりに靴先で容赦なく腹を蹴飛ばされ、悲鳴を洩らしていた。その話を未緒にすると、またキラリと光る眼鏡越しに村越を見た。

何かいいたげだったが、黙って目を離し、診察台に横たわるすずの背中をそっと撫でた。

11

目を覚ましたとき、田浦はすぐに自分の状況を思い出した。

後部座席から断続的な鼾《いびき》が聞こえていた。阿久津だった。ゆうべはコンビニで買ったウイスキーの小罎をラッパ飲みしながら、そのまま寝入ってしまったのだった。柳は、と助手席を見ると、もぬけの殻《から》だった。

田浦は少しホッとした。あの男が傍にいないだけで、緊張感がまるで違う。

ふうっと息をついて、車窓越しに外を見る。木々の間を白い霧が流れていた。

しばしぼんやりと考え事をした。

芸能人のお付きの運転手時代は、よく車中泊をした。

スタジオやロケでの撮影が深夜におよんだり、ときには徹夜態勢になることがあって、そんなとき、専属運転手はいつまでも撮影の終了を待っていなければならなかった。そのため、頻繁に運転席のシートを倒して仮眠を取り、あるいは本格的に何時間も車内で眠ったものだった。

あの頃の記憶は鮮明だが、過去という膨大な時間の彼方にあった。

二度と戻れぬ時間であった。

十代半ばからプロの芸人を目指していた。大学の落語研究会で意気投合した相方とペアを組んで、いろいろなバイトをして日銭を稼ぎながら、素人漫才のオーディション番組に挑戦しては落選を続け、二年目にしてようやく日の目を見た。

二次予選を無事に通過して、最終選考に残り、いよいよデビューとなった。

〈M－1キング〉という番組の常連となり、メジャーの世界でいよいよ人気が出てきた、その矢先に、相方の若者が事件を起こした。居酒屋で他の酔客と口論となり、酔った勢いでビール罎で相手の頭を殴って大怪我をさせてしまった。

最初にからんできたのが被害者のほうだったということで、先方から被害届は出されずにすんだ。が、一部始終が写真雑誌にスクープされたため、問題のある人間を番組に出させるわけにはいかないというプロデューサーの判断で、レギュラーの座から降ろされ、やがてコンビは解消となった。

たまさか田浦の人柄、誠実さに目を留めた芸能プロダクションの社長の口利きで、あるバラエティ系のタレントの付き人になったはいいが、なにしろマネージメントの才能がないものだから評判が悪く、仕事を干されてしまった。

以来、もっぱら俳優やタレント専属の運転手を何年かやってきた。

何をやらせても不器用なくせして、車の運転だけはプロ並みといわれた。自分でもわからないのだが、どうやら天賦《てんぷ》の才のようだった。それで食っていけるのだからと、夢を捨てる決心をした。それきり平穏な人生をたどるはずだった。

ある歌手の専属運転手になって二年、田浦は些細なミスで事故を起こしてしまった。最悪なことに、相手は首都圏に縄張りを持つ関東侠友連合直下の荒神会の幹部。ヤクザは示談には応じず、田浦が所属していた芸能プロに多額の慰謝料を要求し、会社はその要求をのまざるをえなかった。

田浦は当然のように馘《くび》になったが、そのヤクザ——阿久津が田浦のドライバーとしての素質を聞きつけて、逆にスカウトしてきたのだった。渡りに舟とはいかぬが、生活に追われ、あちこちに借金もあった田浦は、阿久津の誘いを断れなかった。


田浦はそっとドアを開けて車外に出た。

柳の姿を捜して周囲を見たが、どこにもいなかった。木立の奥に行って野グソでもしているのかもしれない。そう思ったとたん、自分の尿意に気づいた。

周囲に目を配ってから、立木に向かって勢いよく放尿する。

ゆうべは眠気覚ましにずいぶんとコーヒーを飲んだため、膀胱《ぼうこう》いっぱいに溜まっていた。それを長い時間をかけて解放してやる。

場所は高尾山に近い南浅川《みなみあさかわ》。国道二〇号線から枝道に入った林の中だった。

昨夜はあれから、国道二〇号線や中央自動車道を何度も往復した。ひとたびは圏央道《けんおうどう》を伝って海老名《えびな》まで行き、そこから戻ってきた。しかも途中途中のサービスエリアなどに寄っては、沢井のメモにあった横浜ナンバーの白いダイハツ・アトレーを捜し回ったのだった。

けっきょく、明け方近くまで行ったり来たりをくり返したあげく、あきらめた。

運転手である田浦が睡魔に負けそうになり、これ以上、車を走らせられなくなったためだった。そのため高尾山のインターから高速を下りて、二〇号線に戻り、この場所にやってきた。

組事務所にも連絡をして老人が運転するアトレーの手配をしたから、今頃は他のヤクザたちが首都圏から横浜付近にかけて走り回り、目を光らせているだろう。

阿久津は手柄を自分のものにしたいはずだが、これほどの広域捜索ともなれば、仲間に頼るのは致し方のないことだった。

一方で田浦は安堵した。

中国人の若い娘を拉致して殺し、死体を始末する。

そんな現場を見たくなかったからだ。

ゆうべ、雪の中に置き去りにしたフリージャーナリストの男を思い出す。彼はあのまま凍死したに違いない。しかし心配しても仕方がなかった。中途半端とはいえ、悪の世界に足を突っ込んでしまった自分だ。ただ黙しているしかない。

つくづく自分がヤクザの世界には向かないと痛感する。

道を間違えたらやり直せばいいという。だが、この世界はあまりに特殊で、なまじっかなことでは後戻りができない。抜けたくても、あっさりと抜けられない。

ようやく小便が終わり、田浦はぶるっと身震いしてから、ズボンのチャックを上げた。

雪の上に放出した自分の黄色い尿を見下ろす。

ヤクザの世界に入って以来、何度となく血尿が出た。ストレスのためだった。

阿久津はよくしてくれたが、周囲はさすがに違った。自分が切った張ったをやるわけではないが、柄の悪い男たちがいつも近くにいて、怒鳴られ、ときには殴られ蹴られもした。

何度となく首をくくろうと思ったし、高いところから飛び降りたら、どんなに楽になれるだろうかとも思った。

それがずるずると――阿久津の下について以来、三年も経っていた。

ガサリ。木立が揺れた。

見ると、柳が丈のある笹藪《ささやぶ》を分けて出てきたところだった。

片手に大きなサバイバルナイフを握っていた。その刃に赤いものが斑模様になって付いているのを見て、田浦は戦慄した。

柳は立ち止まり、車の傍に立ち尽くす田浦を見て、かすかに口許に薄笑いを浮かべた。

それから、ズボンの尻ポケットから引っ張り出した赤いバンダナで、大きなナイフのブレードをたんねんに拭いた。

「まだ、若い奴だった」

そう、柳がいった。

目を剝いてナイフを見ている田浦に向かって、またニヤリと笑う。

「心配はいらねえよ。相手はシカだ。木陰で待ち伏せして、近づいたところを不意打ちして仕留めたんだ。首の動脈を掻き切ったもんだから、危なく血飛沫をまともに受けるところだった」

そんなことを淡々という柳から、そっと目を背けた。

猟をするわけでもないのに、若ジカをナイフで仕留めたらしい。

食べるためでもなく、ただ殺戮《さつりく》のためだけに生き物の命を奪う。この柳という男は、それを心底から楽しんでいるのだろう。

車のドアが開く音がして振り返った。

阿久津が後部座席から出てきて、こちらに背を向けると、欠伸をしながら立木に放尿を始めるところだった。

「田浦。また引き返すぞ。ついでにどこかで朝飯を食おう」

白い息を風に流しながら、小便を終えると、低い音で勢いよく放屁《ほうひ》した。

柳が小さく苦笑するのが見えた。

ナイフを革製の鞘《さや》に収めると、それをズボンの後ろにさし込んだ。


国道二〇号線を西に向かった。

何度か行き来したが、阿久津はあきらめようとはしなかった。横浜ナンバーだからといって、横浜に向かったとはかぎらない。その辺にまだいるかもしれないと彼はいう。ひかえたナンバーは、目下、組の人間が軽自動車協会に手を回して、持ち主を調べているところだ。娘と行動をともにしている老人の正体が判明するのは時間の問題といえた。

朝から開いている食堂やレストランが見つからなかったので、コンビニで食べ物を買い込んだ。

田浦は膝の上に置いたサンドイッチなどを頬張りながら、セドリックのハンドルを握っていた。

後部座席の阿久津は、シートに足を投げ出すように伸ばしたまま、またうたた寝をしている。かすかに鼾が聞こえていた。

助手席の柳は冷ややかな切れ長の目を開いたまま、じっと前を向いていた。

田浦も阿久津も、顎の周りに青々と無精髭が伸び始めているのだが、柳の顔はつるりとしていた。いつ、剃ったのかと思いつつ、あのよく切れそうな大きなサバイバルナイフをふと想起した。あんなもので髭剃りができるかどうかは判然としないが、柳ならさもありなんと思った。

大月を過ぎた頃に、阿久津が目を覚ました。

大げさに手を挙げて欠伸をし、「どこだ」と場所を訊くので、カーナビを指さして教えた。

「ジジイの車の件で組からの報告はまだか」

「連絡はないです」

そう答えた田浦は、ふと不安になる。

もしも中国人の娘とその老人がまだいっしょにいたら、ふたりとも始末することになるのだろうか。阿久津が目撃者を生かしておくはずがない。若い娘を殺すというのだから、老人のひとりぐらい造作もないのかもしれない。

「温泉か……」

国道の脇に立つ『石和《いさわ》温泉』の大きな看板を見ながら、阿久津がいった。「仕事が終わったら、石和に寄って宿でひとっ風呂ってのも悪かないなあ。温泉ってのは、心と躰の癒やしにはもってこいだ」

「野郎ばかりじゃ色気がねえよ」と、助手席から柳がいった。

「女なんぞ、どこかから調達すりゃいいんだ」

阿久津はしきりと靴を脱いだ足で貧乏揺すりをしながらいう。「温泉には湯の成分がもたらすさまざまな効能があるっていうが、俺はあんまり信じちゃいないんだなあ。痔《じ》に効くからとか、リューマチにいいからって、すぐに効果が出てくるわけじゃないしな。ありゃ、一種のプラシーボって奴だと思う」

貧乏揺すりの揺れが、田浦のいる運転席までダイレクトに伝わってくる。

おまけに靴下の饐《す》えたような臭いも。不快もいいところだが、我慢するしかない。

「何だよ、そのプラとかいうのは」

「偽薬効果って言葉を知らないのか。ふたりの人間に水を入れたコップを渡して、ひとりは本物の薬、もうひとりには偽の薬を渡して、どちらも同じものだと信じ込ませて飲ませるわけだ。すると、双方にまったく同じ医療効果が現れる。まあ、脳内物質の作用による現象らしいんだがな。つまり、人間の身体っていうのは、それだけいいかげんにできているってことだ」

「だから、何をいいたいんだ」

「わかんないかなあ、柳くん」

阿久津が口を歪めて笑った。「信じる者は救われるとキリスト様もいっただろ」

「つまらん」

柳がそっぽを向いた。

阿久津が笑って、運転席の背もたれを蹴飛ばした。

だしぬけにやられてびっくりした。

「田浦。何かネタをやってくれ」

唐突にいわれて途惑った。

「ネタって……」

「せっかくジイサマの話が出たんだ。ジジイが惚《ぼ》けるみてえなジョークがいい。笑わせてくれよ」

ハンドルを握ったまま、田浦は考えた。

さっきの阿久津の偽薬効果の話で、ひとつネタを思い出した。

ためらいがちに口を開いて、こう切り出した。

「八十を超す老人が病院に行って、興奮した様子で医師に、こういったんです。〝儂《わし》の嫁は十八の若い娘じゃが、めでたくも身ごもったんじゃよ〟」

「ジジイのエロ話ってか」と、後ろから阿久津が笑い声を放った。

かまわず田浦は続けた。

「医師は老人にこういった。〝たとえば、ひとりの猟師が、鉄砲と間違えて傘を持ちだしてしまったとします。彼が森の中で大きなクマに出会ったとき、夢中で傘をかまえて引鉄《ひきがね》を引いたら、クマは弾丸を食らって死んでしまった〟。すると、当然のように爺さんはこういった。〝そんな莫迦なことがあるものか。そいつは、きっと他の猟師が撃ったに違いない！〟」

田浦はここぞとばかりにウケを期待し、ルームミラーの中の阿久津を見ながらいった。

「医者はいった。〝つまり、あなたの場合もそういうことです〟」

しばしの沈黙があった。

田浦は自分の鼓動を感じた。きっと受けなかったに違いない。嫌みをいわれるか、それとも――。

おそるおそる、ミラー越しに背後の阿久津を見た。

だしぬけに阿久津が身を乗り出し、田浦の右耳を摑んだ。

その苦痛に飛び上がりそうになった。何がいけなかったのだろうかと考えた。

「おい！」

後ろから怒鳴られた。

「すみません。次のネタをすぐに思い出しますので――」

「違うんだよ。さっさと車を停めろ！」

田浦は身をすくめながら反射的にブレーキを踏んだ。

急制動となった。タイヤが悲鳴を上げ、ゴムの焼ける臭いがする。

後続のトラックが長いホーンを鳴らしながら、苛立たしげに追い抜いていった。

田浦はウインカーを出しつつ、セドリックを路肩に寄せる。

運転席から振り返る。

また、怒鳴られる。あるいはもしかしたら拳で殴りつけられるのかもしれない。そう思って覚悟を決めた。

しかし阿久津は身を乗り出すように車窓から前方を凝視していた。

その視線を追うように、田浦もまた見た。すぐ目の前に、国道から左に折れる枝道があり、雪に覆われた草叢《くさむら》に軽ワゴン車がひっそりと停まっているのが見えた。

阿久津がすっと目を細めた。満足げに笑みを浮かべた。

車は横浜ナンバーの白いダイハツ・アトレーだった。

「間違いないな。ジジイの車だ」

そういって阿久津はドアを開き、車を下りた。

三人で歩いた。アトレーの中には当然のように誰もいない。田浦はかがみ込んで、エキゾーストパイプに手を当ててみる。すっかり冷え切っている。

饐えたような独特の臭いがして、車体の前に回り込んでみた。各ドアにはロックがかかっていたが、腹這いになると、純白の雪に黒い染みが点々と確認できた。

車の整備をすこし齧《かじ》った田浦にはわかった。

「エンジンが焼け付いてます。たぶん、このオイル洩れが原因でしょう。こいつはもう二度と走れませんよ」

阿久津が隣に来ていった。「娘とジジイは、車を乗り捨てたってことか」

「そう思います」

「この道は何度も行ったり来たりで通ったはずだが、何でいままで気づかなかったのかなあ」

「走っている車ばかり見ていたからですよ、きっと」

しばしののち、少し離れた場所から柳の声がした。

「阿久津さん」

振り返ると、国道から枝道に入る場所に、木造りの看板が立っている。

ふたり、急ぎ足に歩み寄った。

〈ペンション・青い鳥〉

そう書かれた看板を、三人でしばし見つめた。

可愛い鳥のイラストが描いてある。

「やっと追いついたな」

阿久津が笑い、煙草をふりだして口にくわえた。

12

目覚めたときは病床の上だった。

病院独特の消毒薬の臭い。白い壁と天井。アルミサッシの窓から、冬の弱々しい日差しが入って来ていた。

「おはよう」

その声に視線をやると、すぐ傍に妻の麻由子が立っていた。紫色のダウンジャケットに色褪せたジーンズ。

沢井は目をしばたたかせた。一瞬、自分がどうして病院などにいるのかわからなかった。痛みがよみがえってきた。顔、上半身。そして手足。

手をやると、頭と胸に包帯が巻かれていた。肋骨《ろっこつ》が何本か折れているようだ。他にもいろいろと不具合がありそうだった。

麻由子がそっと顔を寄せた。

「ここは佐久中央病院よ。ポケットの財布に免許証があったから、あなたの身許がわかったそうなの。朝イチに報《しら》せを受けて、押っ取り刀で飛んできちゃったわ」

しかし沢井にはどういうことか判然としない。

「あれだけ気をつけてっていったのに、莫迦なんだから、もう」

そういってふと眉根に皺を刻み、目頭を押さえた。

「いったい、俺はどうしたんだ」

「憶えていないの？　道端で雪まみれになって気絶してたところを、たまたま寄り合いの帰りに通りかかった地元のおじいさんに助けてもらったのよ。すぐに救急車を呼んでくれたからよかったものの、そうじゃなかったら、とっくに凍死してたわ」

いくつかの記憶の断片が脳裡に閃いた。

そうか。あのとき車に連れ込まれて、さんざん暴行をはたらかれた。

柳とかいう名の切れ長の目をした男の顔を思い出し、沢井はひんやりとした刃物を首筋に突きつけられるような気がしてゾッとした。あの男に執拗に殴り続けられたときのこと。

自分はあの場で殺されるはずだった。

こうして生きながらえたのは偶然のたまものなのだろう。

「ね。何があったの？」

沢井はしばし間を置いてから、いった。

「荒神会の阿久津と名乗っていた。竜臥村の変死事件を調べていたら、いきなりあいつらに拉致されたんだ」

「どうしてヤクザなんかが？」

「尾野泰俊だ。東京からわざわざ竜臥村の葬儀に来ていた」

「尾野って、あなたが調べていた日中交流事業組合の理事長？」

うなずいた。

彼の叔父、元首相の尾野克美も、現役時代から暴力団関係者と黒い噂がささやかれていた。その関係は今も生きていると思っていいだろう。甥の泰俊が何らかの事実を隠蔽《いんぺい》するために、あのヤクザたちを雇った。

沢井は会ったことがないが、老人といっしょに去ったという娘のイメージが頭にちらついて離れなかった。彼女はもしや、竜臥村ではたらいていた外国人実習生だったのではないだろうか。

その存在が尾野泰俊にとって何らかの脅威になる。だから、ヤクザを使ってトラブルの処理をしようとしている。

その話を麻由子にした。

「このままでは彼女が殺される」

そういって起き上がろうとしたが、ふたたび苦痛に襲われた。胸郭の奥が軋《きし》むように痛んだ。

「無理しないで」麻由子が止めた。「重傷なんだから、もう」

「せめて警察に知らせないと」

「でも、確乎《かっこ》とした証拠があるわけじゃないんでしょう？　あなたはその娘に会ったわけじゃないし、ヤクザの口から聞いただけ。そんなことでは警察は動かない」

沢井は首を振った。

「みすみす殺人を放置できないよ」

「だけど、どうやって？」

「横浜ナンバーの白いアトレーに乗った老人だ。娘はその人といっしょにいる。ふたりを捜してほしいんだ」

記憶していた車のナンバーを伝えた。

「重荷を私に預けるつもりなの？　あなたみたいに危険をおかせってこと？」

眉を立てていわれたので、沢井は口を閉じた。

麻由子はしばし腰に手を当ててにらむように立っていたが、ふっと表情をゆるめ、吐息を投げた。

「いいわ。いちおう警察にはいってみる。だけど、私にできるのはそれだけ。フリージャーナリストの妻で、あなたの助手だからといって、敢《あ》えて自分から危険に飛び込むつもりはないの。私はあなたの仕事とは無関係なの」

そういって麻由子は背を向けた。

「それこそ彼らの自己責任の問題じゃないの」

ジーンズのポケットからスマホを出しながら、病室を去っていく。

「すまない」

沢井はそれだけいって、目を閉じた。

13

阿久津達男は居間に置かれたソファに座り、包丁でリンゴの皮を器用に剥いていた。沢井に殴られた左目の痣が少し残っていたが、いつもの柔和なマスクだった。どこにでもいそうな平凡な中年男の顔である。それなのに、どこか異様な雰囲気を帯びていた。目の光がいつもと違っていた。

片手で持ったリンゴをクルクルと回すたびに、薄く切られた赤い皮が揺れながら、足許に長く垂れ下がっていく。すべてを剥き終えると、包丁をガラステーブルの上に乱暴に放った。足の間にトグロを巻いた皮を遠くに蹴飛ばしてから、おもむろにリンゴを齧り始めた。

その咀嚼音に混じって、すすり泣きの声が聞こえている。

向かい側の革張りの長椅子に、ペンションを経営する夫婦が座っていた。ふたりとも、ガムテープで後ろ手に縛られている。チェック柄のシャツを着た夫の名は高野和之。ぴったりと寄り添うように身をかしげている妻は深雪。

ふたりのすぐ傍に、長身痩軀《そうく》の柳が死神のように立っている。

相変わらず彫像のように無表情だったが、切れ長の目が深雪に向けられている。ジーンズに白いタートルネックセーターの姿を、露骨に睨《ね》めつけるように、視線を投げている。

竜臥村から逃げ出した中国人の娘、チャン・リーホワは、たしかにこのペンションにいた。それも、途中から同行していたらしい老人、犬もいっしょにだった。昨夜はここに宿泊し、今朝になって出て行った。

問題は彼らがどこに向かっていったかということだ。

少し離れた入口近くに立って、田浦はひどく動揺していた。

躰が硬直して、金縛りに遭ったように動けずにいた。

考えてみれば、当然のことだった。

逃げたふたりの行方を知っているペンションの経営者夫妻。彼らに対して阿久津たちが紳士的に接するはずがない。その問答には、当然のように恐怖と暴力がともなう。

とくに柳である。

たとえ相手がカタギ——一般人であろうとも、自分たちの利益のためであれば、平然と人の道に外れたことをする。

それも楽しみながら、だ。

田浦はどんなに自分が動揺しても、ふたりを止めることはできないし、いやむしろ、自分自身も彼らの仲間なのだということを痛感して打ちひしがれている。だから、棒立ちになったまま、身も蓋もなく震えていた。

最初はたんに言葉の脅しだけだった。

高野たちは、相手がヤクザだと知っても、中国人の娘と老人の行方をひた隠しにした。

しかし老人の正体はわかった。

名を村越謙作といい、十数年前までは神奈川県警の所轄署で刑事をやっていたという。むろん阿久津がおおぜい知っている警察関係の人間ではなかったが、たんに自分の標的をさらった相手が元刑事ということで、何らかのスイッチが入ったらしい。

阿久津の顔から笑みが消失していた。彼とて警察にはさんざん恨みはあるだろう。

柳は高野の顔や腹を殴り続けた。

しかしどうしても、それ以上の情報を、このペンションの夫婦から聞き出せなかった。

高野はふたりの行き先を頑としていおうとしない。

「そうやってだんまりを決め込んで、いったい何の得があるんです」

阿久津はリンゴを齧りながらいった。「あの人たちに義理立てする理由なんかないでしょう」

口調はあくまでも慇懃である。

高野は鼻血を流し、あちこちに青痣のできた顔を伏せたまま、口を引き結んでいた。

少し離れた場所に踏みつぶされた彼の眼鏡が落ちている。レンズが砕け、フレームも原形をとどめていなかった。

「そうやって生半可な正義感みたいなもんをひけらかしてどうするんですか？　しょせん人間は弱い生き物なんです。強い者には屈するしかない。なんでそれがわかんないのかなあ」

半分まで食べたリンゴを、阿久津は無造作に投げた。それは向かいの壁際にある本棚に当たって、白い飛沫を散らしながら砕けた。

その音に怯えて、深雪が肩をすぼめ、身をすくめた。

「素直に白状すれば、われわれはこのまま黙ってここを出て行きます。あなたたちは、またこのペンションで元の平和な生活にもどれる。それだけのことです」

いわれて高野が、ちらと阿久津を見、また俯いた。

「やっぱりだんまりですか」

そういって、阿久津が柳に顎を振った。

「その女を好きにしていいぞ」

高野がハッと顔を上げた。

深雪が目を見開き、阿久津を見た。そして夫になおも身を寄せた。

柳は無表情のままだったが、動きは素早かった。猟欲をつのらせたままリードに繋がれていた猟犬のように欲情をたぎらせていたに違いない。

深雪の身体に手をかけると、無造作に立ち上がらせた。

悲鳴を洩らす彼女の口を、後ろから羽交《はが》い締《じ》めにしながら柳の掌が押さえつけた。

傍のカーペットの上にうつぶせに突き転がした。

深雪はガムテープで後ろ手に縛られたまま、セーターの肩越しに振り返って見上げた。

その怯えた目が大きく開かれている。

柳は傍らに膝を突くと、上着を素早く脱いだ。ズボンのベルトの後ろにさし込んだ大きなサバイバルナイフを握り、それを鞘から抜いた。よく研がれた長大なブレードの切っ先を、深雪の首にあてがった。深雪が観念したように口を閉じ、固く目を閉じた。眦《まなじり》からあふれた涙が頬を伝っていた。

「彼はね、ただの強姦魔じゃないんです。趣味が趣味だけに、たちの悪い男でしてねえ」

阿久津はまるで他人事のようにいい、ソファに肘をかけて脚を組んだ。

だしぬけに柳は深雪の顔の傍、カーペットの上にナイフを縦に突き立てた。

目を見開いてそれを見た深雪の身体に手をかけると、セーターをまくり上げ、ジーンズをあわただしく脱がせ始めた。

夫の高野が凝視していた。絶望の表情だった。

「高野さん。しゃべってくれませんかね」

阿久津がいった。苛立つように貧乏揺すりを続けている。

高野が彼をにらんだ。真っ赤に充血した目に涙が溜まっていた。

歯を食いしばり、俯きながらいった。

「……大月にある三枝動物病院だ」

苦しげに声を絞り出していた。

阿久津が「ほう」といって破顔した。「で、何だって動物病院なんですか」

「犬が怪我をしていた。だから知り合いの獣医師を紹介したんだ」

阿久津がわざとらしく、ゆっくりと大きく手を叩いた。

「それを早くいえばいいものを」

「妻を解放してくれ」

高野に叫ばれて、阿久津が視線をやった。

柳は深雪のジーンズを下着といっしょに完全に脱がせていた。興奮に目が血走っている。口の一方を吊り上げたまま、〝獲物〟を凝視している。やがて自分のズボンを黒のブリーフといっしょに下ろしながら、ゆっくりと深雪の背中に覆い被さった。

「頼む！」と、高野が悲痛な声を放った。

「残念ながら無理です。ここまで来たら、こいつはもうおさまらない」

阿久津が笑いを浮かべながらいう。

「貴様！」

憤怒《ふんぬ》の形相で立ち上がろうとした高野。

阿久津はふいに真顔になった。笑みが消失した。ガラステーブルの上に横たえていた包丁を握り、中腰に立った。切っ先を、まっすぐ高野の喉許に突きつけた。胸ぐらを摑む。

「青天の霹靂《へきれき》って奴ですよ」

阿久津はそういい、涼しげに目を細めて笑った。「あんたら、とことん運が悪かった。それだけのことです。なに、よくある話じゃないですか」

阿久津が高野を放した。

高野が力尽きたように長椅子に腰を落とすと、阿久津もまた、ソファに座り直し、上着のポケットから煙草をとりだしてくわえた。アダルトビデオを観るように、少し身を乗り出して、柳の蛮行を後ろから眺めていた。

田浦は立ち尽くしたまま、惨劇から目を逸らしていた。

深雪の悲鳴の合間に、高野の「やめろ！」という叫び声が聞こえている。

涙目になって田浦はいった。

「阿久津さん。どうして……」

しかし彼はソファに座ったまま、開いた足で貧乏揺すりをしている。

おもむろに阿久津が振り返り、唇を歪めて笑った。

それまで田浦が見たことがない悪魔めいた形相だった。いつもの温和な顔は、もうそこにはない。いかにも年季の入ったワルの邪《よこしま》な笑みがあった。

「俺たちが中国人の娘を殺すことを、世間に知られるわけにはいかないんだよ。だから、こいつらの口は塞《ふさ》がなきゃいかん」

「だからって……」

「人の命は地球より重いって、どこの莫迦がいいやがった。え？」

阿久津が目を剝きながら、そういった。

田浦は答えられなかった。

「んなこたぁ、全然ないんだよ。命なんてのはな、虫けらも人間も同じだ。頸動脈をスパッと切りゃ、瞬時にコロッと死んじまうだけの儚《はかな》い存在なんだ。牛や豚をスーパーで買ってきては美味そうに食ってる奴らがだよ、よくもそんな美辞麗句をいえたもんだってな」

田浦は黙っていた。ただ、暴行の光景から目を逸らし、兄貴分の言葉に耐えていた。

「なあ、田浦。よもや俺たちが善人だとでも思ってたのか？　前々からわかってたはずだ。俺たちはな、人の道を踏み外した根っからのヤクザなんだよ」

口許の煙草を揺らしながらいうと、また貧乏揺すりを始めた。

悲鳴がさらに甲高くなった。

14

壁掛けの時計がカチカチと物憂げに時を刻んでいた。

ときおりペットホテルのコーナーから、猫の鳴く声が聞こえる。

獣医師の三枝未緒は事務用椅子に脚を組んで座ったまま、細長い白い指の間に煙草を挟んでいた。火口から細長く立ち昇る紫煙が、天井付近にわだかまっていた。

「事情はわかったわ」

少しかすれた声で、未緒はそういい、後《おく》れ毛《げ》を片手でかきあげた。

眼鏡越しに疲れ切ったような目をふたりに向けた。瞳が少し潤《うる》んでいるようだ。

けっきょく、村越は事の次第をすべて話すはめになった。わけありな中国人娘と、老齢の男性。そしてこの雑種犬の取り合わせは、いかにも奇妙だったろう。

未緒は、当初から興味や好奇心を通り越して、明らかに不穏な匂いを嗅ぎつけていた。だからこうして真相を話すしかなかった。

ややあって、未緒がいった。

「——それで、リーホワさんは本当に中国に帰りたいわけ？」

リーホワが顔を上げ、未緒を見た。はっきりとうなずいた。

「私、中国に帰りたいです」

いつか村越にいったのと同じ言葉を、リーホワは口にした。

「すずはどうするの。いっしょに連れて行くのかしら」

「今となっては、この娘のたったひとりの身内のようなものだからな」

村越がそういった。

犬は診察台から下ろされ、彼らの足許に伏せていた。

具合はまだ悪そうだが、来院したときよりは表情が穏やかだ。薬の投与が効いたのだろう。

内視鏡による検査の結果、腸壁からの出血が見られたが、すでに止まっていた。腸の粘膜保護剤と抗生物質の投与。万が一ということもあるので、念のため、しばし安静にして、すずの様子を見守ることにした。

時刻はすでに午前十時を回り、診察時間になっていたが、未緒は表に『臨時休診』の看板をかけていた。十五分おきに予約の電話が入るのだが、そのたびに断りを入れていた。

そのことに関して、村越は何度も詫《わ》びをいった。未緒はかすかに笑って首を振るが、自分たちのトラブルに彼女を巻き込んでしまうことだけは避けたかった。

「あなたは、どうしてなの？」

未緒はすずを撫でながらいった。「見も知らない中国の娘さんに、なぜそこまで――?」

村越はしばし黙っていた。

やがて自分の孫娘のことを話した。

三・一一の津波で家族を失い、まだ孫の梨花だけが見つかっていないこと。あてもなく車でさまよい、信州の雪山に入っていたときに、すずが彼女に引き合わせてくれたということ。

そしてふたりの名。

雪の中で拾った在留カードに書かれていた張梨花という名。そして、暗く沈み込んだような彼女の顔写真。

「自分では意識してなかったが、けっきょくは死に場所を捜していたんだろう。そんなときに、この娘さんにたまたま出会ったんだよ」

そういった。そして、未緒の膝に抱かれたすずを見つめた。

「つまり……あなたはふたたび、生きる目的を見つけたというわけなのね」

「そうだな」

「たとえそれが死と隣り合わせだとしても?」

村越は黙ってうなずいた。

未緒はそれ以上は詮索しようとはしなかった。

指に挟んだ煙草の火口から立ち上る紫煙を見つめているばかりだ。

ふいに鼻をすする音がした。

リーホワが膝頭をぴったりとつけたまま、掌で顔を覆っていた。小さな肩を震わせている。

「ごめんなさい」

うわずった声でそういった。「私のために、本当にすみません」

小さな肩を、さらにすぼめるようにして頭を下げた。

黒髪がはらりと膝に落ちた。

そんな様子を、村越は気の毒げに見ていたが、向こうに座る未緒と目が合った。

「あとで駅まで送ってあげる。すずはペット用ケージに入れて、チケットを購入すれば、JR線の列車でいっしょに行けるから大丈夫」

「いろいろと世話になるな」

未緒が俯き、笑った。「いいのよ。こんな田舎町でも、獣医師をやっているといろんな人に出会う。トラブルを抱えた人が来るのも、何もこれが最初じゃない」

そういうと未緒は身をかがめ、足許に寝ていたすずの頭から背中にかけて、優しく撫でた。目を覚ましたすずが、彼女の手の甲を舐《な》めた。

「犬が人と人とを引き合わせる、か。どうして、いつもそうなっちゃうんだろうね」

村越は彼女のその言葉の意味をくみ取れず、困惑した。

過去に何かあった。つまり、そういうことなのだろう。

彼女のもう一方の手に挟まれた煙草の灰が、長く、曲がっていた。

そっと灰皿の中で揉み消した。

大月駅までは未緒の車で行くとして、軽トラはこのまま、この動物病院に置いておくことになる。それをペンションの高野に伝える必要があった。

「悪いが、電話を借りたい。携帯も持っとらんのでな」

村越にいわれ、未緒が顔を上げた。「どうぞ」

壁に据え付けた充電器から、細長い子機を抜いて渡してきた。

ポケットからとりだした四つ折りの紙片を開いて、そこに書かれたペンションの電話番号をプッシュする。しかし、いくら呼び出しても出てこない。

何度か電話の呼び出しをしてから、あきらめた。

留守番電話のメッセージも聞こえなかった。それが気になった。

「どうしたの？」と、未緒が訊いてきた。

「借りていた軽トラを返しにいきたいのだが、先方は留守のようだ」

彼女はちらと壁掛けの時計を見た。

「お昼時だし、ご夫妻でお食事かしら」

外食は昨夜したばかりだったはずだ。

「いいわ。あとで私が連絡しておくから」

未緒がいいながら、白衣を脱いでハンガーにかけた。

「午後から診察したいので、そろそろ出発しましょう」

そういいながら、パソコンの電源をオフにした。

奇妙な不安が村越の胸の中にあった。

理由の判然としない、漠としたものだったが、なぜだか重く感じられた。

警察官としての仕事を長年やってきて、村越にはたしかに勘のようなものが身についていた。理由はわからぬまま、それに従って道筋をたどると、思わぬ真実に行き当たることがある。

いいこともあれば、悪いこともあった。

とりわけ不安は的中するものだ。

三枝動物病院前に停めた高野の軽トラの隣に、未緒のレガシィがある。

その助手席に村越は乗った。

後部座席にリーホワとドッグケージに入ったすず。

最後に運転席に乗り込んだ未緒は、スポーツタイプのサングラスをかけていた。

発車して間もなく、国道二〇号線に出る信号で停まったとき、村越がいった。

「未緒さん。悪いが、ちょっと高野さんのペンションに寄ってくれんかな」

「どうして？」と、未緒が振り向く。

ミラーのサングラスに村越の顔が映っている。

「どうも気になることがあるんでな」

そういって、腕組みをした。

信号が青になる前に、未緒はウインカーを駅とは逆方向の右側に出した。

ステアリングを回しながらレガシィを本線に乗せ、加速していく。

国道二〇号線を甲府方面に向かって走り出して間もなく、路面補強の工事で片側交互通行となっていた。先行していたワゴンRがハザードを明滅させている。その後ろに未緒はレガシィを静かに停め、自分もハザードボタンを押した。

ちょうど対向車線が動き出したらしく、薄汚れたダンプカーを先頭に、車列が次々と通過していった。二番目にスバル・サンバーの白い軽トラ。次にシルバーのマツダＣＸ－５。いずれも山梨ナンバーだ。

四台目に灰色のセドリックがすれ違っていった。

人並み以上に車輛を見てしまうのは、刑事時代から身についた癖のようなものだ。

今はＮシステムがあちこちで道路を監視していますからと、若い同僚に笑われたものだが、そんな合理的な科学よりも、村越はもっぱら自分の記憶と勘に頼っていた。

そのセドリックが気になったのは、乗っていた三人の男のせいだ。

黒っぽいスーツ姿の連中だった。

ひとめでヤクザとわかる。ナンバーは品川だった。

こんな田舎町にどうして都会のヤクザが来ているのか。そんなことを考えた。

が、それから数分後には、村越の意識の中から、そのセドリックの男たちのことはすっかり消えていた。

ペンションの高野と妻の深雪。

ふたりのイメージと不安ばかりが脳裡を占めていた。

15

〈三枝動物病院〉と記された看板の傍にセドリックを停めた。

駐車スペースには、あのペンションの夫婦から聞き出したナンバーと同じ車種の軽トラがあった。

柳が扉の前に行って、万能カギでドアを解錠した。阿久津とともに中に入ると、田浦も仕方なくついていった。

院内には誰もいなかった。まったくのもぬけの殻だった。

暖房が切れて久しいのか、空気が冷たかった。かすかに煙草の匂いが残っている。

村越とかいう元刑事なのか、それともここの獣医師のものだろうか。

どこからか猫の声がした。哀しげにくり返し鳴いている。

「こいつはいったい、どうなってる」

阿久津が独り言のようにいう。

奥の狭いスペースから、猫の声が聞こえるばかりだった。

チャン・リーホワともうひとり、村越という元刑事の老人は、どこに行ったのか。

何らかの理由で彼らと入れ違いになったのなら話はわかる。だが、この動物病院の人間すらいないというのは、どういうことなのだろうか。

「まさか俺たちのことを察して――」

「いや、違うな」

柳が阿久津の言葉を遮るようにいい、指さした。

壁にかかった獣医師の免許証には、三枝未緒という名が記されてあった。

「この獣医の車で、どこかに出かけたんだろうよ」

そういって診察台を靴先で蹴飛ばした。

その激しい音で、奥の猫の声がピタリと止んだ。

「こいつを見ろ」

柳が受付カウンターから紙片を持ってきた。

問診票のようだ。

村越謙作という名前と横浜の住所が記してある。犬の名はすずと記されていた。

「ここで待つべきかもな」

阿久津がいい、紙片を受付カウンターの上に戻した。それから待合のソファに座り込んで煙草をくわえた。

「待ちぼうけをくわされたらどうするんだ」

「さっきから猫がニャーニャー鳴いてるだろう。獣医がペットを放って、どこかへ行ったりしないよ」

煙草にライターで火を点けると、紫煙を長く吹き出してから、脚を組んだ。

柳が納得したらしく、渋々うなずく。

「田浦」

貧乏揺すりをしながら、阿久津がいった。「車を見えないところに隠しておけ」

「み、見えないところって……」

しどろもどろの田浦に阿久津が近寄った。ふいに胸ぐらを摑まれた。いつもの笑顔は、そこには微塵《みじん》もない。ヤクザの顔つきである。

両足が浮きそうになるほど、ぐいと突き上げられた。

「ふざけてんのか」

くわえ煙草を揺らしながら、阿久津が低い声でいう。「――塀の裏とか、路地の向こうとか、どこだっていいんだ。この三枝って獣医が戻ってきたときに、俺たちのことを悟られないようにするんだよ」

乱暴に突き飛ばした。

やはり阿久津は苛立っていた。

尻餅をついた田浦は、素早く立ち上がりざま、動物病院を出た。

表に停めたセドリックの運転席に乗り、ドアを閉める。

吐息を投げた。

自然と眉根を寄せながら、阿久津や柳たちのことを考えていた。ふたりが乗っていない車は、やはり空気が違っている。ヤクザが放つ独特の毒気が今はない。それだけでホッとする。

あのペンションでの惨劇が、脳裡に深く刻まれたまま、消えてくれない。

管理人夫妻の叫び声がいつまでも耳に残っている。

柳はあの女性をさんざん凌辱してから、絞殺してしまった。そして夫のほうも刺し殺した。

ふたりの遺体は、いまもあそこに残されている。

殺せと命じたのは阿久津だった。

生かしておけば、三名のヤクザが中国人娘を追っていたという事実が広まってしまう。

何よりもまず、チャン・リーホワといっしょにいる村越という元刑事に、彼らは連絡をとるだろう。そうなると、せっかくここまで肉薄したのに、また遠くへ逃げられてしまう。

血の海となったペンションの居間を立ち去り、そのままここへやってきた。

しかしながら、やはりなぜという疑問が、どうしても田浦の頭につきまとう。阿久津たちが受けた依頼は、中国人の娘をひそかに殺し、死体を処分することだった。それがいくら口封じとはいえ、こんな派手な犯行をしてしまえば、いやでも警察の目を引くことになる。

田舎の警察だから何もできないと、なめてかかっているのか。それとも別の理由があるのだろうか。田浦には理解できなかった。

目的のためなら、何でもする。法に触れようが、人の道を外れようが。

それが極道なのだと阿久津はいった。

それまで恩義すら感じていた兄貴分だった。借金の肩代わりもしてくれ、面倒見も良かった。

心を抉《えぐ》る痛みとともに思い知った。ヤクザはしょせんヤクザなのだ。

気がつくと、頰を涙が流れ落ちていた。それを手の甲でぬぐうと、セドリックのエンジンをかけた。

そしてゆっくり車を出した。

16

沢井麻由子はマツダCX－5のステアリングを握っていた。車体色は青。

国道二〇号線の甲府の渋滞を抜けて、勝沼を過ぎた。左右に銀嶺《ぎんれい》が圧倒してくるほどに迫っている。送電線の向こうに連なる稜線は、青空を背景にくっきりと浮き上がっていて、まるで幻のように思えた。

赤信号で停車し、アイドリングの低音の中で、真綿のように山を渡る白い霧を眺めていると、ふいに目に涙が浮かんできた。それを片手でぬぐった。

後ろの車から軽くクラクションを鳴らされ、信号が変わっていることを知って、アクセルを踏む。

時刻は午後一時半。

佐久の病院を出てから、まず地元の南佐久警察署に寄った。

刑事課で被害届を出し、夫を襲ったヤクザたちについて、刑事たちに説明をした。だが、先方はいかにもやる気なさげな態度で、書類を書いただけだった。

しょせんは田舎の警察署。大きな事件といえば窃盗やせいぜい放火。自分たちの平和な管轄に、重大な犯罪など起こるはずがない。そんなことをいわんばかりの雰囲気だった。

麻由子はだから落胆して、悄然《しょうぜん》と警察署を出た。

あれから一時間半が経過していた。

車を走らせながら、何度も病室の夫の姿を思い出す。

顔じゅうに青痣をこしらえ、鼻が潰れ、前歯も折れていた。肋骨を三本折り、左腕の骨にもヒビが入っていた。全治まで半年はかかる。医師にそういわれたときの落胆。

ヤクザに殴られ、気絶している間に車に拉致され、車内でもさんざん暴行をくわえられたという。

そのことを思うと、気がふさがりそうになる。

新聞記者、フリージャーナリストといった仕事の中で、過去にトラブルがなかったわけではない。ことに近年、外国人労働者問題を取材するようになって、経営者側とトラブルになり、殴られ蹴られたこともあったし、ヤクザと称する連中からの脅迫はしょっちゅうあった。

だが、これほどまでに徹底的に傷めつけられたことはない。

今度の相手はどこか違う。

それなのに、夫はいった。ふたりを捜してほしい、と。

自分には無関係だと思った。だから、夫にはしょせんは彼らの「自己責任」と、きつい言葉を突きつけて去ったのだ。しかし、やはり気になった。

中国人の娘と老人。

ふたりの関係は定かではないが、竜臥村で起こった変死事件がそこに絡んでいるのではないか。だから、葬儀に組合理事長の尾野が参列し、そのあとでヤクザたちが姿を現した。ヤクザを使わなければ処理できない、何らかのトラブルがある。夫の沢井はそう見ていた。

東京に帰るには、中央高速道を使うのがいちばん早い。

朝、駆けつけてきたときもそうだった。

だが、帰り道は下の国道二〇号線をたどった。自分は無関係だと夫にいったはずなのに、中国人の娘と老人が乗っているという、横浜ナンバーの白いダイハツ・アトレーを無意識に捜していた。


大月の市街地に近づこうとしている頃、左手にペンションの看板が見えた。

〈青い鳥〉と書かれていた。

その向こうに白い軽のワゴン車が見えた。雪の積もった草叢に停まっている。

そのワゴン車に自然と視線が釘付けになった。車を進ませながら見ているうちに、ナンバーが横浜と記されていることに気づいた。すぐにウインカーを出して減速させ、枝道にCX－5を入れて停めた。

ドアを開けると、身を切るような寒さが全身を包む。

かまわずブーツで雪の中を歩いた。アトレーのナンバーが、沢井の記憶していたものと同じであることを確かめ、車内を覗く。誰も乗っていないし、荷物もない。ドアはロックされていた。

ふと肩越しに振り返り、またペンションの看板を見た。

すぐに車に戻ると、シフトレバーをDレンジに入れてアクセルを踏み込んだ。

雪の積もった未舗装の道路を走り出す。

やがて数分と走らぬうちに、前方に二階建ての木造家屋が見えてきた。その前にペンションの名を書いた同じ看板が立っていた。

看板の横に車を停め、しばしフロントガラス越しに建物を見つめた。

玄関近くに軽自動車のホンダN－ONEが停まっている。

ペンションは深閑としていた。人の気配がない。

麻由子はそっとドアを開け、車外に下り立った。

一階も二階も、窓には白いレースのカーテンがかかっていた。雪の上には複数の足跡があり、そのほとんどが男の靴のようだった。普通車ぐらいのスタッドレスタイヤの轍もくっきりと刻まれたままだ。

玄関の扉の隣にチャイムがある。

そこに行こうとして、足が止まった。

わずかに肩を持ち上げ、身を震わせた。

何の理由もないのに緊張していた。なぜかと思うが判然としない。

ペンションの建物をじっと見つめていた。

虫の知らせという言葉をふいに思い出す。

昔、テレビの心霊番組で、霊媒師の女性が幽霊が出るという古い家屋を前に怯える場面があった。自分にそんな力はそなわっていないのだが、たんなる予感というには、あまりにもリアルだった。それでいて理由がわからない。

ただ、怖かった。ここを早く立ち去りたいと思った。

どうしようかと逡巡したとき、一階の窓に視線が止まった。白いレースのカーテンに焦げ茶色の汚れが付着していた。

麻由子は身をすくめながら、そっと雪の上を歩いた。窓に近づいていく。

カーテンの汚れは何かをなすりつけたようだった。

焦げ茶というよりも褐色だ。

まるで、血。

そう気づいたとたん、立ち尽くした。

薄いカーテン越しに中が少し見えていた。そこは居間らしく、応接セットのような長椅子が確認できた。そこに人影がある。

男性らしかった。背もたれに後頭部を預けたまま、じっと動かない。

きっと眠っているのだ。そう自分にいいきかせた。

目を凝らして、見た。男の喉首の辺りが赤黒く汚れていて、白いシャツが広範囲に染まっていた。

麻由子は動けずにいた。

眠っているんじゃない。あれは――。

麻由子は自分の車を振り返った。ここからすぐに立ち去ろう。そう思った。

ふいに足許に目を落とす。

雪の上に刻まれた複数の足跡。そして車の轍。

いったいここに誰が来たのか。

そして、何をしていったのだろうか。

遠くで車の排気音がした。

心臓が止まるかと思うぐらい、驚いた。怯えた顔を向けた。

ペンションに続く一本道。雪の上を走ってくるのは、赤いレガシィ・アウトバックだった。

麻由子は緊張に身体をこわばらせたまま、赤い車が細い雪道を走ってくるのを見つめていた。

ペンションの建物の前に、二台の車があった。

ひとつは高野夫妻の車であるホンダN－ONE。もうひとつは青いマツダCX－5。こちらは見たことがなかった。その横に紫色のダウンジャケットにジーンズの女性が立っていた。肩越しにこちらを振り返っている。

やや小柄でセミロングの黒髪。なぜか緊張した表情だった。

しかも血の気が引いたように、顔色が青白い。

ふいに車内ですずが吼え始めた。

リーホワの横で、けたたましく躰を揺らし、牙を剝き出しながら吼えている。

「どうしたんだ」

村越は犬を見つめたが、わけがわからなかった。

ペンションの前にいる女に向かって吼えているのではないことに気づいた。すずは建物をにらみつけるようにして咆吼していた。

アウディが停まると、村越はすぐにシートベルトを外して助手席から外に出た。

CX－5の横に立っている女性は村越の顔を見た。次にアウディの後部座席のドアから、犬とともにリーホワが出てくるのを見て、ふいに様子が一変した。

足早にやってくると、リーホワの前に立った。

「あなたって、もしかして竜臥村にいた……！」

見知らぬ女性が事情を知っているので、村越は驚いた。

「どちらさんです？」

「私、フリージャーナリストをしている沢井一磨の妻で、麻由子といいます」

「ジャーナリスト――」

思い出した。ペンションの主人、高野が読んでいたノンフィクションの著者の名だった。

「数日前に、竜臥村で変死事件があって、夫はそれを取材していました。今はひどい怪我で動けなくなったので、私が代わりにあなたたちを捜していたんです。それで、あの……」

おそるおそる指さされたので、仕方なく名乗った。

「村越謙作といいます。こちらはチャン・リーホワ」

ちょうど運転席から出てきた未緒のことも紹介した。

「――で、あんたはどうしてここに？」

「夫からおふたりの車のことを聞いていたので、国道からこの道に入る場所に見つけて、来てみたんです。そしたら……」

何を思い出したのか。

肩越しにペンションを振り返る顔が、ふたたびこわばっていた。

つられるように村越は見た。

白いレースのカーテンに閉ざされた居間の窓。そこに血のようなものが付着していた。

リーホワの足許ですずがまた吼え始めた。前肢を突っ張るようにして躰を揺らし、猛《たけ》っている。

ペンションの建物。まさにその居間の窓に向かって、鼻に皺を刻みながら牙を剝き出している。

村越は足早に歩み寄った。

窓越しにそっと中を覗く。

長椅子に座る男らしい人影が見えた。

高野のようだった。その姿が異様だった。

大きくのけぞるように背もたれに上体を預け、口を開いていた。眠っているのではない。

喉の辺りからほとばしった血が、白いシャツを染めている。

村越は無言で走った。

乱暴に玄関のドアを開き、そのまま靴も脱がずに中に入る。居間のドアを開けて、中に飛び込んだ。そして、大きく目を見開き、口を開いた。

信じられない光景が、目の前にあった。

長椅子に座ったまま、高野和之が死んでいた。両手は背中の後ろにある。おそらく何かで縛られているのだろう。死因は明らかで、刃物か何かで喉を深く切り裂かれている。動脈からの出血のため、辺りは血の海だった。おそらく、即死に近かったと思われる。

妻の深雪は——。

床のカーペットの上にうつぶせに倒れていた。ガムテープで後ろ手に縛られていた。下半身だけ裸にされ、ジーンズも下着も、近くにくしゃくしゃになって捨てられている。セーターが胸の上までたくし上げられている。横顔が見下ろせた。深雪は虚ろに目を開いていたが、開ききった瞳孔は、すでに何も見ていなかった。

細い首に、手で絞められたとおぼしき赤黒い痕がくっきり残っていた。

下半身には男の性的暴行の痕跡があった。

村越はよろめいた。後ろに倒れるように、ドアの横の壁に背中をつけた。

事態は明らかだった。

高野は長椅子に座らされたまま、首を切って殺された。妻の深雪はレイプされ、やはり殺された。

横浜で刑事をしていた日々、殺人事件の現場は何度となく踏んだ。凄惨な光景をさんざん見せつけられて、心が死んだように次第に馴れていったものだが、今回ばかりは違った。打ちのめされていた。

見知らぬふたりに親切にしてくれ、食事と宿を提供してくれた夫婦だった。そして、彼らと別れたのは今朝方のことだった。そのまま、何ごともなくお互いに別々の人生をたどるはずだった。

村越はパニックに襲われた。

取り乱しそうになる自分を、必死に抑えていた。

なぜ、という疑問が何度も脳裡に浮かぶ。しかし、わからない。

たちの悪い冗談を見せられているのではないか。そんなことも思った。

ふいに足音がして、村越は我に返った。

背後に背の高い未緒が立っていた。眉根を寄せて、口を掌で覆ったままだ。

沢井麻由子とともに、蒼白な顔で部屋の中を凝視していた。ふたりとも、まるで金縛りに遭ったように動かない。

その少し後ろに、すずとともにいるリーホワの姿。

驚きの顔を凍りつかせて、立ち尽くしていた。

「見るな!」

村越がいったが、遅かった。

ふいにリーホワが片手で口を覆った。その場にしゃがみ込んで顔を背けた。

中国語で何かをつぶやいた。

激しく首を振って泣きじゃくった。

すずが彼女に寄り添うようにして、哀しげな声で鳴いた。

事件の現場を荒らしてはならない。

それは警察時代の常識だったが、村越はふたりをそのまま放置できなかった。死後硬直の始まっている高野の遺体を床に横たえ、背後で拘束しているガムテープをはぎ取った。妻の深雪の手を縛っていたものも、ていねいにほどいた。寝室から薄いタオルケットを持ってきて、深雪の身体を隠すように、そっとかけた。

ふたりの遺体に向かって手を合わせ、黙禱《もくとう》した。

心の底から冥福《めいふく》を祈った。

リーホワは長い間、泣いていた。鼻をすすり、かすかに嗚咽《おえつ》し続けた。

すずは傍らに座ったまま、彼女に躰を寄せていた。まるで悲しみを共有しているようだった。

村越はかさかさに乾涸びた唇を少し震わせながら、つぶやいた。

「私たちは高野さんたちを巻き込んでしまった。われわれのせいで、ふたりは死んだ」

また目頭が熱くなり、村越はあらぬほうを見た。ぎゅっと拳を握って、俯いている。

誰よりもショックを受けていたのは未緒だった。蒼白な顔のまま、躰を硬直させていた。震えながらも、部屋の中の惨状から目を離せずにいた。村越はその姿を見て、何か声をかけようとしたが、言葉が思いつかなかった。

未緒は高野夫妻とは古い付き合いだった。それが目の前で凄惨な死を遂げている。それも理不尽な死である。あってはならぬ悲劇であった。


ペンションの外に出ると沢井麻由子に訊いた。

「どうやら、あんたはこの件に関して、何かを知っているようだが」

村越の前で、彼女もまた涙をにじませていた。

思い詰めたように遠くをじっと見ていたが、ふいに村越に視線を投げた。

「夫は、竜臥村の事件を調べていて、ヤクザたちに脅迫され、重傷を負わされました。彼らは、リーホワさんを捜していたそうです。荒神会の阿久津と名乗ったと」

「荒神会の阿久津、か」

荒神会といえば、東日本でいちばん勢力を伸ばした関東俠友連合の中でも、もっとも武闘派といわれていた組だ。たしか新宿歌舞伎町に事務所をかまえていた。横浜にも何度か手を伸ばそうとしては、地元の組織と諍《いさか》いを起こしていた。

「その荒神会が、どうして？」

「竜臥村のレタス農家の息子、倉島祐也の変死事件に、元政治家だった人物が関わっています。ヤクザたちはおそらくその関連だと思います」

るのかもしれない。


「誰だ」

「尾野泰俊。中国からの労働実習生の日本側受け入れ機関のひとつ、日中交流事業組合の理事長です。叔父は、元首相の尾野克美です」

たしか尾野は首相時代から暴力団との結びつきが噂されていた。そのつながりはまだあるのかもしれない。

そのとき、ふいに村越は思い出した。

ここに来る途中で、片側交互通行の車列の中に停まっていた灰色のセドリック。あの中に三人のヤクザらしい男たちが乗っていた。そして車の三人を見たときに、何かが心に引っかかった。

確かとはいえぬが、この事件に奴らが関わっていたはずだという直感がある。セドリックは品川ナンバーだったが、数字までは記憶にないのが残念だった。

「だが、どうしてリーホワのことにヤクザが絡んでくる。まさか息子を殺された親が報復をもくろんでいるとでもいうのか？」

「そんな単純なことが理由なはずがない」

厳めしい表情をしながら、未緒がいった。「そんなことで、あれほど無残な殺人が行われるはずがない。きっと何か別の……」

「私、いってないことがあります」

未緒の言葉の途中だった。リーホワが俯いたまま、そういった。

「中国から日本に来たとき、私、普通のルートじゃなかった。本当ならハルビン空港から飛行機で日本に向かうはずだったのに、一度、上海まで送られて、そこから船で来ました」

「船で？　どうして、わざわざそんな……」

リーホワは涙をためた目で村越を見上げた。

「密入国です」

彼女はそういった。「日中交流事業組合、中国で密輸をやっている会社といっぱい取引してました。そのルートを使って、労働者を日本に送り出してた。そのほうが儲《もう》かるからだと思います」

麻由子が彼女を見つめていた。

「通常のルートで労働者を日本に派遣すると、その渡航費用の中から、いろんな段階で手数料を取られることになる。でも、闇ルートから労働者を送れば、総額が送り出し側と受け取り側の取り分になって、丸儲けになる。そういうことなのね」

「闇ルートってどんな？」

つぶやくように未緒がいい、何かに気づいたように、はっと目を大きくした。

「蛇頭、スネークヘッドです」

リーホワがはっきりとそういった。

村越にもわかっていた。

「つまりチャイニーズ・マフィアか」

そういって、険しい顔をした。「だったら、パスポートや在留カードも偽造か」

「本物です。でも、私たちが職場を逃げ出さないために、パスポートは取り上げられていました」

そういい、リーホワはうなだれた。

元首相の尾野克美、その甥である尾野泰俊は、中国の黒社会と密な関係があった。リーホワは何らかの事情でそれを知っていて、証言できる人物。通常であれば、何かあったときに中国に強制送還すればいいだけの話だった。

そこに来て今回の殺人事件である。いやでも警察が乗り出してくる。

そうなると、知られたくもない真相をさらけ出される。

だから、尾野はヤクザを使って警察よりも先にリーホワを見つけ、抹殺しようとした。

村越は振り向く。「未緒さん。悪いが、携帯電話を貸してくれないか」

「どうするの？」

「現実に人がふたりも殺されたんだ。やはり警察にまかせるしかない」

彼女からスマートフォンを受け取り、液晶の中にダイヤルと書かれたアイコンを見つけた。馴れぬ指の動きで、ようやく110の番号を表示させたとき、ふいにあることに気づいた。

スマホを片手に、村越はすぐ傍に立つリーホワの顔を見つめた。

彼女の身柄が殺人容疑で警察に引き渡されたとして、それで果たして安全といえるか。

尾野がまだ政界にコネを持ち、あるいは叔父の尾野克美が首相を辞めたとはいえ、保守党の黒幕として、依然として大きな力を持っていることを忘れてはならない。

警察はあくまでも公的機関だ。上からの圧力には弱い。

現場にいた村越は、そのことをいやというほど知っていた。

最悪の場合、リーホワはたとえ留置場にいても、何らかの手段で暗殺されるかもしれない。

村越はふうっと吐息を投げ、液晶表示の番号を消した。

高野夫妻が殺されたペンションを、また振り返った。

事件の通報はする。しかし、自分たちはここにいるべきではない。村越にはやるべきことがある。

「リーホワ。やはり、あんたは中国に帰るほうがいい」

唐突にいわれ、彼女は目を大きく見開いた。

ふいに表情を歪め、口を引き結んだ。

足許に座っていたすずが、哀しげな顔で見上げている。

17

大月の市街地で見つけたコンビニエンス・ストアにレガシィを入れた。

麻由子のCX－5も隣に駐車する。

車を下りた村越は、店の前にあった公衆電話から匿名の通報をした。一方的にペンションの状況を伝えただけで、先方がこちらのことを訊ねてくる前に電話を切った。いったん受話器を戻してから、カードの数字にまだ余裕があるのを確かめ、また耳に当てた。

指先でボタンをプッシュする。

警察を引退して十年。

神奈川県警横浜港町署刑事課への直通番号は、はっきりと記憶していた。呼び出し音二回で向こうが出た。

——刑事課です。

若い男の声だった。

「村越といいますが、本庄《ほんじょう》君はまだそちらの課にいますか？」

——本庄……本庄満《みつる》課長ですか？

「そうです」

――お待ち下さい。

男が誰かに、ぼそぼそと話す会話が聞こえ、やがて向こうが出た。

――本庄ですが、えーと、どちらの村越さんですか？

「課長とは、また出世したじゃないか」

声を聞かせたとたん、相手が驚いた。

――ムラさん！

声が少し老けて聞こえた。あれから十年ということは、彼も四十を過ぎている。

「懐かしいな」

本庄は村越が退職する五年前に、港町署刑事課に配属になった。新入りの捜査員はベテランとコンビを組まされることが多いが、本庄は村越といっしょに多くの現場を歩き、経験を積んでいった。だから、当時を振り返ると、真っ先に本庄の顔を思い出す。

――どうしたんですか、いったい。

「実はちと、調べてもらいたいことがあってな。本牧《ほんもく》第二埠頭《ふとう》にあった東亜《とうあ》海運っていう船会社を憶えているか？」

――ああ、楊《ヤン》って社長が密輸をやってるってんで、何度かガサ入れしましたね。

「その楊樹光《シューグワン》だ。奴と連絡が取りたい」

――なんで、今頃、また。

「自費出版ってのがあるだろう？　警察時代の自伝を書いているところなんだ。その関連で、どうしても確かめたいことができてなあ。会社の代表番号でいいから、調べてくれんかな」

――たしか楊は、二、三年前もご禁制の荷を扱って、パクられてますね。

「相変わらずだな、奴も。もう出てきているのか」

――たしか、そのはずですが、関わりにならないほうがいいんじゃないですか。ムラさんも、警察、辞められたことですし。

「大丈夫だよ。ちょいと電話するだけだから」

向こうが吐息を投げるのがわかった。

――まったく頑固は相変わらずですね。番号を調べたら、こっちからかけます。

「あいにくと出先でな。こっちからまた電話する」

そういって受話器を戻した。

ちょうど目の前の国道二〇号線を、パトカーがサイレンを鳴らしながら通過していった。

立て続けに三台が、次々と走っていく。

電話をかけて十分と経っていなかった。大月の警察署が近いためだろう。

殺人が絡む事案となると、緊急出動になるはずだ。

現場に立った警官たちは腰を抜かすに違いない。田舎の警察にとって、あんな殺人は前代未聞だろう。県警が出張《でば》ってきて、最寄りの所轄に帳場と呼ばれる捜査本部が置かれることは間違いない。きっと署始まって以来の大きな事案となるはずだ。

マスコミも大きく取り扱うだろう。

猟奇殺人という言葉が頭に浮かぶ。

ペンション内の指紋という指紋は念入りに消してきたから、村越たちの存在が明らかになることはないはずだ。ふたりの名は、宿の台帳に書かなかったし、昨夜から今朝にかけて、彼らがそこにいたという明確な証拠はない。いずれは髪の毛などの採取でDNA鑑定などが行われて、昨夜、宿泊したふたりのことが判明するかもしれないが、それはまだ先の話だろう。

それにしてもヤクザたちの所業が理解できない。本来、リーホワを見つけて、彼女を殺し、遺体をどこかで始末するのが彼らの仕事だったはずだ。こんな事件を起こしてしまえば、世間の耳目を引くことになる。

それなのに、なぜ、あんなことをしてしまったのか。

おそらく自分たちの衝動を抑えつけられなかったのだろう。いつまで経ってもリーホワが見つからないという焦りや苛立ちもあったに違いない。だから、子供が腹いせに犬を蹴飛ばすように、あんな衝動殺人をやってしまった。

それに巻き込まれたふたりは不運だ。

また悲しみがこみ上げてきた。

高野夫妻を死に追いやったのは、自分たちなのだと思う。われわれに出会いさえしなければ、あんなことにはならなかった。さぞかし恐ろしい目に遭ったことだろう。現場の状況を思うと、心が萎縮しそうになる。

同時に彼らを惨殺したヤクザたちに対する怒りもある。

リーホワを無事に中国に送ったら、罪をつぐなわせてやるつもりだった。


車のところに戻ると、赤いレガシィのボディに未緒がもたれて立っていた。

サングラスをかけているのは、涙の痕をごまかすためか。しばらくショックを引きずるに違いない。

未緒の前で、村越は深々と頭《こうべ》を垂れた。

「あんたまでも、えらいトラブルに巻き込んでしまったな」

ミラーのサングラス越しに見ていた未緒は低い声でこういった。

「不慮の出来事だった。そう思うしかないわ」

「これ以上、われわれと行動を共にするのは危険だ」

「そうかもしれない」

「われわれが動物病院に行ったことも、奴らは嗅ぎつけたはずだ」

「奴らって――?」

「ここに来る途中、国道の工事現場で、ヤクザものが乗っている車を見かけた。品川ナンバーの灰色のセドリックだ」

未緒は驚いて村越の顔を見た。

「もしもあんたのレガシィじゃなく、高野さんの軽トラにわれわれが乗っていたら、その場で奴らに気づかれたところだった。だが、あの軽トラはあんたの動物病院に置いてある。そして奴らはそこに向かったと見ていい。だから、あそこに帰るのはまずい。どんな危険が待っているかもしれない。どこか他に身を寄せるところはあるかね」

「あることにはあるわ」

「ほとぼりが冷めるまで、そこにいることだ。さもなくば、高野さんたちと同じ目に遭うかもしれない。ヤクザにもいろいろいるが、おそらくとびきり危険な連中だよ」

サングラス越しに未緒はじっと元刑事の顔を見つめている。

「あなたはこれからどうするの?」

村越はレガシィの後部座席に座るリーホワを見た。傍らにすずがいて、彼女の太股《ふともも》に顎を載せていた。

「あの子を横浜に連れて行く。密輸をやってる中国系の船会社がある。そのルートでリーホワを中国に帰すつもりだ」

「大丈夫なの」

「一か八《ばち》かだが、他に手はない」

そういったとき、後ろから声がかかった。

「横浜まで、私が送っていきます」

村越が振り返ると、沢井麻由子が後ろに立っていた。

顔色は冴えないが、どこか決然とした意思のようなものが表情にある。

「何をいう。あんたまで危険に巻き込むわけにはいかん」

村越が眉を上げていう。「こいつは冗談や遊びじゃないんだ」

「私の夫も、あいつらにひどい目に遭わされたんです。それでも、運が良かったと思うの。だって、命だけは落とさなかったもの。でも、あのペンションのご夫妻は亡くなった。きっと無念だったはずです。さらにあなたたちまでもが、この先、命を落とすことになれば、きっともっと悲しむことになるでしょうね」

「だからといって、あんたまでが――」

麻由子はふと目を細めて、しばたたかせた。

「夫は昔から無軌道な人でした。だから、羽目を外すような無茶な取材ばかりをしてた。でも、スクープを追い続けていたのは、金儲けや名誉のためじゃなく、権力や不正に立ち向かえるのは、自分たちマスコミだけだと自覚していたからだったんです。だから、あの人は終始、外国人労働者たちに同情的だった。弱者の味方になろうとしていた。それを今になって思い出しただけ」

そういって口をつぐむと、ふっと息をついた。「あの人にいわれたんです。あとを頼むって」

ひらり。

目の前に白いものが舞って、村越は気づいた。

空を見上げると、鉛色に垂れ込めた雲から、大きな雪が風に流れながら落ちてくる。

国道二〇号線を東京方面に向かって走っているうちに、降雪が本格的になってきた。

麻由子がステアリングを握るCX－5のフロントを、大粒の牡丹《ぼたん》雪がサクサクと音を立てて叩く。ともすれば前方の視界を白く閉ざしそうになるため、ワイパーを強にした。

助手席の村越はカーナビの画面をにらむように見ていた。

上野原《うえのはら》市の市街地に入ったところだった。

〈新町《しんまち》〉と書かれた信号が赤になったので、麻由子が車を停めた。

「中央本線藤野《ふじの》駅を過ぎたら、この道を右にたどってくれるか」

カーナビを指さしながら、村越がいった。

相模湖《さがみこ》をまたぐ橋のひとつだ。県道七六号線を南下するルートに入る。奥相模湖を通過したところで、道志《どうし》みちと呼ばれる国道四一三号線に合流する。

「それだと、えらく遠回りになります。横浜方面に行くルートだったら、相模湖駅前の信号を折れて、四一二号線をたどって、一六号線を伝うほうが近いと思いますけど？」

「そのルートは、横浜までの主要幹線のひとつだ。おそらくヤクザたちが張っているだろう」

「でも、この車のことを向こうは知らないはずです」

「最悪の状況を想定して備えるべきだ。われわれを追うヤクザはセドリックの三人組だけではないはずだ」

「でも……雪が路面に積もり始めています。辺鄙《へんぴ》な道で峠越えすると、途中で立ち往生することになるかもしれません」

村越はガラス越しに霏々として降り続く雪を見た。「この車は四駆かね？」

「フルタイムだし、この車種の四駆性能は信用しないほうがいいと思います。どこかでスタックしたりしたら、山の中で雪に閉ざされてしまいます。下手をすれば凍死かも」

「雪を選ぶか、ヤクザを選ぶか、だ」

村越はいった。「双方ともなれば最悪だがね」

「わかりました」

麻由子はあきらめたようにいった。「四一三号に出たら、どうするんです？」

村越はカーナビの画面を指差した。

「いったん北東に引き返すかたちで県道六四号線に合流し、そこを南下して、宮ケ瀬湖《みやがせ》経由で厚木《あつぎ》、海老名、藤沢を抜ける」

麻由子がカーナビを操作して、ルートを記憶させた。

ちょうど信号が青になって、アクセルを踏み込み、車を発進させる。

「すまんが、携帯を貸してくれるかね」

麻由子は黙って、運転席右側のソケットに突っ込んでいたスマートフォンを差し出した。

村越は電波の状態が三本立っているのを確認してから、港町署刑事課への直通電話を表示させ、耳に当てた。

電話に出たのは本庄だった。

――ああ、村越さん。東亜海運の番号、調べました。

「悪いな」

――でも、本当にいいんですか。連中とコンタクトをとると、ろくなことになりませんよ。

「心配はいらんよ。深入りせんから」

本庄から聞き出した東亜海運の番号を液晶に表示させ、通話モードにした。

耳に当てて呼び出し音を聞く。
そうしているうちに自分の高揚感に気づき、村越は驚いた。
これはどういうことなのか。
つい先日まで、雪の森の中に死に場所を求めていたというのに――。

18

レガシィ・アウトバックの緩やかなアイドリング音を聞きながら、三枝未緒はステアリングを握っていた。指先でメタルフレームの眼鏡のブリッジを押し上げながら、百メートル前方にある自分の職場兼自宅を見つめている。

雪が降り始めていた。

また、大粒の牡丹雪だ。アスファルトの上に白く積もり始めている。

三枝動物病院と書かれた看板の前に不審な車はなかった。

だからといって、安心はできないが、最悪の事態は免《まぬが》れているのではないかと思った。

ペンションの居間で死んでいた高野夫妻の姿が頭に焼き付いて離れない。あんなことができる人間が本当にいるのかと思う。しかし、現実にふたりは残酷な手段で殺されていた。

高野夫妻は、結婚後に子供に恵まれず、そのぶんシンディと名付けたゴールデンレトリーバーを溺愛していた。シンディはペンションのマスコット的存在として、常連客にも愛されていた。あの愛犬が癌《がん》で亡くなったときのふたりの悲しむ姿を思い出し、胸が締め付けられた。

こんなつらいことになるのなら、もうペットは二度と飼わない。そういった妻の深雪の言葉が忘れられない。

それからも、未緒と夫妻はペット抜きに付き合っていた。

いっしょに甲府にコンサートを聴きに行ったり、ペンションの庭でバーベキューをやるからと呼ばれたりした。穏やかなふたりが未緒は好きだった。

未緒にも、かつて夫がいた。登山家であった。式を挙げて半年と経たぬうちに、仏伊国境にあるグランドジョラス北壁を登攀《とうはん》中に墜落死して以来、ずっと孤独に生きてきた。

そんな彼女にとって、ゆいいつの心を許せる友といってもよかった。

ふいにまた涙が出てきた。

未緒は眼鏡をとって、手の甲で濡れた頬をぬぐった。

動物病院には戻るなと、村越から釘を刺されていた。どんな危険が待っているかしれないと。だが天涯孤独な彼女にとって、実は他に行くべき場所などなかった。あのときは強がりをいってしまったまでのことだ。

しかも、ペットホテルで預かっている二匹のペルシャ猫と、ミニチュア・ダックスの仔犬を放置しておくわけにはいかなかった。自分は獣医師であり、預かったペットを無事に飼い主に戻す責任がある。

意を決して、未緒はそっとアクセルを踏んだ。

徐行気味にそろりそろりと自分の動物病院に接近する。胸が激しく動悸《どうき》をくり返していた。自宅に戻るというのに、こんなに緊張することがあるとは思いもしなかった。

駐車スペースにバックで入れ、車窓越しに周囲を見回す。不審車輌らしきものは見当たらない。

ドアを開いて、車外に出た。降りしきる雪を突いて走った。入口のドアは施錠されたままだ。ハンドバッグから急いでカギをとりだし、解錠した。

そっとドアを開いて院内に入る。

受付カウンターや診察室、パソコンを置いた事務机などを見るが、とくに異常はない。

そのとき、ふいに未緒は気づいた。

煙草の匂いだ。

自分も煙草を吸うから気づかなかったが、少し香料が入ったような独特の匂い。

誰かがここに入っていたのだ。

そう気づいたとたん、また心臓が高鳴りだした。

思わず周囲に視線を配る。

診察台。

その角に、わずかに焦げ茶色の泥が付着していた。

無意識に眉根を寄せて、顔を近づけてみる。そして足許に視線を落とした。

きれいに掃除をしているリノリウムの床に、泥の靴痕がいくつかあった。村越やリーホワの靴ではない。知らない男のものだった。それも複数。

ペットホテルのコーナーから、かすかに猫の声がした。

ハッと顔を上げる。

また周囲を見回してから、急いでそこに向かった。

狭いペットホテルのスペースに、いくつかドッグケージやクレートが並んでいる。赤いクレートの中には大月市内の飼い主から預かったペルシャ猫の兄弟が入っている。その近くにあるケージには郊外に別荘を建てた夫婦連れから預かったミニチュア・ダックスの仔犬がいる。

どの子たちも、何ごともなかったかのように、未緒を見上げてくる。

それぞれの無事を確かめてから、どうしようかと思った。

夕方には餌やりをしなければならない。ミニチュア・ダックスには散歩も必要だった。

どこかに連れて行くか、あるいはもう一度、ここに戻ってくるべきか。

診察台の泥と床の靴痕を思い出した。

大月の駐在所の警官とは馴染みだった。彼が飼っていたビーグル犬を怪我や病気で何度か診察したことがある。不審者が病院に入ったらしいということをいって、いっしょに来てもらえばいい。そう思った。

未緒は急いでペットホテルのスペースを出ると、診察室を足早に抜けて、外に出た。

駐車スペースに停めた赤いレガシィ・アウトバックに駆け寄ると、運転席のドアを開けて、中に飛び込んだ。急いでエンジンをかけた。

ホッとして右手でステアリングを握り、左手でオートマのシフトを動かそうとした。

そのとき、うなじに冷たい感触が触れた。

「えらく美人の獣医さんだな」

後ろから男の低い声が聞こえた。

未緒は凍りついた。ルームミラーに知らない男が映っていた。

今まで後部座席に身をかがめて隠れていたらしい。

あわててドアを開けようとしたとたん、男が後ろから身を乗り出し、未緒の首に手を回しざま、喉仏の辺りに何か鋭いものを突きつけた。

冷たく、尖《とが》った感触。刃物のようだった。ドアに手をかけたまま、彼女は動けなくなった。

「そうだ。ヘタに逃げようとしないほうがいい」

男がいって、刃物を喉許から離すと、ゆっくりと座席に尻を落とした。

肩越しにそっと目をやると、後ろには男がふたり。未緒に刃物を突きつけた痩せ男と、小柄な中年男。どちらも黒いスーツを着ている。小柄な男のほうは、額が広く、ハの字眉で、あまりヤクザ然としていないが、もうひとり、未緒に刃物を突きつけたほうは爬虫《はちゅう》類《るい》を思わせる陰険な目つきで、薄い唇を歪めて笑っていた。殺気というか、狂気のようなものが、その男から漂っているような気がして、思わず身をすくめた。

「あなたたち、高野さんと奥さんを……」

「そう」

額の禿げた男がいった。「悪いが、口封じに始末させてもらいました」

隣に座る痩せ男が持っているのは、刃渡り四十センチ近くありそうな白鞘の刃物だった。匕首という言葉を思い出した。ヤクザ映画でお馴染みの道具だ。

「どうして、あそこまでひどいことをしたの」

ヤクザの男が唇を歪めてこういった。

「俺たちゃ慈善家じゃないんですよ。暴力も立派な稼業のひとつということでしてね」

「あなたたち、人間じゃないわ」

「ケダモノってよくいわれます。あなたも獣医さんなら、そっちに詳しいんじゃないのかな」

そういって愉快そうに肩を揺すって笑った。

ふいにその顔が真顔に戻った。目が冷たく光っている。

「爺さんと中国娘はどこへ？」

「知らないわ」

ふたたび痩せ男が中腰になり、匕首の切っ先を首筋に突きつけた。

本能的に口を引き結び、顔を背けた。

「とぼけるとひどい目に遭いますよ。ペンションに行ったのなら、あれを見てきたはずです。あの奥さんを姦《おか》して絞め殺し、旦那の喉を切り裂いたのは、この男です。変態性欲のかたまりみたいな人間でしてね。徹底してイカレてんですよ。そうだよな、柳」

すると隣にいた痩せ男が憮然とした顔でいった。「なあ、阿久津さん。俺の名をいうなよ」

ふたりは互いにわざと名をいいあったような気がした。それが何を意味するのか、何となく未緒には理解できた。

「せっかくの美人の獣医さんだ。あんときみたいに好きにしていいよ。ペンションの奥さんもなかなかいい女だったが、眼鏡をかけたインテリタイプってのは、たしか好みだったはずだよな」

「やめて――！」

未緒が叫んだ。そして口を引き結び、涙目でふたりをにらみつけた。

「だったら白状したほうがいいと思いますよ。あのふたりの行き先はどこですか」

「横浜だっていってたわ」

そう答えると、唇を噛みしめて目を閉じた。

ヤクザたちから目を離し、前を向いて俯く。躰がかすかに震えている。

「横浜くんだりまで行って、どうしようってんだろうなあ」

「彼女を中国に戻すために密出国させるって」

「耄碌《もうろく》爺さんがなんでそこまでする。まさか、老いらくの恋って奴じゃ？」

「村越さんは刑事だったのよ」

「知ってます」阿久津と呼ばれたヤクザは、また笑った。「だが今はご隠居の身ですよね？サクラの代紋がなきゃ、ただの老いぼれだ。ジイサマがいくらあがいたって、娘といっしょに始末するだけのことです」

未緒はいった。溜息混じりに。

「私も始末するのね」

額の広い男が、彼女を見て、うなずいた。

「そうなりますね」

あっけらかんと男が答えた。「ただし、死に方にはふた通りあります。この柳に徹底的に凌辱されて、女の辱めを受けながら身体じゅうを切り刻まれて死ぬか。それともあっさりと楽に逝《い》くか。ま、どっちを選ぶのも、あなたの自由です」

返す言葉もなく、彼女は身をすくめた。

全身が震えていた。

「爺さんは携帯を持っていますか」

未緒はかぶりを振った。「持ってなかったわ」

「じゃあ、あなたの携帯を寄越していただきます」

未緒はジーンズのポケットからスマートフォンを抜き、後ろに差し出した。

素早く受け取った阿久津は液晶画面を指で操作した。

手馴れた仕種で発信履歴とアドレス一覧を調べているようだ。

未緒が携帯を使った相手は、ほとんどがペットの飼い主。それも大月市内の人間ばかりだ。市外局番の表示でそれはわかるはずだった。

「爺さんたちと連絡を取った様子はなさそうですね。信じてあげます」

そういいながら、阿久津は彼女のスマホを自分のスーツのポケットに入れた。

抜け目のない男だった。

「彼らはどんな車で行ったんですか?」

「ブルーのCX－5よ」

阿久津はそれを耳にして、眉をひそめた。「持ち主は誰ですか」

少し迷ったが、仕方なくいった。「沢井麻由子という女性」

「沢井……あのフリージャーナリストと同じ名前ですね」

「あなたたちが半殺しにした夫を病院に見舞うために、東京から来たそうよ。戻り道で、たまたま私たちと出会ったの。それで横浜まで同乗することになった」

「悪運の強い奴だなあ。ちゃんとトドメを刺しておくべきだったな」

阿久津が口を歪めて笑った。「沢井の女房の携帯の番号は?」

黙ってかぶりを振った。

「だったら、奴らが通る横浜までの道筋を詳細に知りたいんですが。中央高速道、あるいは国道。どのルートを通るんです?」

知らないと答えようとして、ふいに思った。

何もかも知らぬ存ぜぬでは、自分の首を絞めるだけではないか。村越とリーホワ。あのふたりが逃げてしまった以上、自分から引き出す情報がなくなれば、彼らは容赦なく命を奪うだろう。この際、少しでも時間稼ぎをしなければならない。

「知っているわ」

乾いた声でそういった。「ただし、幹線道路じゃなく裏道を通る予定なの」

「裏街道ならこちとら得意とするところです。そいつは願ったりですね。道を教えて下さい」

「教えたら殺すつもりでしょう」

そういってルームミラーを見た。阿久津が目を細めて見返してきた。

黒い瞳の中に刃《やいば》のような光があった。

「ほう。さすがに頭が冴えてますね」

ヤクザっぽさがふっと消えて、ふつうの中年男の笑顔になった。

「まあいいでしょう。われわれを案内していただきましょう」

阿久津が携帯電話を取りだした。番号を呼び出して耳に当てた。「おい、田浦。車を持ってこい。すぐに出かけるぞ」

そういえば村越がヤクザは三人といっていたのを、未緒は思い出した。もうひとりは車をどこかに隠していたらしい。

やがてどこかから大排気量のエンジン音が聞こえてきた。

未緒は覚悟を決めた。

まずは少しでも長く生き延びること。そしてチャンスを逃さない。

降りしきる雪がフロントガラスに付着していた。視界が閉ざされようとしている。

19

県道六四号線に入ったところで、雪は小やみになった。

しかし、路面にはうっすらと雪が積もっていて、場所によっては積雪が数センチ。しかも、ところどころがタイヤに踏まれたアイスバーンになっていた。

風が吹くたびに、無数の粉雪が、路面をコロコロと飾り細工のように転がっていく。

麻由子のCX－5はさいわいスタッドレスタイヤを履いていたので、スピードを落としながら慎重に走れば凍結した路面を走破できた。すれ違うトラックなども、極力、低速走行をしている。それにしてもセンターラインのない一車線の細い山道である。運転する麻由子はかなりの緊張をしいられているようで、ステアリングを両手で握ったまま、猫背気味になっている。

鳥屋《とや》の集落に近づくにつれ、道の左右に家屋が増えてきた。やがて郵便局を過ぎ、T字路を右に折れると、道が少し広くなり、またセンターラインのある二車線の道路になった。

除雪も始まっていて、塩化カルシウム剤の散布車が徐行しながら反対車線をすれ違っていく。

カーナビの液晶画面をワンセグに切り替えていた。走行中にテレビ放送の画面は出ないが、音声だけは聞こえている。昼のニュース番組で大月のペンションの事件の報道が流れていた。

匿名の通報を受けて警察が現場に駆けつけたところ、屋内でペンション経営者夫婦の遺体が見つかった。その現場の様子から、社会的影響を与える可能性のある大きな事件だと判断され、大月署に特別捜査本部が置かれ、山梨県警による広域捜査が開始されたとのことだった。

ふたりのことが思い出され、村越は悔しさに涙がにじみそうになる。

ダッシュボードに立ててあった麻由子のスマートフォンがふいにバイブした。

助手席の村越がそれを取った。

発信元の名前の表示はなく、番号だけだ。耳に当てた。

——村越さん。ご無沙汰してます。私、東亜海運の楊樹光です。

嗄れた男の声だった。

「わざわざかけてもらって、すまんな」と、村越はいった。

——警察を退職されたと聞きましたが、今になってどんなご用事です？

「中国人の若い女性をひとり、故国まで密航させたい」

単刀直入にきりだしてみた。

しばし間があった。

——若い女性を中国まで？　どしてですか？

中国をチュコクと発音するのは、楊の昔からの独特の訛《なま》りだった。

「事情を話すと長くなる。だが、あんたの力で何とかしてほしいのだ。日本で警察に渡すわけにはいかんのでな」

するとと低く含み笑いをする声が聞こえた。

——村越さん。警察官だったあなたが警察に背を向ける、珍しいね。面白い。

「引き受けてくれるのか、くれんのか。返事だけでももらいたいな」

——今夜、十一時に本牧から大連《だいれん》に向かって出港する貨物船〈華順《かじゅん》13〉の船室なら空いてる。ただし、船賃、高いよ。あなた、払うのか。

「いくらだね」

——十万元。日本円に換算して、百八十万円くらいだね。

「たしかに高いな」

——やめとくか。

「何とかする。その代わり、確実に彼女を大連に送り届けてくれるという保証がほしい」

——そこは信頼してもらうしかないね。私も船会社やってるから信用第一。悪い噂でも立ったら、商売アカったりだよ。

「では、取引成立だ」

——村越さん。今、どこ。横浜にいるのか。

「宮ヶ瀬湖の近くだ。山を抜けて、そちらに向かっている。二時間もあれば着くと思う」

——娘、本人確認のために証明するものが欲しい。

「在留カードじゃだめかね」

——パスポートだ。

リーホワのパスポートは入国時に没収されていた。そのことを黙っているしかない。土壇場になってキャンセルするのかと詰め寄れば、船に乗せてくれるのではないかと思った。

——もひとつお願いある。これが囮《おとり》捜査じゃないことの確証がほしいね。

「それはあんたと同じ答えだ。こっちを信頼してもらうしかない」

しばし間を置いてから、楊がいった。

——わかったね。あなたを信頼する。

「いったん切ってから、もう一度、連絡する」

通話を終えた。

ちょうど車は、湖の手前になるT字路を右折したところだった。しばし走るとまた山路《やまみち》に戻ったが、じきに長い下り坂となり、豁然《かつぜん》と視界が開けた。

ふいに長い橋にさしかかって、驚いた。カーナビを見ると、観光名所として有名なアーチ橋である虹の大橋を通過しているのだと村越は知った。左右に見える宮ヶ瀬湖の湖面は氷結こそしていないが、周囲の山は真っ白に雪化粧していた。

宮ヶ瀬湖畔園地の入口から車を入れると、麻由子は駐車場に停めた。

シーズン中は観光地のはずだが、さすがに冬場は閑散としていて、観光客のものらしき車は一台も停まっていない。

CX－5を停車させてから、ふっと吐息を投げ、麻由子がいった。

「お腹が空いたな。雪道で緊張してたからかしら」

カーナビの時刻を見ると、午後二時を回ったところだった。

そういえば、朝食もとっていなかったことに、村越は今さらながら気づいた。

「どこか近くに食堂かレストランでもあるだろう。後ろのお客さんたちも腹が減ってるはずだ」

いいながら、後部座席を振り向くと、チャン・リーホワはすずを傍らにすっかり寝入っていた。すずも安心しきったように、彼女に顎を預けて目を閉じている。

ふたりの平和な寝顔をしばし見つめた。

日本に来て以来、壮絶な日々だったに違いない彼女。それが、つかの間の安息を得ている。

少女に戻ったような、あどけない寝顔だった。

「しばらくの間、そっとしておいてあげましょう」

麻由子が小さく笑っていった。「私も運転に疲れたから、ちょっと休ませてもらいます」

運転席のシートをそっと後ろに倒し、目を閉じた。

村越はひとり取り残されたような気がしたが、借りていたスマートフォンを待ち受け画面に戻して助手席に置くと、ドアを開いて車外に出た。

寒風に身をすくめながら、閑散とした駐車場に立って、ジャンパーのジッパーを首許まで上げた。

けやき広場と書かれた広大なスペースを見下ろす、コンクリの長い階段の上に立つと、遠くに吊り橋が見えている。その向こうにあるのは高取山《たかとりやま》だろうか。

眼下の広場を見下ろした。

夏場は芝が植えられているのだろうが、今はただの白い雪の平地にすぎない。

ジャンパーのポケットに手を突っ込み、寒風に吹かれながら、村越はしばしたたずんでいた。

身を切るような冬の烈風。

ハイライトのパッケージから、一本ふりだして口にくわえた。

ふと、浪江町の寒々とした海の風景を思い出した。

瓦礫に降りしきる雪が忘れられなかった。

煙草に火を点けようと、ズボンのポケットをまさぐる。が、ライターがなかった。村越はあきらめて、煙草を口からむしりとって捨てた。別に吸いたくてくわえたわけではないことにようやく気がついた。

車のドアが開く音がして、振り返ると、麻由子が車外に立っていた。後れ毛を風になぶらせながら、村越の横に歩いてくる。

「眠れなかったのかね」

「寝入りばなにひどい夢を見たんです」

村越はうなずいた。

「まあ、むりもない」

「警察官って、ああした現場に馴れているんでしょう」

「いや」しかめ面をして、村越はいった。「何度、見たって馴れるもんじゃない。ただね、心が麻痺していくんだよ。だから、他人の死と向き合うことができる」

麻由子ははあっとわざとらしく息を洩らした。

そして遠く、湖にかかる吊り橋を眺めた。

「私ね。あの人と別れるつもりだったんです」

村越は彼女を見た。何もいわぬまま、遠い景色に目を戻した。

「ずっと振り回されてきたんです。それでいて、あの人を認めようとして無理をしていた。そんな自分にあるとき、突然、気づいたの」

村越はなおも黙っていた。

「――夫は新聞記者としては有能だったかもしれないけど、性格的に組織に向かなかったんです。主筆になれるだけの素養はあったはずなのに、局内では横紙破りの変わり者といわれて、いつもつまはじきにされてた。だから、思い切って独立したのに、ずっと鳴かず飛ばずのままだった。そのストレスでずいぶん荒れていました。お酒を飲んでは問題ばかり起こしていました。ようやく日が当たったのが、あの竜臥村のルポだったんです。ブラック農家の実態を暴いて、一躍、時の人みたいになった。だから、あの人にとって、この事件はどうしても捨て置けなかったんですね」

麻由子は指先で目尻をぬぐった。そしてまた吐息を投げ、自分の胸を抱くように腕を重ねた。

「そんなあの人の人生の中で、私は何だったのだろうって思ったんです。ただ、彼という人間を動かすための歯車の一枚として機能していただけ。だから、思い切って別れを切り出そうと決心してた。だけど……夫があんなことになって、やっと見えてきました。私にはまだあの人が必要なんです。彼も、きっとそう思ってる」

「だから旦那さんに代わって、このトラブルの渦中に？」

「だって、あの人にしてみれば、私以外、誰もいないんですよ」

村越は麻由子の横顔を見つめた。

彼女の夫に会ったこともないのに、何となく夫婦のあり方がわかるような気がした。

自分にも身に覚えがあるからだった。

仕事とはいえ、いつも留守がちで、妻には苦労ばかりかけた。

あの地震と津波のあと、妻を顧みることなく、東北の被災地にずっといた。自分ひとりが悲劇の主人公のように思いながら、無我夢中で廃墟をのたうち回っていた。そして、そのことを一度も詫びることもできずに妻に先立たれた。

「あなたはなぜですか？」

ふいに問われて、村越は気づいた。

風に目を細めながら、いった。

「あの東北の津波でな、娘夫婦と孫娘を失ったのだ」

麻由子は驚いた顔を向けてきた。

「私は……自分の人生に嫌気が差して、あてどない旅に出た。おそらく自殺をするつもりだったのだろう。いや、自殺というと語弊があるかな。ただ、どこかで朽ちるように死んでしまいたかった。妻も亡くしてひとりきりになったとき、この先、生きていても何もないと思った。それで、あの冷たい雪の森の中で夜を明かしていたとき、すずという犬がやってきて、彼女に逢わせてくれた」

村越はそのときのことを思って、ふっと笑みを浮かべた。

「運命論なんて嫌いだし、そもそも神なんて信じていないが、何かがわれわれを引き合わせてくれたことだけはたしかだ。だから、短く燃え残ったローソクにまた火を点けてみた。朽ち木のように枯れていた自分に、生きる目的ができたような気がした」

村越は一度、口を引き結んでから、いった。「あの娘を故国に帰してやる」

20

ヤクザたちの灰色のセドリックの後部座席に、未緒は乗せられていた。

隣には阿久津が座り、くわえ煙草のまま、細長いヤスリで爪を磨いていた。凝り性のようで、ときおり自分の爪の輪郭の形状を確かめながら、たんねんにヤスリをかけている。

それを未緒は横目で見ていた。

縛られたり、猿ぐつわをされているわけではない。しかし、阿久津は未緒が逃げられないことを、よくわかっているようだ。

時速六十キロで走る車のドアを開けて飛び出せば、擦り傷ぐらいではすまない。固い路面に叩きつけられたら、運が良くて骨折。それ以上の重篤な身体的損傷を受けるのは間違いなく、下手をすれば死ぬ。

獣医師でなくても、それぐらいはわかるだろう。

助手席に座る柳という痩せた男は、ときおり肩越しに未緒を振り返りながら、切れ長の目でねちっこく視線を投げてくる。おぞましい欲情のたぎりを、いやというほど、その目の光に感じた。

柳は阿久津の手下らしいが、タメ口をきくところが奇妙だった。子分の中でも特別な存在なのかもしれないが、明らかに異常性格というか変態の類いだ。あのペンションでやらかした惨状を見れば、それがよくわかる。こういう人物は、いかなヤクザとて、もてあましてしまうのではないか。そう思った。

運転席に座るのは田浦という男だった。

ふたりとは明らかにキャラクターが違っていた。

彼は怯えているように見えた。三下というのだろうか、ふたりのヤクザから、明らかにこき使われていた。だからヤクザというよりも、健常な一般人という感じがする。それどころか、どこか落ちこぼれたような感じがするところが妙に気になっていた。

もっとも、こんな状況で他人のことを気にかけている余裕もないはずなのだが。

雪は止んだが路面は真っ白だった。

セドリックはスタッドレスタイヤらしく、スリップすることもなく走り続けている。が、国道二〇号線を離れ、〈日連入口《にちれん》〉という信号を右折して、県道七六号線に入ったとたん、田浦はスピードを落とした。幹線道路は除雪されたり、塩化カルシウムの融雪剤の散布のおかげか、正常走行ができるようになっているが、いったん狭い山路に入れば、そうはいかない。

いずれはこのルートも除雪されるかもしれないが、主幹線でないために後回しになることは間違いない。

村越とリーホワが横浜に向かう道を知っているといったのは嘘だが、おそらく彼らはひとつ先の信号を右折して、直接、国道四一三号線を使うだろうと未緒は予測した。だから、あえてそこを避けたのだった。

「もっと飛ばせないのか」

苛立たしげに阿久津がいう。

「雪道ですから、いちおう」

自信なさそうに田浦が答えた。ルームミラーに映る目が怯えている。

「四駆だぞ。この車」

「そうはいっても、建前上、装備されてるだけですから、SUVみたいな本格的な四駆とは、はっきりいって性能が違いすぎます」

「何だって軍用のジープで来なかったんだよ」

「ヤクザがジープに乗ってるって、聞いたことがありません」

まるで掛け合い漫才みたいな会話をよそに、助手席の柳だけは無表情に腕組みをし、前方をにらみつけるように座っていた。

信号にあった日連というのは土地の名らしく、彼らは日連郵便局と書かれた建物の前を通過して進んだ。やがて曲がりくねった山岳ルートになる。二車線道路だったり、センターラインのない一車線になったりを繰り返しつつ、いくつかの集落を抜け、また山間のルートになる。そんな道を走っているうちに、ふいに道志ダムの上を通って青根《あおね》という小さな集落に出た。

積み木の家のような小さな建物の横に四駆車のパトカーが停まっていて、そこが駐在所だということが未緒にはわかった。だが、ガラス扉越しに見える事務机には警察官の姿もなく、彼らのセドリックはそのまま、そこを通過するだけだった。

未緒は横目でそれを見送るしかなかった。

〈道志みち〉と書かれた四一三号線と合流する十字路で、セドリックはふいにスリップした。

路面の一部が幾重ものタイヤに踏み固められ、ブラックアイスバーンになっていたためだ。

タイヤがロックして、車がスピンした。

未緒が悲鳴を洩らした。

セドリックはコントロールを失っていた。ちょうど右手からやってきた大きなコンテナを牽《ひ》いたトラックと、出会い頭に衝突しそうになる。お互い、間一髪で衝突を免れたのは、田浦のとっさの判断のおかげだったようだ。ステアリングを操作しながらシフトダウンし、スピンに制動をかけたのだ。

トラックが苛立たしげに長いホーンを鳴らしながら去っていく。

助手席の柳が舌打ちする。

「おい。田浦」そういって、尾灯を赤く光らせながら去っていくトラックを指さした。

「あいつを追いかけろ！」

「でも……」

所在ない様子でステアリングを握る田浦は、目をしばたたかせて振り返った。額の汗を思わずぬぐっている。

「あのクソ野郎にヤキを入れてやるんだ」

柳がシートの脇に置いていたサバイバルナイフをとりだした。

「柳くん。気にくわねえ野郎とやらにいちいち関わってちゃ、キリがないよ」

阿久津が窓を下ろし、火の点いた煙草をそのまま外に弾き飛ばしながらいった。

柳が不機嫌な表情で阿久津をにらみ、それきり、黙った。鞘に入れたままのサバイバルナイフを、足許に乱暴に叩きつける。

「それはそうと、この道をどっちに行きゃいいんだい」と、阿久津がいった。

「遠回りになりますが、いったん北東に向かうしかないです」

カーナビを見ながら田浦が答える。ステアリングを回して車の向きを変えながらアクセルを踏む。

セドリックが国道を走り出した。

「逆方向に行けば丹沢を抜けられるんじゃないか」

「その道は途中で切れていますよ。このルートじゃ、丹沢の山越えは無理です」

田浦にいわれて阿久津が厳めしい顔になった。

「えらい遠回りだねえ、獣医さん」

そういって睨めつけてきた。「まさか、俺たちを瞞《だま》してるんじゃないの？」

未緒は緊張する。

真意を悟られぬよう、慎重に言葉を選んでから、こういった。

「あなたたちが追いかけてくると知ってて、彼らが通常のルートを使うと思う？」

阿久津が口をつぐんだ。しばし考えてから、腕組みをしながらいう。「なるほど、ま、一理あるか」

「でも、今になって思うんですが……」

田浦がまた自信なさげにいった。「このルートをたどるのなら、最初から津久井《つくい》湖経由で四一三号線に入ったほうが現実的だったと思いますよ。狭い道を山越えしたりせずに、われわれのほうが先回りできた可能性もあります」

阿久津がまた黙り込んだ。

口をすぼめて、しばし座席越しにカーナビの画面を見ている。

「獣医さん」

そういって腕を掴んで来た。遠慮のない鷲掴《わしづか》みだった。

未緒は本能的に身をすくめた。

「あんた、やっぱり俺たちを瞞してたね。時間稼ぎするつもりで」

「違うわ」

間近から阿久津が目を覗き込んできた。

まるで心を見透かそうとしているようだった。その目がすっと細められた。

「車を停めろ！」

濁声で運転席に怒鳴った。

急ブレーキ。

さいわい路面は凍っていなかったので、車は滑ることなく、そのまま路肩に停まった。

後続の何台かが、すぐ傍をかすめるように次々と追い越してゆく。

「ちと、甘すぎたようだな」

そういって右手で柳の肩を叩いた。

「俺と場所を代われ」

柳の目が輝いた。肉欲に飢えたような光だった。

未緒は硬直した。

阿久津は後部座席のドアを開け、車外に出た。同時に助手席を下りた柳が、滑るように未緒の隣に乗り込んできた。右手には鞘に収めた大きなナイフを握ったままだった。助手席のドアを閉めて、シートベルトをかけた阿久津がいった。

「田浦。出せ」

運転席にいる彼は怯えたような目で、後ろに座る未緒を振り返っていた。が、否応なしに前を向いて、サイドブレーキを下ろし、車を発進させた。

柳は未緒の顔を間近から凝視していた。口許が吊り上がっている。

未緒は血走った柳の目から視線を離した。とたんに乱暴に抱きすくめられた。引き寄せられて、無造作に髪に手を突っ込まれた。かけていた眼鏡が飛んで、どこかに落ちた。

「いやッ！」

叫んだ口を冷たい掌が押さえた。痩せた指が、まるで枯れ木か骨のようだった。掌は饐えたような発酵臭がした。

必死に抵抗を試みたが、無駄だった。

いつの間にか鞘から抜いたサバイバルナイフの切っ先が、喉許にあてがわれている。とたんに未緒はペンションで死んでいた高野の姿を思い出し、身を震わせた。

生臭い息を間近から吐きかけながら、柳が未緒の胸を服の上からまさぐり始めた。荒々しい手つきだった。未緒がくぐもった悲鳴を放った。

「刃物は使うな！」

助手席に座る阿久津が、振り向きもせずに怒鳴った。「車のシートを血で汚すと許さんぞ」

「わかってるよ」

吐き捨てるようにいい、柳がナイフを鞘に戻した。

あわただしくズボンのジッパーを下ろし、下着といっしょに脱ぎ始めた。

未緒は必死に目を逸らし、逃げようとした。だが、強引に腕を摑まれ、ふたたび柳のほうに抱き寄せられた。びっしりと毛が生えた痩せた太股の間、陰毛の間からそれが屹立していた。

未緒は悲鳴を放った。

「口を開け、女！」

柳が興奮にうわずった声で怒鳴った。

未緒の髪の毛を摑んで、無理やりに自分のところに頭を引き寄せた。

田浦はステアリングを両手で握ったまま、泣いていた。

ときおり鼻をすすりながら、口許を歪め、歯を食いしばっている。

背後からは、女のくぐもった悲鳴が聞こえ続けている。

「ったく、情けない野郎だなあ、田浦は」

背後の惨事をよそに、のんきにいいながら、助手席の阿久津が煙草をくわえている。

それをちらと見てから、田浦はまた前方に目を戻した。

国道は右に左にカーブしていた。運転に意識を集中させて、慎重にステアリングを回し、アクセルとブレーキを使う。

「田浦。お前もヤクザである以前に男だろう。あの美人の獣医さんをどう思う」

訊かれても答えられなかった。

ひたすらに黙って運転を続けていた。

「柳がすませたら、あとで代わってもいいんだよ」

雪の道路がくねっている。両側は白く続く凍樹の森だ。路面が凍結していないため、時速は六十キロ以上をキープしている。

悲鳴と争いの音はまだ続いていた。

彼女が思い通りにならないために、柳は明らかに苛立っていた。

「殺されてえのか」などと脅し言葉を放ちながら、後部座席で痴態を演じている。彼女の必死な声に耳を塞ぎたくなる。

ふいに柳が暴力に出たらしく、拳が肉を打つ音がした。

田浦がルームミラーに目をやると、顔の真ん中を殴られた女が目を閉じていた。

鼻血が口の辺りまで流れていた。

柳が薄笑いを浮かべて、また女の髪を無造作に摑んだ。強引に自分の前に彼女を倒した。

今まで以上に悲痛な、くぐもった声が聞こえ始めた。

田浦がミラーから目を離した。

歯を食いしばり、ステアリングにしがみつくように前を向いた。

ふたたび涙が出た。

そのため視界が歪んでいた。

また、カーブだ。大きくうねるようにS字になっている。

そこを曲がったとたん、田浦は硬直した。信じられない光景が前にあった。

道路いっぱいに何かが佇立していた。

シカの群れだ。

その数、十頭以上。それぞれ焦げ茶色の冬毛をまとい、角を生やした大きな牡ジカや、小さな仔ジカたちもいる。それらはセンターラインをまたいで、双方の車線に広がっていた。

折りしも群れが道路を横断している途中だったらしい。カーブの向こうからやってくる車を見て立ち往生したのだろう。無数の瞳がこちらを見ていた。

「何だ、ありゃ」

助手席で阿久津の声がした。

急ブレーキ。しかし、間に合わなかった。

セドリックは時速六十キロのままでアイスバーンに入った。タイヤがロックして滑り始めたとたん、いちばん手前にいた大きな牡ジカにまともに激突した。ボンネットで跳ね上げられた焦げ茶色の巨体が、次の瞬間、フロントガラスに激しくぶつかった。

ガラス全面が、一瞬にして蜘蛛の巣状に割れた。

衝撃が伝わり、田浦と阿久津が同時につんのめった。爆発音とともに、ハンドル中央部からエアバッグが飛び出して膨らんだ。助手席からも同じように飛び出した。

ドライバーとナビゲーターを守る仕事を終えたエアバッグは、すぐにしぼんだが、その直後、次の衝撃が来た。

二頭目がセドリックに衝突し、車体がそれに乗り上げたのがわかった。

車体が大きく波打った。

田浦がステアリングを握ったまま、悲鳴を放った。ルーフに頭を激しくぶつけていた。

助手席の阿久津も、のけぞりがちな恰好で何か叫んでいた。

田浦は運転席のシートに躰を押しつけられ、おかげでブレーキが踏めない状態にあった。

車は激しくスピンしながら暴走を続けている。

次の瞬間、もっとすさまじい衝撃が車体を襲った。

崖《がけ》の壁面だった。崩落防止のために、メッシュで全面を覆われている。そこにセドリックが左サイドから激しくぶつかった。ウインドウが割れて、激しく砕け散った。

21

中国東北部の吉林省に降る雪は、霰《あられ》のように小粒で乾いていた。鉛色の空から凍てついた大地に落ちるたびに、かすかに砂が落ちるような音がする。それがいつしか風に吹かれて地表をコロコロと転がり、どこかに飛ばされてしまう。だから、張梨花が住んでいた山間の村に、さほど雪が積もった記憶はない。大きな霜柱が持ち上げた黒い地表のそこかしこに、雪の吹きだまりが斑模様に白く残っている。積雪が少ない代わりに、気温が低く、すべてが凍てついている。大地も林も川も、そして広大な農地も。ありとあらゆるものが氷結して、永遠とも思えるほどの長い冬の厳しさに耐えている。

そんな気候の土地に梨花は生まれ、育ってきた。

家族は父母と祖母、そして梨花の下に、二歳と五歳年下のふたりの姉妹がいた。

張の一家は北京に暮らしていた。

北京大学で長らく法学の教鞭《きょうべん》を執っていた祖父の張周平は、一九七〇年に吉林大学法学院に招かれ、法史学を専門に教えていた。それが、文化大革命の最中、学生たちに「誤った歴史を教えた」として、批判闘争大会の槍玉に挙げられ、反革命分子としてつるし上げの憂き目に遭った。どんなに言葉で攻撃されても、暴力を受けても、頑固な祖父は自己批判をせず、最後までおのれの信念を貫き通した。

それから数年後、祖父は躰を壊して病死した。

一家は北京から吉林省の省都である長春に移っていたが、じきに就農のために煌山という寒村に移住し、そこで細々と高粱《コーリャン》やデントコーンなどを栽培して、糊口《ここう》をしのいできた。

今でこそ北京は近代都市となったが、オリンピック以前は寂れた街区もあちこちに見られた。それでも当時の張の家はそこそこ大きかったし、テレビも車もあったという。それが今ではまさに貧農の暮らしに落ちぶれていた。

極端なまでの貧富の差を、彼らは体験してきたのだった。

二年後、農業だけではやりくりができなくなり、母は近くの街の金属加工の工場に働きに出かけるようになった。それが三年前、プレス機の事故で母はあっけなく他界してしまった。

祖母と、梨花を含めた三人の子供が食べていくには、父の農家の収入だけでは足りない。借金はかさむ一方で、将来の見通しはまったくたたなかった。

そんなとき、梨花は近所に住む友人の口から、ある話を聞いた。農業実習生として日本に働きに行けば、短期間のうちに大金を得ることができる。それには半年間の日本語教育と職業訓練を受け、さらに送り出し機関に合計八万元の渡航費用と保証金を支払わねばならないという条件がある。

そのことを、あるとき、おそるおそる父にきりだしてみた。

父はうなずき、何とかその八万元を作るといった。自分の土地や家屋を担保にして、どこかから借りるしかないが、やれるだけのことはやってみよう、と。

職業訓練校の半年は過酷な日々であったが、それでも将来の夢があった。自分が日本で稼いで戻り、家族を養う。きっと借金も帳消しにできるだろう。うまく行くようだったら、何度だって渡航して、日本で働いて戻る。

漠然とながら、そんなことを思いながら、梨花は同期生たちとともに訓練を受けていた。日本語の習得から、基本的なマナーや習慣を学ぶ。それだけではなく、まるで軍事教練のようなシゴキもあって、日々の体力作りを余儀なくされた。

鬼教官に徹底していじめ抜かれ、自殺してしまった同期生もいたが、梨花はへこたれなかった。家族のためにも、是が非でも日本に行って、高収入を得て戻らねばならない。

ちょうど一年前の冬。

そろそろ職業訓練校の課程を終えようというとき、日本での就職先に関しての案内がいくつかやってきた。

技能実習生の働き口は、ほとんどが単純作業を中心とした職種が主で、職場としては自動車や縫製などの工場や各種の農場、建設業、牧畜業などが多く、技能も資格もほとんど必要とされないところばかりだった。

高収入で、衣食住の保証がつき、しかも日本の先端産業の技術を学んで帰国できる。そんな売り言葉と相反して、単純な肉体労働が主体のものばかり。ここで初めて梨花はいやな予感に憑かれた。それでも日本に行くことをやめるわけにはいかなかった。

彼女が選んだのは、長野県の竜臥村にあるレタス農家の収穫作業だった。

油まみれになる工場での作業や、泥や糞尿を相手にするような牧畜の仕事はいやだったし、建築現場での労働も考えたくなかった。野菜を扱う農家であれば、さほど過酷なものではないだろうと思ったし、何よりも長野県の高原というロケーションが良かった。

高原野菜に特化した仕事ということで、竜臥村で働く中国人実習生たちは、毎年、シーズンごとに故国に帰ることができた。他の仕事をする者は、最低でも三年は同じ場所で働かされる。そういう条件も彼女の気に入るところとなった。

パンフレットには、広大な農耕地を背景にみずみずしいレタスを持って笑みを浮かべている実習生たちの写真が載っていた。

そして竜臥村のことについては、こう記されていた。

《平均年収二五〇〇万円、日本でいちばん裕福な村》

思わず、見入っていた。

裕福という言葉は、一生、無縁なものだと思っていた。

そこに行きさえすれば、自分も裕福になれるような気がした。むろん、そんなにたやすいはずがないことはわかっている。が、少なくとも自分には大きなチャンスのような気がした。

何よりも他の仕事と違って、一年単位で中国に帰国できるというのも魅力的だった。

父があちこちに出向いては借金をして、何とか三カ月で八万元を作ってくれた。それを長春にある東方海運公司という会社の事務局に支払い、契約を交わしてくれた。

翌月までにパスポートを作り、何枚もの誓約書を書かされてから、出国の準備を終えた。

ところが、出発の直前になってから、日本に向かうルートの変更をいいわたされて、彼女は面食らった。ハルビンの太平《たいへい》国際空港から成田《なりた》に向かう予定が、なぜか列車で上海まで行き、そこから船で名古屋《なごや》港へ向かうことになったという。

今にして思えば、その時点でやめておくべきだった。

人生にはいくつかの折り返すべきときがあるというが、梨花はそれを見誤ったのである。

それも、一度ならず。

リーホワはゆっくりと目を覚ました。

一瞬、自分がどこにいるのか、わからなかった。

膝の上の暖かさに気づいた。太股に顎を預けて、すずが寝入っていた。

車内には誰もいない。

窓越しに外を見ると、少し離れたところに、ふたりが立っていた。

村越という老人と、沢井麻由子という女。

彼らの後ろ姿を見つめた。

そもそも、リーホワのトラブルとは、まったく関係のないふたりだった。それが、どうして自分の損得勘定を別にして、ここまで献身してくれるのだろうかと思った。獣医師の未緒や、あのペンションの夫婦だってそうだ。中国人は自分の得にならないことは、まずしない。ましてや、命が危険にさらされるような状況には絶対に関わらず、近寄りもしない。

ペンションで見た血まみれの惨状を思い出して、リーホワは目を閉じた。

あれは自分が招いてしまった悲劇だと思った。

一攫《いっかく》千金を夢見て、この国へとやってきた。

日本に渡りさえすれば、大金が稼げる。そんなことを本気で信じていた。いや、自分ばかりではなく、同じあの農家で働いていた中国人実習生たち、そして各地の職場に送り込まれた仲間たちとてそうだろう。

貧困から抜け出そうと藁《わら》をも摑む思いで、必死に借財をして渡航費用と保証金を払い、日本にやってきた。しかし、そこに罠《わな》があった。困窮に喘ぐ人間は、とかく視野が狭くなる。目の前に甘いものを突きつけられると、どうしても手が出てしまう。

そんな人々の弱みにつけ込み、なけなしの金をむしり取るために、彼らは巧妙に瞞してくる。

気がつけば、はまったまま出られない落とし穴に落ちている。

すべては自分が招いたトラブルだった。

金儲けをする。そんな目的のために日本にやってきて、さんざんひどい目に遭い、挙げ句の果てに自分を見失って人を殺し、追われる身となった。相手に非があるとはいえ、殺人という罪をぬぐうことはできない。

それなのに、彼らは自分を故国に帰してくれるという。

何の見返りもないはずなのに。

それどころか、身に危険が降りかかってくることもわかっているというのに。

傍らで、すずが伸びをした。四肢をまっすぐ突っ張り、躰を震わせてから、大きく欠伸をし、彼女を見上げてきた。リーホワは微笑み、犬を見下ろした。

鳶色の目は無垢だった。

故郷の村で、ボロボロの服を着て遊んでいた子供たちと同じ、純粋な輝きを放っていた。

この子がいなかったら、自分は今頃、きっと死んでいた。

おそらくあの雪の森の中にあった別荘で。

はらりと涙を落とすリーホワの顔を、すずが心配そうに見つめている。

あの倉島の家で、すずはひどい目に遭ってきた。飼われているというよりも、ただ庭先に繋がれているといったほうがよかった。あの家の住人は、飼い主としての義務をほとんどはたさず、ただ犬を残飯の処理係のように思っていただけだった。

夜中に吼えたからといっては殴りつけ、畑に来るシカに気づかなかったからといっては蹴飛ばしていた。そんな姿をリーホワはいつも見ていた。だから誰も見ていないところで、彼女はすずのところに行っては、頭や背中を優しく撫でてやり、隠していた食べ物をやったりもした。

すずが尻尾を振るのは、リーホワが近くにいるときだけだった。

きっとリーホワの孤独と辛さを知っていたのだろう。同じ境遇の身としてシンパシーを感じていたのに違いない。

そう思いながら、車窓越しに見えるふたりの後ろ姿を凝視した。

彼らが自分たちを助けてくれるのは、もちろん損得勘定などではない。義心でもない。

あのふたりの、それぞれの人生にも孤独の影が色濃く落ちている。

リーホワはそのことに気づいて、何となく理解した。

けっきょくは、みな、似たもの同士だったのだ。

22

何か硬いものに顔を押しつけたままだった。

意識を取り戻した三枝未緒は、その痛みに気づいてうめいた。

車の中の独特の匂い。煙草のヤニの残滓《ざんし》。アイドリングの音がのろのろと聞こえていて、車体がかすかに震えている。

思い出した。

道路いっぱいに広がっていたシカの群れにセドリックが突っ込んで、何頭かに激突したあげく、コントロールを失って崖の壁面に車体をぶつけた。その衝突のショックで未緒は気絶していた。

手足は動く。多少の打撲ぐらいで、骨折もなさそうだ。

鼻梁《びりょう》がズキズキと痛かった。殴られたせいだ。

右の鼻孔から流れた血が、口にも入り、鉄の味がしていた。それを片手でそっとぬぐった。

自分の躰に目をやる。シートにうつぶせの姿勢になって、足が宙に浮いていた。片足は運転席の背もたれにかかり、もう一方の足が誰かの躰にかかっていた。

視界がぼやけているので、眼鏡がどこかに飛んで行ったらしい。

周囲を探って、近くに落ちているのを拾った。プラスチック製のレンズは無事だった。それを顔にかけるとクリアな視野が戻った。

自分の片足がかかっているのは、あの柳というヤクザの背中だった。ルーフとの隙間に挟まれたかたちになっている。最前、あの柳に自分がされそうになったことを思い出し、身震いがした。

ヤクザとはいうが、こいつはヤクザ以下のケダモノだった。

そう思ったとたん、阿久津の言葉を思い出した。

――あなたも獣医さんなら、そっちに詳しいんじゃないのかな。

ふざけるなと思った。こんな奴といっしょにされたらケダモノたちに失礼だ。

そろりと自分の足をどけた。

柳はフロントシートとルーフの間にはまり込んでいた。死んでいるのか、気絶しているのかは判然としない。走行中にシートベルトをしていなかったせいで、シカの群れと衝突したときにシートから躰が浮いたのだろう。上半身がウインドウと助手席の間から前方に突き出している。

それでも柳だとわかったのは、ズボンとカラフルなブリーフを膝下まで下ろした半裸状態だったからだ。毛に覆われた白い太股の間に、事故前は猛々しく屹立していたイチモツが、今はだらしなく萎縮し、垂れ下がっていた。

その醜悪なものから目を逸らした。

後部座席のシートの上には、彼の得意分野だったらしい大型ナイフが、革の鞘に入ったまま転がっていた。それをそっと摑んで手許に引き寄せる。

ホックを外して、鞘から引き抜いてみた。

異様に長大なブレードだった。背はキザギザにセレーションが刻まれていて、見るからに攻撃的な形状をしている。男のフェティシズムの象徴のように思えた。

嫌悪感がこみ上げてきた。これで柳のそいつを切り落とすことを考えたが、吐き気がこみ上げてきそうになった。柳が意識を取り戻すようなら、思い切って躰のどこかを刺してやろうと思ったが、当分、目を覚ます気配はなさそうだ。

阿久津は助手席にのけぞったまま、身を預け、同じように動かなかった。

運転席の田浦とともに、完全に気絶している。エアバッグは左右どちらもしぼんで垂れ下がっていた。柳の萎縮した男根を連想した。あわてて頭を振って、いらぬイメージを払った。

事故でいちばんダメージを受けなかったのは自分のようだ。それが幸運だった。

また鼻梁がズキンと痛んだ。鼻血は止まっているようだが、口の周囲に硬く凝血していた。それを掌で撫でた。

そっと躰をシートの端に移動させ、ドアを開けた。

車外に出たとたん、寒風に身をすくめた。

足許の路面が凍りついていて、靴底が滑り、あわてて車体にしがみついた。柳の大型ナイフが凍ったアスファルトの上に落ち、硬い金属音を立てた。

思った通り、セドリックは崖にぶつかったままだった。車体左側の鼻面がかなりつぶれ、ウインカーらしき樹脂の破片が散乱していた。フロントグリル自体もかなりへこんでいるようだ。

後部の排気管からは白く排ガスが洩れていた。その臭いが鼻を突く。

周囲を見るが、他の車の通行はない。

撥ねたシカの死体らしきものは見当たらなかった。セドリックのような大型車にぶつかっても、立ち上がって群れとともに逃げたのだろう。骨ぐらいは折れたかもしれないが、かれらはそれでも平気で歩く。散弾を食らっても、何ごともなかったかのように跳躍して逃げていくシカもいる。野生動物の強靱《きょうじん》さは人間の想像を絶するものがある。そのことを職業柄、未緒はよく知っていた。

ふいに車のドアが開いた。

驚いた未緒は、あわてて足許の大型ナイフを拾った。

運転席から、黒服のヤクザが出てきた。

彼女は鞘からナイフを引き抜くと、それを目の前に立っている相手に向けた。

「動かないで!」

鞘を落とし、両手でナイフを握っていった。

切っ先を喉許に向けられた男は、硬直して立ち尽くしていた。

「う、動いたりしないから、それ、しまってくれますか」

田浦がうわずった声を震わせていった。

白目を剝き、喉仏が上下しているのが見えた。

決然とした眼差しで相手をにらみつけていた未緒は、本気で震えている男の様子を見て、ふいに吹き出しそうになった。これでもヤクザなのだろうか。

大げさなほどの狼狽ぶりを見せる田浦の喉許から、ナイフの切っ先をそっと離した。そして、油断なく視線を向けたまま、身をかがめて鞘を拾い、ナイフをさし込んだ。

少しの間、考えてから決心した。

「田浦さん」

「はい」

男が緊張した顔で答えた。

「この車って、まだ走れるの」

　田浦は振り返って、自分が運転していたセドリックを見つめた。

「車体はボコボコですが、タイヤも、あときっとエンジンも無事だと思うので、たぶん走れます」

「運転をお願いしてもいいかしら」

「ど、どちらまで」

「とにかくこの場を立ち去りたいの」

「わかりました」

　やけに素直に応答が返ってくる。

　未緒はセドリックに向き直る。「その前にいらない荷物を下ろさなきゃ」

「荷物って……」

　狼狽《うろた》え声でいわれたので、彼女は車内を指さした。

　ヤクザたちがのびている姿が車窓越しに見えた。

「あなたね。まだ、あいつらとつるんでいたいわけ？」

　乾いた鼻血は、田浦がウエットティッシュを渡してくれたのでぬぐうことができた。ひび割れた車のミラーを見ながら、未緒はたんねんに自分の顔の血をきれいにした。

　それから田浦とともに、助手席の阿久津を車外に引きずり出した。

冷たい路面に仰向けに横たえると、急いで上着をさぐり、没収されたスマートフォンを内ポケットの中に探り出した。同じポケットから臙脂色の手帳のようなものが出てきて、見ると中華人民共和国政府と書かれたパスポートだったので驚いた。

ページを開くと、チャン・リーホワの顔写真が貼ってある。

たしか没収されたと聞いたが、ヤクザたちが所持していたとは意外だった。

スマホとパスポートを自分の上着のポケットに入れた。

次に後部座席のドアを開き、下半身を剝き出しにしたままの柳を引っ張り出しにかかる。いつまでも醜いものを剝き出しにさせておくのもはばかられるため、ブリーフとズボンをたくし上げて隠してから、田浦とともに車外に彼を引っ張り出した。

路面に座らせたとき、

「ぐぐ……」と、柳がうめいた。意識が戻りかけていた。

田浦が驚き、思わず両手を離してしまったため、柳の躰がぐらりと傾いだ。硬いアスファルトに頭が落ちた。鈍い音とともに側頭部を打ち付け、柳がまた白目を剝いた。

未緒は脚のほうを持って、先に横たえていた阿久津の隣に柳を寝かせた。

ふたりをこのままにしておいていいものだろうか。

通りかかった車のドライバーに見つかれば、その人間に迷惑がかかる。いや、迷惑以上に危険が及ぶだろう。

未緒は決心した。

「ふたりをそっちに運ぶから手伝って」

セドリックがぶつかった崖とは反対側。ガードレールの向こうに広がる森を指さした。

また彼女が足のほうを持ち、田浦が頭のほうを抱えて、苦労して運んだ。ガードレールを何とか跨《また》いで、雪の積もった森の中に、阿久津と柳の躰を並べて横たえた。

阿久津の背広の後ろから、何かが突き出していた。上着をめくってみると、白鞘の匕首だったので未緒は驚いた。さすがにヤクザというべきだろうか。刃渡りは四十センチはありそうだった。それを腰の後ろに差して隠していたのである。

未緒は鞘ごとそれを遠くへ放った。

田浦が後部のトランクの中から持ってきたタオルケットをふたりの上に掛けた。

寒さのせいで、ふたりのヤクザたちの顔は蒼白になり、唇が紫色になっていた。

低体温症にかかっている。あと、三十分と保たないだろう。

「この寒さじゃ、凍え死んでしまいます」

田浦にいわれ、未緒は鼻に皺を寄せて笑った。「そのほうが世の中のためになると思うけど？」

「でも――」

「あのペンションでどんな惨事があったか。あなただって知ってるでしょ？　それとも、あなたもあのとき、ふたりに加担したの？」

いわれて田浦は、あわてて首を振った。子供のような表情だった。

「いいわ。通報だけはしておいてあげる」

彼女は自分のスマートフォンをとりだすと、画面をダイヤルモードにした。

23

宮ヶ瀬湖をあとにして、県道六四号線を走り出した。

食事を取って仮眠もすませ、一時間ばかり休憩したから、麻由子は疲れが取れていたが、運転は村越に代わっていた。

彼女はときおりスマートフォンのワンセグでテレビ番組をチェックし、大月の事件の続報を捜した。が、ニュース番組のない午後の時間帯になっていた。一度、ローカル放送のドラマの画面下にテロップが流れて、大月の殺人事件に関することが書いてあったが、捜査に進展はないとのことだった。

おそらく容疑者が県外に逃走したことを想定して、山梨県警は長野や神奈川といった隣県の警察にも協力要請をしているはずだ。

後部座席に座るリーホワとすずも元気だった。

すずはずっと腹を減らしていたようだが、レストランで働く若い娘の店員に残飯をわけてもらい、がつがつと腹いっぱいに食べた。十五分程度、車を離れてリーホワと散歩をし、ひとしきり小便と糞をしてから戻ってきた。

そして車が走り出すや、また、リーホワの膝に顎を載せて寝入ってしまった。

道はゆるやかな下り坂。しかし、ふたたび曲がりくねった山路となった。

降雪の後だけあって、すれ違う車はそう多くはない。

ときおり塩化カルシウムの散布車や、黄色い除雪車とすれ違う。

路面はところどころにアイスバーンが残っている。そのため、どの車も低速走行していた。

横浜まで、ふつうに行けば二時間とかからないだろう。しかし、道路のコンディションからして速度を上げるわけにはいかない。貨物船の出港は夜の十一時に予定されているというから、時間的には余裕だが、それでも不安がぬぐえないのは、東亜海運の楊樹光という人物が信頼に値しないというところだった。

渡航費用としていわれた百八十万円という額は何とかなるが、パスポートが必要だといわれてしまったことが引っかかる。何よりも、肝心のリーホワの身柄を彼に預けていいのだろうかという心配があった。

村越が刑事として、何度か密輸に関する事案を扱ったとき、楊は二度ばかり捜査線上に現れた人物だった。横浜税関とともに長らく内偵を続けたが、けっきょく犯罪の証拠がつかめず、一度、関税法にかこつけた別件で逮捕した。

楊の取調べに当たったのが村越だった。彼は日本語が堪能だったおかげで、話のやりとりに苦労はしなかったが、肝心要《かんじんかなめ》なところになると、巧妙にするりと話題をかわされてしまう。頭のいい男だということはよくわかった。

やがて楊は保釈金を積んで釈放された。彼の会社は、本牧埠頭の一角で自動車や電子機器などの輸出入を続けてきた。港町署および神奈川県警は、東亜海運を法律ギリギリのグレーゾーンに位置する会社として、いまでも監視下に置いているはずだ。

そんな楊樹光に、村越は頼らねばならない。

切れかかった吊り橋を渡るような心境だった。

ダッシュボードに取り付けたホルダーで、スマートフォンが小さなＬＥＤを明滅させながら、耳障りな音でバイブした。

助手席にいた麻由子がそれを取った。

「え。未緒さん？」

液晶に表示された相手の名を見て、麻由子がそういったので、ステアリングを握ったまま、村越は驚いた。別れる前に、携帯の電話番号をふたりで交換しているのを憶えていた。

――危うく高野さんたちと同じ目に遭うところだったわ。

車窓を閉め切っているし、通話の音量が大きめだったため、電話をかけてきた三枝未緒の声がよく聞こえた。彼女にしては珍しく興奮気味で、うわずったような声だった。セドリックで拉致され、危ういところで、野生ジカの群れに車がぶつかって難を逃れたという。

ヤクザたちが気絶している間に、阿久津と柳のふたりを車外に放り出した。手伝ってくれたのは、同じヤクザの田浦という男だったという。彼だけは他のふたりとは明らかに違うタイプのヤクザだと未緒はいう。

――リーホワさんのパスポートを、阿久津というヤクザが持っていたの。

村越は振り向き、スマホを耳に当てる麻由子を見た。

彼女もチラと見返し、こういった。

「それ、必要なんです。何とか持ってこられませんか？」

――わかったわ。それで、どのルートをたどっているの？

一瞬、村越は罠かと思った。

もしかすると、彼女は拉致されたままで、わざと無事の連絡をさせられているのかもしれない。ここでうかつに自分たちの逃走ルートを教えたら、敵に逃げ道を教えることになる。しかし、スマートフォンから洩れ聞こえる彼女の声は、真実の色を帯びているように思えた。長年、容疑者の取調べをやっていて、相手の声で、おおよその真偽がわかるようになっていた。

シカの群れに激突したという話にはさすがに驚いたが、こんな山の中だから、それもあり得ることだろうと彼は思った。

麻由子がいった。

「国道四一三号線にいったん出てから、少し引き返して、県道六四号線に入って……」

そこまでいったとき、向こうが「えっ」と声を上げたため、麻由子が驚いた。

――それって、私たちがたどってきた道じゃないの。

ヤクザたちをごまかすために、わざと遠回りのルートを指示したらしい。それがたまさか、村越たちが選んだルートと同一だったということだ。

「シカに助けられたみたいなものですね」

そういって、麻由子が笑った。「それで、田浦というその人は大丈夫なの？　ヤクザなんでしょ」

――ええ。でも、何だかいい人みたいだし。

「ヤクザでいい人って、よくわかんないです」

そう麻由子がいうが、村越には見当がついた。

きっと田浦という男は落ちこぼれなのだろう。兄貴分ふたりにこき使われていた運転手といったところか。どんな組にも、ひとりやふたり、そんな人間がいた。たいていはヤクザ社会の厳しさや汚さに耐えきれず、逃げ出すか、深酒や麻薬に走って悲惨な末路を遂げる。

村越は路肩の待避スペースを見つけて麻由子のＣＸ－５を寄せた。ハザードランプを点ける。

「ちょっと代わってくれんか。田浦って奴と話したい」

そういって、スマートフォンを受け取った。

田浦は助手席に座る未緒からスマートフォンを渡された。

車を路肩に寄せて停め、ハザードを点滅させた。セドリックは満身創痍《そうい》だった。フロントガラスは全面がひび割れている。サイドウインドウは完全に砕け散り、車窓そのものがなくなっていた。そこから風が吹き込むので、後部トランクから見つけた段ボール箱を切って、ガムテープで貼り付けている。

しぼんだエアバッグは、運転の邪魔になるため、ハンドルから切り取ったが、助手席のほうはダッシュボードから垂れ下がったままだ。

田浦はおそるおそるといった感じで、スマートフォンを耳に当てた。

——私は元神奈川県警横浜港町署にいた村越という者だ。あんた、荒神会の田浦さんかい。

チャン・リーホワといっしょにいる老人の声だと、すぐに気づいた。

「私……荒神会といっても、その……ほんのごく下っ端なんですが」

無意識に頭を掻きながら、そう答えた。

その仕種を助手席から未緒が見ていたので、少し顔が赤らんだ。

——あんたたちを雇った人間について知りたい。

「あ、いや、その……私はただの運転手なんで、何もわからないんです」

——うわずった声でいわれても、すぐに嘘とわかるよ。

図星を突かれ、田浦は狼狽えた。

——そこにいる獣医さんから聞いたが、彼女を助けてくれたそうだな。おそらくあんたはそれを自発的にやったはずだ。つまり、あんたはヤクザの仲間でいる必然性のない人間だと、私は思う。

田浦はスマホを耳に当てたまま、口を引き結んでいた。

つらく眉根が寄った。

——それとも、何か弱みでも握られているのか。

そんなものはなかった。ただ、身を置くべき場所を誤っただけのことだ。自分から抜け出すことができずに、ただずるずると何年も居続けてしまった。

「私はどこの世界でも落ちこぼれなんです。何をやってもダメな人間だった」

——だから、ヤクザの運転手か。だが、何年経っても、あんたは極道の世界の黒い色には染まりきれなかった。そうだろう？　つらくてたまらなかったはずだ。

黙ってうなずいた。

ふいに目頭が熱くなった。大粒の涙が頬を伝って膝の上に落ちた。

洟《はな》をすすり上げたが、止まらず、涙といっしょに手の甲でぬぐった。

「男を上げるチャンスだって、兄貴にいわれたんです。それに借金の肩代わりもしてくれましたし」

——兄貴というのは阿久津とかいうヤクザのことか。

「そうです」

——男を上げるとか、義理人情だとか。現実のヤクザの世界に、そんなきれい事はないよ。それはもう、いやってほどわかったはずだ。今回、阿久津たちがしでかしたこと、またこれからやろうとしていることは、どうあっても正当化などできない悪事なのだ。それも極めつきのな。あのふたりの残虐行為をあんたも見たはずだ。阿久津たちは、二名の人間を、とりわけひどいやり方で殺している。それも、今回の一件とはまったく無関係の一般市民だ。

「私、その場にいました」

——あんたは彼らの行為に加担できなかったんだな。

「見てた、だけです。いや……見ることもできなかった」

あのときの光景を思い出し、胸が詰まりそうになった。

——足を洗う気になったかね。

「はい」

正直に答えるしかなかった。

——だったら、あらためて訊く。尾野泰俊という名前に憶えは？

「たしか……われわれを雇った人です。チャン・リーホワという中国人の娘を殺して、死体を始末するようにというのが組への依頼でした。それで兄貴たちが仕事を受けたんです」

——殺しの理由は聞いていないのか。

「ただ、指示されただけです」

——たしかにそうだな。ヤクザにとってみれば、理由なんてものはいらない。いつだって金と仕事の内容だけだ。

「政治がらみだって、兄貴がいってました」

——尾野は元首相だった尾野克美の甥で、日中交流事業組合の理事長だ。労働実習生として中国から送り込まれたチャン・リーホワの、日本側の受け入れ機関だよ。それが正規のルートではなく、チャイニーズ・マフィアを通した非合法な入国だった。おそらくそうしたことを何度もやっていたんだろう。

田浦はそれで初めて知った。

だから、逃げたリーホワの口を塞ぐために自分たちが雇われたのだ。

——あんたはもうヤクザじゃない。奴らの運転手でもない。自分で道を選んで行動するべきだ。

村越はこう続けた。

――今、県道六四号線を厚木に向かって南下している。追いついてこられるかね。

「大丈夫だと思います」

――清川《きよかわ》村の集落に入ったところで待っている。獣医さんをそこまで無事に連れてきてくれ。

「わかりました」

通話を切ってから、未緒にスマホを戻した。

そしてまた、あわてて涙と鼻水をぬぐった。

「ありがとう」

ふいに未緒にいわれ、田浦は驚いた。

「へえ?」

「だって……あなたがいてくれて、ホントに良かった」

眼鏡の奥の目を細めて微笑みを見せられ、彼は少し頰を赤らめ、また頭を掻いた。

「えろ、すんまへん」

ペコペコと頭を下げる。

「本当にヤクザに向かない人ね、あなたは」

「そうでっか」

未緒はふいに口をつぐみ、それからいった。

「ね。ところであなたって、さっきから急に関西訛りになってるんだけど？」

急に指摘され、田浦は頭をかいた。

「あ。生まれ……大阪の梅田です」

「だったら、バリバリの関西人じゃないの」

「実は兄貴……阿久津さんに関西弁を禁じられてたんです。ヤクザの世界はどうも東と西で、基本、仲が悪いもので、周りからへんに疑われんようにって、ずいぶんと気ぃつこうてました」

「妙なところで苦労してたのね」

「すんまへん」

未緒が少し吹いた。肩をすぼめて笑う。「どうして謝るの？」

その仕種が愛らしくて、田浦は頬を染めてそっぽを向いた。そしてまた頭を掻く。

「涙と鼻水、もう拭いたら？」

「おおきに」

いいながら上着のポケットに手を入れるが、ハンカチの類いは持っていないことに気づいた。

仕方なく、また手の甲で目の周りや鼻の下をこするばかり。

「ティッシュ、どこかにあるかしら」

「その中にあります」

田浦が指さすグローブボックスの蓋を、未緒が開いた。中に入っていたティッシュの箱をとりだしたとたん、彼女はハッと声を洩らした。

田浦は見た。

グローブボックスの中に、拳銃が入っていた。

黒染めが剝げかかったスライドが、外から差し込む光を受けて、鈍く光っている。

思わず、田浦は乱暴に蓋を閉じた。

未緒と目が合ったので、思わず視線を逸らしてしまう。

「やっぱりヤクザの車ね」

そういって未緒はティッシュの箱から一枚とりだし、差し出した。

24

「田浦って人、信頼していいんですか？」

助手席から麻由子が訊いてきた。

むりもないことだと、ステアリングを握る村越は思う。何だかんだいって、相手はヤクザだ。あの惨殺事件を起こしたふたりの仲間だったのだから。しかし、敢えていった。

「彼は嘘をついてはいない。そんな芝居ができるような男じゃないと思う」

「会ったこともないのに、わかるんですか」

「わかるということではなく、可能性の問題なんだ。警察の捜査は可能性で判断する」

もうとっくにその警察を引退していることに気づいて自嘲した。

むろん逆の可能性も考えないではない。だから、合流場所をこんな山の中ではなく、人目のある清川村の集落の中と指定しておいたのだった。楽観は禁物、最悪の状況を想定しておくこともまた大事だ。

「あなたをここまで走らせるのは、やっぱり警察官だったという自負からなんですか」

「そうだな。それもあるだろう」

ルームミラー越しに、後ろのリーホワを見た。

哀しげな横顔に後れ毛がかかっている。遠くを見つめる目が印象的だ。

「だが、それだけではない。今回のことに関して、運命的な何かを感じるのだよ」

「運命的……」

意味をくみ取れない麻由子が首をかしげている。

村越はかすかに眉根を寄せた。

孫娘の笑顔と声が脳裡によみがえったからだ。

「あの犬が、そんな私と彼女を引き合わせてくれた。あれが私の車にやってこなければ、きっと私はあの雪の森の中で朽ち果てていただろう。私は無神論者だから神とは呼ばないが、何か運命のようなものが、老いさらばえた私に、ふたたび行動しろといっているのを感じるんだ」

ふっと村越はまた笑みを浮かべた。

「そういう君こそ、いくら夫に頼まれたとはいえ、修羅場に足を突っ込んでるんだ。並大抵のことじゃない」

「実は……もうひとつ、理由があります」

俯きがちにいい、村越を見た。「ちょっと車を停めてもらえます？」

「どうしたんだね。急にまた」

「見せたいものがあるんです」

仕方なくブレーキを踏み、車を路肩にそっと寄せた。

ハザードを点灯させて、アイドリング状態にする。

麻由子はスマートフォンを渡してきた。液晶画面にはブラウザが立ち上がっていて、そこにネット掲示板の記事や写真が羅列してあった。

裸の男女が絡んだ猥褻《わいせつ》写真が、そこにいくつもアップされている。それをちらと見たとたん、村越は後ろにいるリーホワに画面が見られないように注意をした。

裸体写真の娘は、モザイクが顔にかかったものもあったが、モザイクなしのものがひとつある。

それはまぎれもなく、チャン・リーホワ本人だった。

いくつも書き込まれた記事の中には、こんな言葉があった。

『竜臥村の青年が自殺って、もしかしてこいつのことだったりして』

『そういえば、あれきり〝うぷ〟されてないよなあ、自撮りセクロス写真ｗ』

『中国娘をしたい放題にして、得意げに写真載せて、あげくに自殺かよ』

『本当は殺されてたりしてｗｗｗｗ』

村越は茫然とスマホの画面を見つめていたが、無言で麻由子に返した。

彼女は受け取り、すぐに待ち受け画面に戻した。

「どうやって見つけた？」

車を出しながら小声で訊いた。

「入院中の夫が検索で見つけて、さっきメールで伝えてきたんです」

「すでにネットの世界では拡散が始まっているというわけか」

麻由子がうなずいた。「こうなっては、もうどうしようもありません」

「最近は警察よりも、こういう連中のほうが捜査能力が向上しているようだな」

皮肉のつもりでいったが、笑うに笑えなかった。

「私、自分が女だからってわけじゃないけど、彼女の気持ちがわかります。孤独とか、寂しさとか、そういったもの含めて全部。だから、どうしても捨て置けないんです」

「やはり中国に戻すべきだな」

「私もそう思います」


道が大きなカーブになった。

それを曲がりきると、突然、通行止めの立て看板が現れて、村越は驚いた。

看板の手前に、ヘルメットに黄色い反射マークをつけた青服の男が立っていた。

赤い誘導棒をしきりに振っている。

男の背後、路肩には黄色と白の車体のトヨタ・ランドクルーザーが停まっている。フロントバンパーは赤と白のストライプ模様。公用作業車仕様だった。

その向こうには青いトラックも見えた。

村越はゆっくりブレーキを踏んで制動をかけた。

道路の中央には三角錐《さんかくすい》の赤いパイロンがいくつも並べられている。立て看板には〈迂回《うかい》路〉と記され、右の枝道に矢印が向けられていた。

その前で車を停めて、村越が車窓を下ろした。

「どうしたんだね」

白いヘルメットの警備員がつかつかと歩いてきて、いった。

「一キロほど先で崖崩れです。すみませんが迂回して下さい」

立て看板には迂回路が描いてある。

にべもなくいうので村越はまた訊いた。

「こっちのルートだとえらく遠回りじゃないか。それに除雪はちゃんとされてるんだろうな」

警備員は四十ぐらいで、ガタイのいい男だった。ボクサーのように鼻がつぶれていて、耳の前でもみ上げを長く伸ばしている。金壺眼《かなつぼまなこ》という言葉を思い出させる、落ちくぼんだ目をしていた。

「大丈夫ですよ。道々に看板が立っていますから、その誘導に従って走ってもらえたら、また県道にもどれます」

野太い声でそういって、クルリと背を向けた。

村越は警備員の後ろ姿をじっと見つめていたが、スイッチで車窓を上げた。

いったん車をバックさせてから、立て看板の矢印に従って枝道に車を入れた。


いやな予感に憑かれていた。

理由はきっとあの警備員だ。

何となく違和感がある。ヘルメットに衣装はいかにもそれらしいが、全体的に板についていない感じがしたのだ。それに、道路工事の警備員はいつも外に立っている。冬場とはいえ、それなりに日焼けしているものだ。なのに、顔がやけに色白だった。

それに崖崩れ。

雨の多い季節ならともかく、こんなときに起こるものだろうか。

「どうしたんですか、怖い顔をして」

助手席から麻由子が声をかけてくる。

「引き返そう」

村越がいった。「どうも気にくわない」

「え?」

「罠のような気がする」

「まさか」

S字のカーブを抜けたところで車を停めてUターンしようと思ったところで、村越は驚いた。

カーブの先で、大きなコンテナをトレーラーに積んだ大型トラックが、斜めになって前方の道をふさいでいたのである。

村越はあわててブレーキペダルを踏み込んだ。

タイヤが悲鳴を上げた。

車体がぶれて横滑りしながら停まった。

リーホワが車窓に頭を打ち付けて、悲鳴を上げた。が、村越は振り返る余裕もない。

トラックは三菱ふそうの旧型車輛だった。トレーラーに載せられた大きな銀のコンテナは無地で、文字もマークもない。運転席にはキャップをかぶった男がいて、携帯電話を耳に当てていた。

その目がやけに冷ややかなのに村越は気づいた。

雪道でスタックしているように見えるが、路面は凍っていなかった。

トラックの運転手は携帯電話を持ったまま、車窓越しに村越を見ていた。村越もフロントガラスを透かして、彼の顔を凝視した。

数秒が経過した。アイドリングの音だけが緩慢に続いていた。

犬が吼えた。

後部座席のすずだった。

村越と麻由子の間から、顔を前に突き出すようにして、牙を剝き出し、激しく吼えている。

ペンションで高野夫妻が殺されていたときのように、すずは何かを察知したのだろう。

突如、トラックの運転席のドアが開き、キャップをかぶった男が路上に下りた。腰の後ろに手を回し、何か黒いものを抜き出した。

拳銃――。

同時にトレーラーの向こうに隠れていたらしい数人――スーツやジャージなど、まちまちな服装の男たちが、手に手に拳銃を握って姿を現した。

村越は舌打ちする。

「こっちを老いぼれだと思ってなめるなよ!」

左手をシフトレバーにかけて、DレンジからRに入れた。だしぬけにアクセルを踏みつけた。

一瞬、タイヤが空転し、派手な音を立てた。

かまわず肩越しに背後を見ながら、ＣＸ－５を猛然とバックさせた。

ブレーキを踏みながらステアリングを切った。白煙を洩らしながら車がスピンした。

トラックに尻を向けて走り出したとたん、鋭い炸裂音とともに、車のウインドウがビシッと音を立てて砕けた。肩越しに振り返ると、リアウインドウが放射線状に裂けている。砕けたガラスの砕片がシートに散らばっていた。

「リーホワ。大丈夫か！」

彼女は首をすくめながらうなずいた。垂らした前髪の間から片目を覗かせながら、両手ですずを強く抱きしめている。すずは舌を垂らし、興奮している。自分たちがのっぴきならぬ状況にあることを、よくわかっているようだ。

ふたたび銃声が背後から轟《とどろ》き、車体のどこかに弾丸が命中したらしく、ショックが伝わってくる。

助手席の麻由子が村越にしがみついてくる。

「伏せていろ！　思い切り低くだ！」

怒鳴りつけてからアクセルをめいっぱい踏み込んだ。

三発目がタイヤに命中したらしく、車体が左側にガクッと沈み込んだ。たちまち車が蛇行を始める。バーストしたタイヤがボディを叩くため、ドラムを打ち鳴らすような音が聞こえていた。

それでも村越はアクセルを踏みつけ、CX－5を強引に走らせた。

二百メートル以上、走ったところでカーブをクリアしたが、限界だった。ヒノキ林の入口に、ロープを渡された未舗装の細い林道があった。そこに車を向けた。

ロープをフロントで断ち切り、雪の残った砂利道に車を突っ込む。

タイヤがバーストして接地したボディが、激しく火花を散らした。いくらも行かないうちに、CX－5が斜めになって林道から飛び出し、ヒノキの木立に激突する。

衝撃が車体を突き上げた。ステアリングと助手席から同時にエアバッグが膨らんで、村越と麻由子は背もたれに押しつけられた。それを払いのけるようにして、村越はドアを開け、車外に出た。麻由子も同時に飛び出した。

後部座席のドアを開けると、すずを抱きしめたリーホワが見返してきた。

「無事か。車を捨てて走るぞ」

そういって彼女の右手をとり、車外に出した。

雪をかぶった草叢に飛び降りたすずが、彼らと併走する。

「どうやって逃げるつもりなんですか」

傍らから不安そうに訊いてくる麻由子に、村越はいった。

「奴らの裏を掻く。生き延びるにはそれしかない」

三人と一匹が、雪に覆われた森を駆けた。

村越はすぐに息が上がった。喘息《ぜんそく》のように喉がゼイゼイと音を立てる。自分の年齢を考えるとむりもない。だが、弱音を吐くわけにもいかない。

ヒノキの植樹林を抜けると、ナラやリョウブなどの混合樹林となった。

林床は岩がゴツゴツしている。ときには両手を突いて、斜面を這い上がる。

木の根に蹴躓《けつまず》いて、村越は顔から突っ伏した。

「大丈夫ですか?」

手を取って起こしてくれたのはリーホワだった。

彼女の顔を間近から見て、村越は笑う。

「大丈夫だ。さあ、走ろう」

そういって雪の森を走り続けた。

25

寒さに震えながら、阿久津達男は目を覚ました。

躰を折り曲げ、身をすくめながら唇をふるわせた。そして周囲を見た。

雪をかぶった冬枯れの林床。風が地表をかすめて、枝葉が揺れると、葉叢に積もっていた雪が舞いながら、木立を抜けていた。

そっと身を起こし、反対側に目をやると、柳が隣に横たわっている。

ふたりの上には青いタオルケットがかけてあった。たしか、セドリックのトランクの中に入っていたものだ。

一瞬、どういう状況か、判然としなかった。

眉根を寄せた。

少しずつ記憶がよみがえってきた。

女の悲鳴。柳の喘ぎ声。そして——カーブの向こう、道路いっぱいに広がっていたシカの群れ。

衝撃とともに白濁したフロントガラス。

事故に遭った。車から放り出された記憶はなかった。

タオルケットをどけて、よろりと立ち上がった。

すぐ近くにガードレールがある。砂利を満載したダンプが、すぐそこを轟然と通過していった。

彼らが乗っていたセドリックはなかった。

まさか、田浦がひとりで運転していってしまったのか。

いや、そうではない。きっと、あの女の獣医だ。

そのとたん、ふつふつと怒りがわき上がってきた。

腰の後ろに手をやった。上着の下に匕首を差していたのだが、それがなくなっていた。

車の中に置き去りにしたのか、それとも――。

周囲を見回すと、雪をかぶった枯れ草の中にそれが横たわっていた。

急いで拾い上げると、引き返してきた。

「起きろ、柳！」

そう怒鳴りながら、相方の腿《もも》の辺りを思い切り蹴飛ばした。

柳がうめき、顔を上げた。

ぼうっとした表情で周囲を眺め、それから匕首を持ったままの阿久津を見上げてきた。

とたんに激しく咳き込んだ。背中を曲げて、凍てついた地面に両手を突き、苦しげに空《から》嘔《えずき》をくり返す。やがて乱れた前髪を額に張り付かせながら、やせこけた顔を上げた。

満面、傷だらけだった。フランケンシュタイン博士が作った怪物そのまんまだ。

おそらく自分も似たようなものだろうと、阿久津は思った。

「阿久津さん……どうしたんだ」

「忘れたのか」

「いや……何がなんだか」

「シカの群れに激突したんだよ」

「シカ……」

眉根を寄せて顔をしかめ、後頭部をなでさすっている。ふいに思い出したらしい。

「──あの女は？」

「俺たちの車で逃げやがった」

寒さが躰に憑いていて、声が震えた。いや、武者震いなのかもしれなかった。

「追いかけるぞ」

「だが、どうやって……」

「セドリックの中に俺の携帯がある。GPS位置情報がオンになったままだ」

柳がハッとして、自分の上着のポケットからスマートフォンをとりだした。震える指先で、画面をタップしたりスワイプしたりしている。

その間、阿久津はガードレールの向こうに見える道路を凝視した。

遠くから車の排気音が聞こえてきた。

阿久津は舌なめずりをした。

右手の匕首を、そっと背広をめくって、腰の後ろにさし込んだ。

ガードレールを苦労して跨ぎ、車道に出て、両手を挙げた。それを左右に振った。

やってきたのは白いカローラだった。阿久津は車道の真ん中に立ったままだ。

カローラのフロントガラスの向こうで、眼鏡をかけた中年男が驚いた顔をしている。助手席には同年配の女がいた。夫婦連れのように見えた。

急ブレーキでカローラが停まったとたん、阿久津は運転席のところに走った。

ウインドウが下りて、不安げな男が顔を出した。メタルフレームの眼鏡越しに見上げている。

音楽が車内に流れていた。ピアノ曲だった。

「どうされたんですか？　ひどい怪我のようですが」と、運転していた男が訊いた。

阿久津は答えず、車窓から手を入れて勝手にロックを解除すると、ドアを開けた。

驚きの表情を凍らせた男のセーターの襟首を摑んでいった。

「シートベルトを外せ」

無言でそれに従った彼を、阿久津は強引に外に引っ張り出した。

男がまだ中腰のうちに、右手を後ろに回して上着の下から匕首を抜いた。傘の水滴を振り払うようにひと振りする。白鞘がすっと飛んで、長い刀身が剝き出しになった。それを無造作に男の鳩尾の辺りに深々と刺し込んだ。

よく研がれた刃物なので、滑るように胸郭の中に入っていく。

中年男が大きく目を開けたまま、硬直した。その瞳から、たちまち命の光が消えていく。

無造作に死体を横に放った。

それからすみやかに助手席側に回り込んだ。

ドアを開く。細面で、化粧の薄い四十がらみの女性が、口許に両手を当てて目を見開いていた。まだ、自分たちの身に何が起こったのか理解していないらしい。狼狽えた瞳をまっすぐ阿久津に向けていた。

「柳！」

阿久津が呼んだ。

乱暴にドアを開け、運転席から柳が入って来た。車体がその重さで上下した。

例によって値踏みするような視線で女を見ているので、阿久津は苛立ちながらいった。

「いいから、こいつのシートベルトを外せ」

柳が舌打ちして助手席の横に手を伸ばした。

ロックが外れると、シートベルトがするすると引っ込んだ。阿久津は女性のフリースの腕を摑むと、最前のように強引に車外に引っ張り出し、路上に突き転がした。彼女は髪を振り乱しながら、悲鳴を洩らし、尻餅をつく。

阿久津は無言で女の背後に立ち、髪を摑むと、喉を真一文字に切り裂いた。

ざっと音を立てて鮮血が噴出した。

即死した女を路上に横たえると、車内の柳を手招きした。

「こいつら、森に放り込んでおくんだ」

柳が来て、いった。「これだけ血を出したら、殺しがバレバレだぜ」

「誰かがシカでも撥ねたと思うだけさ」

傷だらけの顔で阿久津がニヤリと笑う。

ふたりはそれぞれの死体を引きずり、ガードレールの向こうに放ってから、車に戻ってきた。

路面は真っ赤な血の海だった。アスファルトが雪をかぶっているせいで、よけいにその鮮やかな色が目立っていた。

柳が運転席に、阿久津が助手席に乗った。

走り出してすぐに、阿久津は車載スピーカーから流れっぱなしだったクラシックのピアノ曲に顔をしかめた。

カーコンポのスイッチをあちこちいじるが、どうすれば音が消えるかわからない。

「何してんだよ」

ステアリングを握ったまま、柳がいった。

「ショパンなんざ、嫌いなんだ。聴いていると反吐《へど》が出る」

「ベートーベンとどう違うんだ」

「ショパンはショパンだよ。わかんないのか」

「何かと大卒を自慢しやがるが、音大でも出たのか」

「莫迦をいえ。これでも一般教養って奴だよ」

阿久津は白鞘を振りかざし、カーコンポに先端を叩きつけた。派手な破砕音を立てながら、二度、三度と鞘の先で殴るうちに、音楽がふいに消えた。

阿久津はニコリともせずに向き直り、柳にいった。

「ところで、GPSの発信場所の特定はできたのか」

「今は宮ヶ瀬湖に向かっている」

そういってステアリング横のダッシュボードにとりつけられていたホルダーから、車の持ち主のスマートフォンを抜いて後部座席に投げ飛ばし、代わりに自分のそれを突っ込んだ。柳はアクセルをさらにめいっぱい踏み込んだ。

苛立たしげな排気音とともに、カローラが加速してゆく。

26

〈迂回路〉と書かれた立て看板は、すでに撤去されていた。

何ごともなかったかのように、赤いパイロンもすべて片付けられている。路肩には公用車仕様のランクルと、日野の青い二トントラックが停まっている。それからもう一台、シルバーのトヨタ・セルシオがその向こうにあった。

周囲には人影もなく、車中にも誰もいなかった。

全員が森に逃げ込んだ村越たちを追いかけているのだろう。

迷わず、セルシオに向かった。

ステアリングの根許にキイがさし込まれていて、ホッとした。最近のセルシオはキイレスらしいが、幸運なことに旧型車らしい。

ドアを開けて乗り込むと、麻由子が助手席、リーホワとすずが後部座席に入って来た。

エンジンをかけ、オートマのシフトをＤ４レンジに入れて急発進させる。

真横から怒声が聞こえ、振り返ると、警備員姿のヤクザたちが鬼のような表情で林道から駆け出してくるところだった。ひとりかふたりが黒い拳銃を握っている。道路を斜めに横切って走ってくる彼らの鼻先でセルシオをターンさせると、そのまま神奈川方面に向かって車を滑らせる。

「しっかり伏せておけ」

背後から発砲されるかと思って、そういったが、銃声は聞こえなかった。

自分たちの車だから躊躇したのかもしれないと、村越は思った。ヤクザはどうしても見栄とか見てくれにこだわってしまう。

それにつけても奇異だった。

阿久津たちは道路に置き去りにされたというし、もしかしたら未緒が通報したためにパトカーの警官たちに逮捕されているかもしれない。いずれにしても、村越たちの居場所をヤクザたちがあっさりと知るはずもない。

思った以上に、奴らは監視の網を広範囲に張っていたのかもしれない。

だとすると、あとからおいついてくるだろう未緒のことも考えねばならない。しかし、彼女を待っている余裕はなさそうだった。

「悪いが、清川村での合流は無理だ。このまま、直接、横浜に行く。未緒さんにそう伝えておいてくれないかね」

村越にいわれて、麻由子がうなずいた。

スマートフォンをとりだして、相手を呼び出し、そのことを伝える。

「未緒さんには私たちにかまわず、大月に戻ってもらったほうがいいと思います」

麻由子がいうと、村越は首を振る。

「彼女にはパスポートがどうしても必要なんだ」

彼を見つめていた麻由子がうなずき、またスマホを耳に当てた。

「わかりました。じゃ、くれぐれも注意を怠らないようにして横浜まで来て下さい。合流はそこで」

麻由子が通話を切ったとき、村越はすすり泣きの声に気づいた。

振り返ると、リーホワがしゃくり上げるように泣いている。

「どうした？」

問われても、彼女はしばらく俯いて泣き続けていた。

ふいに掌で涙をぬぐい、顔を上げた。

「もういいんです。あなたたち、これ以上、私のことに巻き込まれてはいけません」

「乗りかかった船って奴だ。どうせなら、このまま最後まで行こうじゃないか。じゃないと、私も気が収まらんからな」

村越は運転しながら答えた。

「私……自首します」

また俯き、いった。「警察に行きます。それがいちばんだと思います」

「そうなると、中国に帰れないだけじゃなく、君は日本で実刑を食らう。しかも、君の身に起きたことが世間に明らかにされ、いろんなかたちでさらし者になってしまう」

「仕方ないと思います」

「それと……たとえ君が警察に逮捕され、拘留されても、けっして安全だとはいえない。哀しいことだが、それが日本の現状なんだ。事故を装って殺されてしまったら元も子もない」

「日本の警察は中国の公安と違って信用できるって……」

「それは昔の話だ。今は残念ながら違う。行政も司法も、末端に至る連中までもが、巨悪にすり寄って生きていくような時代になってしまったのだ」

リーホワは唇を噛みしめ、俯いた。傍らに座るすずの背中にそっと片手を載せた。

「あんたはこれ以上、堕《お》ちていくべきじゃない」

村越は決然としていった。「たとえほんの小さな幸せでもいいから、それを見つけるべきだ」

「私も、同感です。あなたはこれから幸せな人生を生きていくべきだわ」

麻由子がそういった。

彼女の小さな微笑みが、ふいに消失したのは、次の瞬間だった。

大きな衝撃とともに、車が真後ろから突き上げられた。

村越はハンドルに胸を打ち付けそうになった。麻由子もリーホワもシートベルトをしていたので、たいしたことにはならなかったが、すずが吹っ飛んで前席の背もたれにぶつかり、悲鳴を洩らした。

村越は蛇行するセルシオの制御を何とか取り戻すと、ミラーで見た。

大型トラックの青いフロントパネルが、視界いっぱいに映っていた。

あの〝現場〟に停車していたヤクザたちの二トントラックだった。自分たちの高級車をジャンクにする覚悟ができたようだ。

逃げ出すとき、残った車輌のタイヤから空気を抜いておくべきだった。

しかし後悔しても始まらない。

二度目の衝撃が突き上げてきた。

「くそッ！」

今度は村越がアクセルを踏み込んで加速していたため、さほどではなかった。

緩やかなカーブだが、かまわずアクセルを踏み続け、加速させた。

タイヤはスリップせずにカーブをクリアした。ミラーを見ると、トラックとの距離が少し広がっている。しかし道路は一直線になっていて、相手はまた見る見る接近してきた。

運転席と助手席に人影がふたつ。

表情は見えないが、向こうは余裕でこちらを見下ろしているのだろう。

「こちとらを、ただの老いぼれだと思うなよ」

村越はいいながら、車載カーナビの画面を見た。

あと少しで道路はヘアピンカーブの連続になる。それを確認した彼は、セルシオのシフトをD4から3のレンジに引き戻した。一瞬の間を置いてエンジンブレーキが作動し、車体に軽く制動がかかった。

ブレーキランプが赤く光らないために、後続のトラックはこちらの減速に気づかない。

おそらく自分たちが追いついたと思うはずだ。

ミラーの中で、二トントラックの青いボディがグングンと迫り、大きくなってゆく。

ふたたび運転席と助手席の男たちの姿が見え、さらにミラーの上にせり上がっていき、トラックのフロントフェンダーの大写しとなった。

激突する——。

肩越しに振り向きながら、麻由子がドアの上にあるアシストグリップを摑んだ。

「リーホワ、衝撃にそなえろ！」

村越が叫びながら、シフトレバーを4Dに戻し、アクセルを踏み込んだ。

前方。急カーブ。

ふたたびブレーキ。

うっすらと粉雪をかぶった路面で後輪をスリップさせながら、セルシオが尻を振った。

しかしながら、たくみなステアリングさばきで、何とか態勢を維持したまま、最初のヘアピンカーブをクリアする。車体がかすかにガードレールに接触したが、それで終わった。

派手な金属音が背後から聞こえた。

ミラーを見ると、ガードレールにまともに衝突した青い二トントラックがフロントでそれを潰し、そのまま路肩から車体が飛び出したところだった。

村越は車を停めて、振り返った。

巨大な怪物の断末魔を見るようだった。

トラックの車体の大半が、つぶれたガードレールから崖のほうへと突出していた。車体が弥次郎兵衛《やじろべえ》のように空中で静止しているのは、後部荷台の自重のおかげだった。しかし、そのバランスがゆっくりと崩れていく。

二トントラックはその姿勢で踏みとどまることができなかった。車体そのものが徐々に斜めに傾いでいく。そしてガードレールを軋ませながら、ゆっくりと虚空に向かって進み始めた。

こちらからはちょうど助手席の車窓が見えた。

作業服姿のヤクザが、慌てふためいた様子で何か叫んでいる。

次の瞬間、トラックは一気に転落を始めた。細い立木をバキバキと音を立ててへし折りながら、土煙を派手に巻き上げつつ、垂壁《すいへき》に近い崖を落ちていく。

そして視界から消えた。

地震のような地響きがセルシオを下から突き上げた。

しばし間を置いてから、真っ黒な煙がもうもうと立ち昇り始めた。それは漆黒のヴェールのように、たちまち視界を覆ってゆく。軽油の燃える臭いが、閉め切った車窓を通して鼻を突いてくる。

村越はトラックに乗っていた二名の死を確信したが、同情はしなかった。

別の車の排気音。

見れば、道路一面を覆った黒煙を突如、突き抜けて、ランドクルーザーが姿を現した。黄色と白のデザイン。フロントバンパーは赤白のストライプ模様。

そうだ。あと一台いた。

今になって思い出した。

ランクルの車内にいるのは、姿こそ作業員風だが、やはり彼らも荒神会のヤクザだ。

向き直りざま、アクセルを踏み込んだ。

セルシオを加速させながら、村越は焦った。

さっきは相手が大型トラックだからこそやれた逆転劇だったが、同じ手は使えない。それどころか、こんな峠道で、しかもところどころに雪が残って、危険なアイスバーンになっているようなルートでは、日本の本格的四駆車としては、おそらく最高の性能を誇るランドクルーザーに勝てる見込みはない。

だが、逃げるしかなかった。

時速四十キロから六十キロへ。セルシオは加速していく。

背後のランクルもグングンと迫ってくる。

次のヘアピンカーブの手前で、二台の対向車をやり過ごした。黒いワゴンRと軽トラ。それぞれのドライバーが、驚いた顔で村越たちを見ていた。峠のワインディングロードにもかかわらず、セルシオがやけに飛ばしていることに加え、背後のランクルが恐ろしいほど肉薄していたからだろう。ただのあおり行為とは思えないほどに。

カーブの手前でブレーキを踏んだ。

パワーステアリングの余裕に頼りながら、次の曲がりに入った。しかし減速し切れていなかったため、車体がセンターラインを越して対向車線に出た。ちょうど前方からやってきた白い軽ワゴンが、長いクラクションを放ってくる。

その鼻先をかすめるように、村越はギリギリでかわして車線に戻った。

ブラックアイスバーンを前方に見つけた。

傍らの法面《のりめん》から滲出《しんしゅつ》した水が、そこだけ凍っている。

急ブレーキをかけないように、少し減速したが、間に合わなかった。アイスバーンに踏み込んだとたん、前輪が空転した。車体が斜めになりながら滑り始める。

ステアリングを回して制御を取り戻そうとするが、今度は逆方向に斜めになり、滑り続けた。

後ろのランクルが一気に距離を詰めてきた。

四輪駆動の接地性能をフルに引き出して加速していた。

ミラーの中でランクルが大きくなったと思ったとたん、激しく後ろから突き上げられた。

リーホワが悲鳴を上げた。すずが吼える。

二度目の衝撃に視界が激しくぶれた。

セルシオが宙に浮くほどのショックに見舞われ、車体が斜めになった。

そのまま、前に押し出されている。強引に突き進んでいる。

しかし前方は——カーブ。

ガードレールにぶつかれば、最前の二トントラックと同じ運命になる。だから、村越は必死にステアリングを回した。アクセルを踏み込む。しかしタイヤは空転している。それも激しく。

いったんアクセルから足を離した。

もう一度、ブレーキを踏みつける。さらにサイドブレーキも引いた。

路面をこすりつけたタイヤが悲鳴を上げた。

セルシオがふいに軌道を逸れた。後ろから突き上げてくるトラックから左に逃げるように、車体が反転する。三百六十度、水平にスピンして、ふいに停車した。

背後から鼻面で押していたランクルが、セルシオを追い越して数十メートルも前方に走る。

目の前に枝道があった。

道幅二メートル程度の未舗装のラフロード。

村越は躊躇しなかった。ランクルが引き返してくるよりも前に、アクセルを踏み込み、そこに車を突っ込んだ。積もった雪で、タイヤが一瞬、空転したが、何とか地面を咬んだ。

狭い林道だった。

白い雪の道が蛇行しながら、斜面の中腹を這っている。前方がカーブして、行き先が見えない。そのまま、村越はセルシオを走らせ続けた。カーブを曲がりきったところで、開けた場所があった。林道はさらに続いていたが、彼は車を停止させて、シフトをRに入れてバックさせ、三度ばかり切り返して車体を百八十度逆方向に転回させた。つまり来た道を戻るかたちになった。

そのままアイドリングを維持していた。

「俺をただの老いぼれだと思うなよ」

前方を凝視しながら、村越が呪詛のようにつぶやいた。

「どうするんですか?」

助手席で麻由子がいった。不安が顔に張り付いている。

相変わらず、両手でウインドウの上のアシストグリップにしがみついている。まるで、そこだけが命綱だといわんばかりに。

「スペインの闘牛士だ」

前をにらみながら、そういった。

「それってまさか……」

不安な言葉の途中だった。

前方から排気音。

ランクルが突進してきた。まさに猛牛のように。

村越は躊躇なくセルシオを出した。加速させながら、ランクルに向かっていく。

彼我の距離が一気に縮まった。

「まともにぶつかるぞ。エアバッグのショックに備えておけ。首をしっかり守るんだ」

村越が大声でいった。

眼前に大きく迫ったランクルの正面。

ウインドウの向こうに、驚愕の表情を凍りつかせたヤクザがふたり。

村越は急ハンドルを切りながら、わざとセルシオを加速させてタイヤを滑らせた。衝突の寸前、ランクルの運転手が逆方向にハンドルを切った。互いがすれ違えるほど道が広くないため、当然のように両者が激突した。正面衝突ではない。車体の側面同士だ。セルシオはいきおいよく山の側に弾かれた。一方、ランクルは――崖のほうへ。

それが村越の狙いだった。

フロントガラスが白濁し、車体からはでに火花が飛んだ。

激しい衝突音に視界がぶれた。意識が飛びそうになった。

ランクルは斜めに視界を滑っていき、斜面に飛び出した。そのまま、立木の間を抜けて渓谷に落ちていく。

が、同時にセルシオも山側の崖にボディをはげしくぶつけた。

視界が斜めになったかと思ったら、タイヤが宙に浮いていた。大きな岩に片輪を乗り上げたのである。そのまま車体がひっくり返り、独楽《こま》のように回転した。

視界がぐるぐると回る。レジャーランドのアトラクションのようだ。

次の瞬間、ランクルが落ちた同じ傾斜地を、逆さになったまま滑り落ち始めた。

麻由子が悲鳴を放った。

そしてリーホワも。

村越はステアリングにしがみついたまま、歯を食いしばった。

27

阿久津は左の袖をしきりにハンカチでぬぐっていた。

さっき、通りかかったこの車の運転手と助手席の女を片付けたとき、返り血を浴びていたことに、あとになって気づいたのだった。スーツはイタリアの高級ブランドのものだった。もともとが黒なので、血がついていても目立つことはないが、それでも阿久津は執拗に気にしていた。

誰にともなく悪態をつきながら、ハンカチでゴシゴシやっている。

おそらく女を殺したときだと柳は思った。

背後から首に匕首を回して頸動脈を断ち切ったが、しぶいた血を袖に浴びたに違いない。

そういう部分では、柳のほうが徹底していた。

あのペンションのふたり。女房をさんざん凌辱してから首を絞めて殺し、そのあと夫の頸動脈を切ったときは、当然のように噴出する血を予測していた。サバイバルナイフの切っ先で肉を裂いた直後に、素早く身を引いたのだった。

最初に人を殺したのは母親だった。

病気で夫を失って長かったが、どうにもだらしのない女で、ひとり息子の目の前で男をくわえ込んでは痴態をさらしていた。そもそも柳自身、何番目の男の子供かも判然としなかった。

そんな生活に終止符が打たれたのは中学一年のときだ。

借金で首が回らなくなった彼の母は、息子を道連れに、無理心中をはかった。だが、柳は寝床に忍んできた母の手に包丁があるのを知って、それを奪いとり、母の心臓を突き刺した。

何ごとも初めての経験に長く引きずられるというが、柳の場合もそうだった。

母の肋骨の間に包丁を刺し込むときの感触が、いつまで経っても掌に残っていた。

柳はカローラのハンドルに置いた両手を見つめた。

女も、殺しも、母へのコンプレックスの裏返しだった。そのことは自分で充分にわかっていた。

ダッシュボードの上のホルダーに置いたスマートフォンが、緑色の小さなＬＥＤを明滅させて、呼び出し音を鳴らし始めた。

阿久津が腕を伸ばしてとった。液晶を見ていった。

「組からだ」

いいざま、耳に当てた。

しばし、「ああ」とか、「そうだ」と返事をしてから、通話を切った。

スマホをホルダーに戻し、いった。

「さっきタケたちが、この先で中国娘を乗せた車に遭遇したようだ」

「で、どうした」

「工事中に見せかけ、奴らを迂回路にまわしてから、ひと目につかねえところでチャカを使うつもりだったらしいが、それきり何の連絡も入らねえとさ。ドジを踏みやがったに違いねえ」

「場所は？」

「宮ヶ瀬湖からかなり南に下ったところだ」

柳はスマートフォンをまたとって、地図モードにした。

GPS信号によれば、先行しているはずの田浦のセドリックは、いま、宮ヶ瀬湖を過ぎて、数キロばかり南に走った地点にいる。まだ移動中で、相手はずっと県道六四号線を横浜方面に向かって南下し続けている。

「必ず追っついてやる」

「焦るなよ、柳。別に俺たちがやらなくても、手柄は手柄なんだよ」

答えを投げぬ柳を、阿久津がちらと見て笑った。

「やっぱし中国娘か。この好き者が」

「そうじゃねえ。この件に関わった奴らは、どいつもこいつも気にくわねえんだ。一網打尽にして、みんなぶっ殺してやりてえんだ」

「何だって、そうムキになる」

「奴ら、何なんだ。宗教でもねえ、友人関係でもねえ。ただの赤の他人同士が、何だってああまでして命を張って、ひとりぼっちの中国娘を守ろうとしてやがんだ」

「ストックホルム症候群って知ってっか」

「何だよ、それ」

「テロリストに監禁された人質の多くが、事件の渦中に立場を越えて犯人たちに同情したり、理解を示す現象があるんだ。恐怖とか絶望といった極限状況が生み出す精神的錯誤とか、まあ、自己欺瞞《ぎまん》の心理操作だって話なんだが、それに近いもんがあるんじゃないのか」

　阿久津は煙草をくわえながら、笑う。

「ま。お前は物心ついた頃から、歩くコンプレックスみてえな野郎だったからな。その点、俺なんざ、こう見えても大卒のインテリだからな。ここのデキがちがうんだよ」

　と、自分の頭を指さしている。

　そのとき、ダッシュボードの上に立てていたスマートフォンの地図表示に、ふいに目が行った。GPS信号が表示している赤いドットが、彼らの現在地と距離を縮めていた。

「阿久津さん」

柳が声をかけたとき、彼もプロの顔に戻っていた。

「わかってる。あと五分で奴らに追いつくな」

「追いついたらどうする」

「役立たずの田浦は始末する。それから美人の獣医さんは……いや、待て。中国娘を確保するまでの担保にとっておくべきだな。てめえのポコチンには悪いが、それまで我慢してもらうぜ」

阿久津はスマートフォンをとり、組に電話で報告を始めた。

28

タイヤが空転する唸《うな》りがずっと耳朶《じだ》を打っている。

村越が目を開けると、天地が上下逆さまにひっくり返っていた。フロントガラスもサイドウインドウも、すべてひび割れていた。そんな車窓越しに外を見ると、大地が天蓋のように上にあり、樹木の群れが根っこを上に、枝葉を下に向かって伸ばしていた。

自分を見ると、躰の上に下半身があって、運転席が頭上にある。シートベルトを装着したまま、躰をくの字に曲げて、でんぐり返しの途中のような姿勢でいた。

きな臭い臭いが、村越の鼻の奥をつーんと突き上げていた。

そして耳鳴り。世の中の雑音という雑音がすべて混じったような、ひどいノイズだ。

林道から急斜面を落ちたことを思い出した。

それも車がひっくり返った態勢のまま、かなりの距離を転落したのである。

助手席に目をやると、麻由子が同じような姿勢で意識を失っていた。

後部座席のリーホワは？

そう思ったが、どうしても首が曲がらない。

静かだから麻由子のように気絶しているのか。それともまさか——。

なるべく悪いことは考えないようにして、村越はとにかく車の外に出ようと思った。

村越は右手を伸ばし、イグニッションを回して、セルシオのエンジンを切った。それでようやくタイヤの空転が停まり、静寂がひそやかに訪れた。

ガソリンの臭いがしないのがさいわいだった。万が一、火が点けば、このまま全員で蒸し焼きになる。一刻も早く、全員を車外に出さねばならない。

自分の躰を固定しているシートベルトを外すために、ロック部分のバックルのボタンを指先でまさぐった。長い時間をかけて、ようやくさぐり当て、ロックを解除しようとするが、いくら押し込んでもベルトが抜けない。

金具が変形しているのだと気づいた。

強引に引っ張り、ガチャガチャと乱暴に動かすが、まったく抜ける気配がない。

ベルトそのものを刃物で切る必要を感じたが、あいにくと村越は持っていなかった。ヤクザの車だから、グローブボックスの中にナイフのひとつぐらいあるかもしれないが、どうしてもそこまで手が届かない。

「沢井さん！　麻由子さん！」

彼女の躰を揺すって起こそうとした。

そのとき、外で物音が聞こえた。

ガンガンと乱暴に何かを叩く音。一定のリズムではなく、ひどく不規則である。まるで不機嫌な酔っ払いが、道端の立て看板を靴先で蹴飛ばしているようなイメージ。

村越はハッと気づき、目をやった。

運転席側の車窓から、少し離れた場所にある作業用のランドクルーザーの車体が見えていた。村越たちのセルシオ同様、上下逆さまになってひっくり返っている。そこから音が聞こえている。

中にいる誰かが、車体を蹴っているのだとわかった。

それもひどく乱暴な蹴り方だ。

崖から転落したランクルの中で、ヤクザが意識を取り戻したらしい。そいつが車外に出ようとしている。もしも先に出てこられたら、とんでもないことになる。そう思って、村越は焦った。

「麻由子さん。目を覚ますんだ！」

叫びながら彼女の躰を揺すった。だが、気絶から醒《さ》める様子はない。

村越は背後に声をかけた。

「リーホワ！　聞こえるか。起きてくれ。われわれを助けてくれ！」

しかし沈黙が車内を支配していた。息づかいひとつ聞こえないのである。

仕方なく自分のシートベルトのバックルを乱暴に揺すったが、やはり埒《らち》が明かなかった。

そのとき、ふと思った。

すずは？

犬のすずは無事だろうか。

だが、振り返ることができないために、安否を確かめるべくもない。が、思い切り身を反らすようにして、視線を後ろにやってみると、後部座席の左側の窓ガラスが完全に割れてなくなっていることに気づいた。

すずはそこから外に出ているのか。

それとも――？

そのとき、また近くでガンガンと車体を打ち付ける音がした。

村越が見ると、白と黄色のランクルの助手席側のドアが、いきなり大きく開いた。

そこから作業服姿の男が出てきて、地面に転げ落ちた。

かぶっていた白いヘルメットを脱いで、無造作に傍らに放り投げた。そして、やおら立ち上がると村越たちのセルシオをにらみつけた。

一連の出来事は逆さになった村越から、すべて天地逆になって見えていた。

体格のいい大男だった。

作業服が血でどす黒く染まっていたが、気にする様子もない。

男は髭面を歪めて笑った。

右手に大きなバールのようなものを持っているのに気づいた。おそらくそれで車体をずっと内部から叩き続けていたのだろう。それを片手にぶら下げたまま、ゆっくりと村越のいるセルシオに向かって歩を進めた。

——耄碌《もうろく》ジジイ。聞こえるか。

ヤクザの濁声がした。

——これで、てめえらは終わりだ。くそったれ。

そういいながら、左足を引きずりつつ、こちらに向かって歩き続けた。

そのとき、だしぬけに犬の声がした。

村越は見た。

近くの木立から、薄茶の中型犬が飛び出してきたかと思うと、作業服姿のヤクザの前で示威《じい》行為をとりながら、果敢に吼え始めた。

「すず！」

村越がその名を口にした。

すずは躰を前後にあおるようにして、野太い声で吼え続けた。

薄茶の被毛は、ところどころ褐色に染まっていた。車が転落したとき、怪我を負ったのか。それともリーホワの血が付着してしまったのだろうか。

ヤクザは歩行を停めて立ち往生していた。どうしてこんなところに犬なんかがいるのかといわんばかりの困惑した表情だった。が、中国人の娘といっしょに逃げたという犬のことを思い出したのかもしれない。にわかに満面、憤怒の表情に彩られた。

「くそ犬が！」

怒鳴りながら、持っていたバールを両手で高々と振り上げ、犬めがけて振り下ろした。

しかしすんでのところで、すずがかわした。バールは大きな岩に当たって、派手な音とともに火花が散った。

身をひるがえすようにして難を逃れると、すずは今度は別の方角から激しく吼える。

男が怒声を放ち、またバールをふるった。

間一髪。すずがそれを見切ったように、真横に跳び退った。

立木に当たって、バールがガツンと音を立てた。

バランスを崩した男が、クルリと躰を反転させてひっくり返るのが見えた。仰向けの姿勢で、背中からまともに地面に落ちた。しかも自分が握っていた鋼鉄のバールの上に、後頭部が落ちるかたちとなった。

鈍い音がして、男がうめいた。

すずが唸りながら、男の足に咬み付いた。

大柄なヤクザは身を捩《よじ》ったが、なかば気絶しているのか、犬のなすがままだ。仰向けになったまま、ピクリとも動かない。

「すず！」

村越が声を放つと、すずが顔を上げた。

「奴にはかまうな。誰か、助けを呼んできてくれ」

人間の言葉が犬などにわかるわけがない。村越はそう思っていた。

実際、すずは顔を上げたものの、困惑したような目で、こちらを振り返っていた。

「すず。行ってくれ。お前のリーホワと、ここで待っている。道路まで行って、誰かにそのことを知らせてくれ。お前だけが頼りなんだ！」

喉から血が噴くほど、声を張り上げてそういった。

それきり、村越は言葉を発することができなかった。乾ききった喉が、喘息のように鳴っていた。冷たい空気が容赦なく粘膜を切り裂いたらしく、口の奥に血の味が濃い。

すずは哀しげな様子で村越を振り返っていた。

が、ふいに向こうを向き、四肢を駆って走った。

豊かな薄茶の毛を風になびかせながら、冬枯れた森の木立の中を走り、急斜面をジグザグにたどりつつ、駆け上がってゆく。

村越は安心したように目を閉じた。

なおも、ゼイゼイと喘ぎながら、乾いた唇を嚙みしめた。

すず。

頼んだぞ。

29

県道はまれに民家の集落地を抜けるが、また山間を通る道となった。

冬の日没は早い。

まだ四時前だが、空が早くも昏くなってきた。

田浦はさすがに疲れてはいたが、目は冴えていた。それは隣にあの女性獣医がいるせいでもあった。

助手席の未緒はスマートフォンを握っている。夕刻までに三枝動物病院に戻れそうもなかったので、町内の友人に電話を入れたばかりだった。相手はカオリという中学二年の少女で、よく彼女の病院に遊びにきた。犬や猫が好きだからというのが理由だったらしい。いつしか未緒とは話し友達になり、まれにペットショップの犬猫たちの餌やりや散歩の手伝いをしてもらったりするようになっていたという。

通話を終えてから、スマホをワンセグモードにして、ニュースをチェックしている。

大月の殺人事件についての進展はなし。他の県内のニュースは、とくにヤクザたちに関するものは報道されていない。

「ね。田浦さん」

ふいに助手席から呼びかけられ、田浦は驚く。

「は？」

前を向いたまま答えた。

「思い出したわ」

「え？」

「どうも、どこかであなたを見たことがあると思った」

「何のことです」

「あなた、ずいぶん昔、テレビに出てたことがない？　たしか、漫才の番組で」

田浦は一瞬、口ごもった。

あからさまに狼狽えたような顔を見せてしまい、未緒が吹き出した。

「ほら。やっぱり」

からかい口調で未緒はいった。

「ほんまに昔の話ですから」と、田浦がつぶやくようにいう。「……あんな番組、見とったんかいな」

「たしか名前は――」

「コンビの芸名は〈ウンパ・ルンパ〉ってんです。相方とペア組んでやっとりました」

「そうそう。それ！」

未緒が少女のようにはしゃぐので、田浦は気になって仕方がない。

「実は応援してたのよ。きっとグランプリを獲るだろうって思ってた」

「そら、おおきに。すんまへん」

額の汗をぬぐいながら、田浦はいった。前方を向いたままだ。

「あとのことは残念だったわね」

未緒は眼鏡の奥からきれいな目で田浦を見つめた。「でも、だからってヤクザになるわけ」

「運転の素質、認めてくれたんです。他に行くとこなかったし、あちこち、えろう借金してました。それ、兄貴……阿久津さんがぜんぶ肩代わりしてくれました」

「恩義を感じたということ？」

うなずいた。そのときは、本当にそうだったのだ。

「もうええんです。これでもう、ほんまに行くとこのうなったわ」

そういって吐息を投げた。「そればかりか、組のモンに見つかったら殺されるだけや」

「でも、あなたは自立したのよ」

「自立……ですか」

「いままで誰かに頼ったり、すがったりしてばかりだったんじゃないかしら。やっと自分の足で歩き出したのよ。そう思ってみたらどう?」

田浦の顔がこわばっていた。

自立。

思ってもみなかった。

たしかにそれまでは、常に誰かに引きずられる人生だった。自分の考えで行動を起こした記憶があまりなかった。漫才をやりたかったが、ひとりでステージに立つ勇気はなかった。相棒と組み、しかも、いつも横から突っ込まれるボケ役でいたかった。

宮ヶ瀬湖をすぎて、しばらく山路を南下すると、路肩に数台の車が停まっているのが見えた。

何人かが外に立って、携帯電話を耳に当てている。

田浦が慎重に近づいていくと、ガードレールが崖の外に向かって大きくたわんでいるのが目についた。何か重量のあるものがぶつかり、それを押し曲げたようだった。

落石、あるいは車の事故か。

そう思ったら、木立の間をうっすらと煙が流れているのに気づいた。

「停めてみて」

未緒にいわれて、田浦は車列の後ろにセドリックをつけて停めた。

助手席のドアを開けて、未緒が走る。田浦も続いた。

大きくたわんだガードレールの前にいる人々は、多くが崖下に目をやっている。こわごわ覗いてみれば、百メートル以上下に、青いトラックの残骸が横たわっていた。車体がひどいつぶれ方をしている。煙はその辺りから漂っていた。

「誰も生きてないみたいだな」

真っ赤なダウンをはおった中年男が、携帯電話で大声で話している。

中には身を乗り出すように、スマートフォンでそれを撮影している若者もいる。

「いいわ。行きましょう」

未緒がいって、田浦とともにセドリックに戻った。

野次馬たちは眼下の光景に目を奪われ、この車の破損状況に、誰ひとり気づいていないのがさいわいだった。セドリックはフロントガラスがひびわれ、サイドウインドウがなくなっている上、左前部のウインカー付近が破壊され、フロントグリルも、シカとの激突でおおきくへこんだままだ。

しかし、この事故のためにパトカーがやってくるとなるとことだった。警官はまずこの満身創痍のセドリックに目を付けるだろう。

気にしていても始まらないので、出発するしかなかった。

それから、二キロと走らないうちに、未緒が前方に何かを見つけたらしく、右手で指さした。

「田浦さん――」

見れば、まっすぐ伸びる県道の向こうに、小さい染みのような姿があった。

薄茶の生き物がたたずんでいた。

タヌキやキツネではない。

「車を停めて！」

反射的にブレーキを踏んだ。

路肩に停車したとたん、薄茶の獣がこちらに向かって走ってきた。

田浦は犬だと気づいた。

「やっぱりそうだ。すずよ。あれは間違いないわ！」

興奮した口調で未緒がいった。

最初、田浦はわからなかった。が、すぐに倉島の農家で飼われていた犬の名だと気づいた。チャン・リーホワといっしょに農場から逃げたという牝《めす》の雑種犬だ。

やけに薄汚れていて、みすぼらしく見えるが、いわれてみれば、たしかにそうに違いない。

大きな長い舌を垂らしながら、その犬は素早くセドリックに向かって駆けてくると、車のすぐ横に停まって停座の姿勢をとった。

すずと呼ばれた犬の躰のあちこちに、どす黒い塊のようなものが、大小いくつもこびりついていた。最初は泥などの汚れかと思ったが、間違いなかった。乾いた血だった。

「何か、あったのね」

未緒がドアを開けて下りた。田浦も続いた。

すずが尻尾を振りながら飛びついた。それを中腰の未緒が受け止める。

膝を折って顔を激しく舐められるがままにしていた。

田浦は驚いた。

「この犬は？」

「あなたたちが追っていた、チャン・リーホワさんといっしょにいた犬よ」

「せやけど、なんでですねん」

「わからない」

そういって、未緒は真顔に戻る。「すず。みんなはどうしたの？」

だが、すずはなおもすがりつくように、無我夢中で未緒の顔を舐めるばかりだ。

ところが、次の瞬間、犬の様子が変化した。まるで何かを思い出したかのように、ピタリと動きを止めた。大きな鳶色の目で未緒の顔を見ながら、哀しげに短い声を発した。

激しく振られていた豊かな尻尾が、だらしなく垂れ下がっている。

唐突にすずは未緒の躰から離れた。

数歩、路肩に沿って歩いてから振り向き、吼えた。

二度、三度と大きな声で咆吼した。

また尻尾を振り、走った。

数メートル離れた場所で停まって振り返り、けたたましく吼えた。

未緒がそっと立ち上がった。

後れ毛をかき上げ、こういった。「あの子、ついてこいって……そういってる」

すずがまた吼えた。

咆吼が雪の樹林に谺《こだま》した。

そのすさまじい声に、未緒は思い出した。

この国ではとっくに絶滅したはずのオオカミのことだ。

あのすずという犬は、和犬にしてはやけに目が吊り上がっていた。牙も太い。もしかしたら、オオカミの血を濃く引いているのかもしれない。ふとそう思った。

30

ふっと暖かな手が顔に触れて、村越は目を開いた。

あれからまた、意識を失っていたことに気づいた。おそらく五分と経ってはいないはずだ。

その短い間、東北被災地の夢を見ていた。

荒れ狂ったように白い牙を剝く波濤《はとう》。手前に伸びる冷たい防波堤の途中に、赤い首輪をした犬が座っていた。

キラキラと光る海面の反射の中、小さな孤影がぽつんと目立っている。

哀しげな目で、じっと村越を見つめていた。

大きな眸《ひとみ》がうるんでいた。

その瞬間、彼の脳裡に孫娘の声がよみがえってきた。

いつだったか、横浜の自宅にかかってきた電話で、梨花は村越に向かってこういった。

——私ね。犬を飼うことにしたの。施設で見つけた雑種の牝犬なんだけど、なぜだか放っておけなくて。パパとママには、もう許可を得てるの。

そうだった。

あれは地震が起こる前の月だった。

孤独な犬の姿に梨花のイメージを重ねてみた。

あの赤い首輪に、もしや飼い主の名が書かれてあったのではなかったか。

本間《ほんま》梨花、と。

むろんまったく証拠もないし、確信もない。たんなる憶測。

しかしそれは、どういうわけか、どうしてもぬぐい去れない気持ちだった。

真実であるか否かは、どうでもいい。ただ、あのとき、あそこに犬がいて、そのことが村越の記憶にはっきりと刻み込まれていた。地獄の裂け目を覗くような広大な瓦礫の曠野の中で、ゆいいつ暖かな色をもたらしてくれる、それはほんの小さな光なのだった。

目を開けると、白い手が、村越の頰を撫でていた。

誰かが涙をぬぐっていた。

目をやると、リーホワが後ろから身を乗り出すかたちで、彼を抱きしめていた。

暖かな、柔らかい小さな手が、少しばかり震えている。

「すまんな、泣いたりして」

村越はそういった。

リーホワはしゃくり上げ、洟をすすってから、小さく笑った。

「あなたの悲しみ、わかるような気がします」

かすれた声で彼女ははっきりとそういった。

たんなるシンパシーではなかった。

そのとき、村越とリーホワは、世代の違い、男女の性差、国境といういくつものボーダーを越えて、心を通わせていた。あの雪の森に囲まれた別荘で彼女に出会って以来、初めてそのことを実感できた。

「君に逢えて良かったよ、リーホワ。おかげで私も心を救われた」

そういって、彼女の小さく暖かな手を握り返した。


その瞬間、激しい音と衝撃が、天地を揺るがした。

リーホワが悲鳴を洩らした。

村越が気づいたとたん、蜘蛛の巣状にひび割れていた目の前のフロントガラスが、粉々に砕けて、無数の破片を飛び散らした。

さらにもう一度。鼓膜をつんざくような音がして、村越のすぐ傍のドアが、内側にへこんだ。

それで気がついた。

荒神会のヤクザ。青い作業服を着ていた男が、たしかすぐ近くで気絶していたはずだった。

その姿がそこになかった。

——老いぼれジジイがッ！

間近で怒声が聞こえた。思ったよりも若い声だ。

同時に、またガラスの破砕音。

——てめえのおかげで俺の相方は死んだぞ。なめやがって。

村越がひっくり返ったままの運転席の窓が、巨大なバールで殴られて、粉々に砕けた。

そのL字にひん曲がった先端部が、やけにはっきりと目に焼き付いた。

村越は依然、動けなかった。シートベルトで躰を固定されたままでいた。リーホワが背後から、シートの背もたれといっしょに村越の躰に両手を回して、しがみついたままでいる。

「危ない。伏せていろ！」

そう怒鳴った。

助手席の麻由子が動いた。

気絶からようやく醒めて、真っ逆さまの姿勢のまま、目を開けた。

村越を見つめ、すっと眉根を寄せる。

「これって……何」

その言葉と同時に、外のヤクザがまたバールでフロントガラスを殴った。

透明なガラスの砕片が無数に飛んで、村越の顔にビシビシと当たった。

麻由子が悲鳴を洩らした。背後にいたリーホワも叫んだ。

それから、車内は静寂に包まれた。

村越は見た。外にあのヤクザの姿がなかった。

だが、きっとどこか近くにいる。何かをしでかしてくるはずだ。

しかし待っても何ごとも起こらなかった。車の外は、静寂に包まれていた。

まさか——立ち去ったのか。

割れた車窓から、外を見るが、人影すら確認できない。

何にしろ、逃げるのなら、今がチャンスだった。

麻由子がシートベルトのロックを外した。

カチッという音がして、ベルトが弛《ゆる》んだとたん、彼女は足から落ちて、上下逆さまになったセルシオの車内のルーフ側に横倒しになった。髪を振り乱したまま、助手席のドアを開き、外に出ようとして、思い出したように振り向く。

「村越さん？」

「ベルトが外れんのだ」彼はいった。「いいから、あんたはリーホワをつれて逃げてくれ」

「何をいってんですか」

麻由子は周囲に目をやって、逆さになったグローブボックスの蓋を開く。車検証などの書類や、週刊誌、軍手などを探っては外に放り投げ、刃物の類いを捜したが、村越をベルトの束縛から逃がせるようなツールは、そこには見つからなかったらしい。黙って哀しげに首を振った。

「私にかまわず、ふたりで逃げろ！」

麻由子は後部座席のドアを外からガチャガチャやった。ロックがかかっていると気づいて、リーホワがそれを外した。ドアを大きく開いたとたん、麻由子はリーホワの腕を摑み、車外に引っ張り出した。

そのとき、笑い声が起こった。

――バーカ。おまえらの都合よく、事が運ぶわきゃねえだろ。

車体の後ろ側に隠れていたらしく、青い作業服のヤクザが、ふたりの女性の前に立っていた。

赤ら顔かと思ったら、満面に血がこびりついていた。

村越は男の年齢を三十代半ばと見た。しかし横浜によくいたヤンキーの類いの若者と、そうたいして変わらないご面相である。まだ、チンピラに毛が生えた程度の駆け出しに違いない。

――車の中にいられちゃ、殺すに殺せねえ。だから、外で待ってたんだよ。あんたらが自分から出てくるのをさ。

右手には相変わらず、長大な錆び付いたバールを握っている。それを両手で持ち直すと、ヤクザはまるで野球選手のようにバッティングスタイルにかまえた。

――頭、かち割ったるから、そのままでいろ。

村越は左手の先、コンソールパネルの上に、光るものを見つけた。砕け散った車窓のガラス片だった。それが二等辺三角形になって、鋭利に尖っていた。

夢中で掴み、自分を束縛するシートベルトにあてがいざま、ゴシゴシと左右に動かした。数秒で断ち切れた。

運転席のドアを開き、転げ出すように外に飛び出た。

長いバールをかまえていたヤクザが振り向いた。驚愕の表情。それが見る見る憤怒の形相に塗り替えられていく。

「耄碌ジジイ！」

その怒声の途中で、村越は右手の拳を顔のど真ん中に叩き込んだ。

盛り上がったナックルが顔の骨に当たって鈍い音を立てる。ボクシングのフックのように、内側にひねりながらの打撃ゆえに、効果は絶大だった。

長いバールをすっ飛ばしながら、青い作業着のヤクザが仰向けにのけぞり、林床に倒れ込む。

倒れると同時に、ガツッと後頭部を何か硬いものに打ち付ける音がした。

村越も、自分の体軸を考えず、ただ相手を打ちのめすことだけを狙っていた。だから打撃を放った直後、姿勢を維持できずにバランスを崩し、ふいにつむじを描くようにくるりと反転して、背中から地面に向かって倒れ込んだ。

ヤクザはピクリとも動かない。頭をぶつけたとき、脳にダメージを受けたのかもしれないが、まったく同情はしなかった。

あの田浦のようにあっさり改心するヤクザもいれば、そうでない者もいる。

しばし、そのまま大の字になって、仰向けになっていた。

冬枯れたカラマツの木立が、周囲から中天に向かって放射線状に伸びて見える。

空はすっかり黄昏色《たそがれいろ》に染まっていた。

もうすぐ夜が訪れる。

犬の声。

村越が顔を上げると、急斜面をすずが走って下りてくるところだった。

カラマツ林の間をジグザグに駆け抜けると、犬は一気に林床を疾走し、リーホワのところに到達して、彼女に跳びついた。リーホワがすずを抱きしめ、顔にほおずりをした。

――村越さん。大丈夫ですか。

声がするほうをふりあおぐと、崖の上に人影があった。

傍らに灰色のセドリックが駐車している。

手前に立っている長身痩軀の女性は、大月の獣医、三枝未緒だ。その隣に黒服の中年男。

やけにずんぐりとした体型だった。あれが田浦なのだろう。

——すぐにそこに下りていきますね。

未緒がいうので、村越は手を振った。

「大丈夫だ。私たちがそっちに登る。ちょっと待っていてくれ」

近くにいた麻由子がうなずき、リーホワをうながした。

「ちょっときつい斜面だけど、上まで歩いて行ける？」

リーホワがうなずく。

すずを従え、三人で傾斜地をゆっくり歩き出した。

少し登ったところで息が上がり、村越は細いカラマツの若木に摑まって休んだ。背後を振り返ると、青い作業服のヤクザは、まだ苔《こけ》むした岩の間に、仰向けに倒れたままだった。

その向こうに四輪を上に向けて逆さになったセルシオと、運転席が紙細工のように半ばつぶれた作業車仕様のランドクルーザーが見えている。

「村越さん？」

上から呼ばれて向き直る。

少し離れたところから、麻由子が立ち止まって振り返っていた。

「大丈夫だ。ついていくよ」

そう答えると、村越はカラマツから手を離し、斜面を登り始めた。

31

森がだんだんと昏くなっていく。

鳥の声ひとつ聞こえない、冬の森の静寂。しんしんと寒さが骨に染みてくる。

田浦はズボンのポケットに両手を突っ込んだまま、肩をすぼめて立っていた。

崖下にいる三人は、少しずつ上を目指して斜面を這い登っている。もう行程の半分近くまで登っているようだ。

目の前には三枝未緒の後ろ姿。モデルのように美しい女性だった。細身のジーンズに包まれた脚がすらりと伸びていた。

じっと見ている自分に気づいて、田浦はあわてて目を逸らした。

彼女との恋愛が成就したという妄想に憑かれていた。

ありえないことはわかっているが、無意識のうちに空想にふけっていた。

もし、それが実現できたら、自分の人生の中でこれほどの幸せはないだろう。結婚しなくてもかまわない。ただ、彼女といっしょにいたい。ともに暮らしてみたいと思った。

あの大月の小さな動物病院で今まで通りに彼女が獣医を続けるなら、自分はあの土地で農業をやってもいい。畑を耕し、田に稲を植える。そして汗水流して土に生きてみるのはどうだろうか。

そんな空想を断ち切って、ふと空しさを覚えた。

実現するはずのない夢だった。彼女と自分では、あまりにも人間が違いすぎる。

見てくれも、生き方も、まるで違う。

どうしてこんなことを考えたのだろうか。

テレビに出ていたということを、たまたま未緒が憶えていてくれたからか。

それだけではないだろうが、しかしそのことが、田浦には嬉しかったのだ。あれから長い年月が経って、誰もが自分のことを忘れていたはずだ。しかし彼女はそれを記憶していた。

それだけでも幸せだった。

彼女に出会えて良かったと思った。

かすかに物音がした。

細枝を何かが踏み折る音。

振り返りかかった田浦の口を、冷たい掌が覆った。

「裏切り者が」

耳許に囁き声がした。

阿久津の声だと気づいた刹那、背中から何かが体内に突き込まれた。

田浦は硬直した。

ゆっくりと視線を自分の胸に落とす。

右胸の辺りから、匕首の鋭い切っ先が数センチほど突き出していた。

ネクタイの下、白いワイシャツが見る見る真っ赤な血に染まっていく。

田浦は声を出せなかった。いや、息すらもできずにいた。

「これで抉れば即死だが、抉らないよ。じわじわと苦しみながら、お前は死ぬんだ」

後ろから耳に口を寄せ、阿久津がそういった。

石のように固まった田浦の躰から、それがするりと引き抜かれた。傷口から鮮血が飛び、足許にポタポタと音を立てて落ち始めた。

異様な気配に未緒が振り返り、驚愕の表情となった。両手で口許を押さえた。

「田浦さ――」

最後まで声を発せなかった。

すぐ傍に忍び寄っていた柳が、未緒の左腕を捉えざま、素早く後ろにまわってひねった。

未緒は中腰になりながらも激しく抵抗したが、腕を絞り上げられ、苦痛に顔を歪めた。

歯を食いしばった。

田浦は胸の傷を片手で押さえながら、口を半開きにして立ち尽くしていた。

やがて右足、左足とよろよろ進み、ふいに立ち止まった。

立つ姿勢を維持していられず、ゆっくりと膝を折ってしゃがむと、冷たい地面に両手と両膝を突いた。雪の上に這ったまま、荒く息をついている。

背中から貫通した刺し傷から、どんどん血があふれ、蛇口から出る水のように躰の下に落ちている。白い雪が、たちまち赤く染まり、広がっている。

それをただ田浦は見ているばかりだ。

「臆病者のお前にしては、えらく大それた裏切りをやってくれたじゃないか。え？」

匕首の刀身をハンカチでぬぐいながら、阿久津がいった。「ま、美人の獣医さんの色仕掛けときちゃ、童貞チン滓《かす》野郎のおまえがコロリとなるのも無理はないか」

田浦は猫背気味に這ったまま、俯いていた。

苦痛が押し寄せてきた。歯を剝き出し、息を荒らげ始めた。

「いい舎弟とはとてもいえない野郎だが、それなりに気にかけてもやったんだぜ」

阿久津は皮肉のようにいいながら、膝を折ってしゃがみ込み、間近から田浦の苦しげな横顔を覗き込んだ。そして大きな口を歪めて笑った。「まあ、お前の代わりなんざ、いくらでもいるがな」

そしてゆっくり立ち上がった。

「えらく遠回りをさせられたが、まあ、これでようやく元の鞘に収まったわけだ」

匕首を白鞘にするりとしまうと、ズボンの後ろに差し込んだ。

セドリックのドアを開き、後部座席に転がっていた柳の大きなサバイバルナイフを見つけると、それを持って彼のところにいった。

「あとは下の連中の到着を待つだけだ。男は老いぼれの元刑事。残りは女ばかりだ。柳、お前にまとめてくれてやるから、好きなようにしろ」

「わかってるよ」

柳は、未緒の左手を背中にひねり上げた恰好のまま、ニヤリとした。

――逃げて！

未緒が叫んだ。

いや、叫ぼうとしていたが、恐怖に引きつっていたせいか、声が出ない。

「おとなしくさせろ。下の奴らに気づかれたくねえ」

苛立たしげに阿久津がいうので、柳は無造作に未緒の首筋に手刀を打ち下ろした。

メタルフレームの眼鏡がすっ飛んで、雪の草叢に落ちた。

未緒は両膝を突き、そのまま突っ伏して倒れ込んだ。

「これで結果オーライだな」

阿久津が口を歪めていうと、手足で這ったままの田浦の胴に靴底を載せ、弾みをつけて無造作に突き転がした。田浦は血まみれの姿で、胎児のように躰を丸くしたまま、雪の中に横たわった。

32

最初に林道に到達したのは、沢井麻由子だった。

額の汗をぬぐい、膝に両手を当ててしばし息をついた。そして周囲を見る。

ボロボロになった灰色のセドリックがそこにあるが、未緒たちの姿がない。麻由子は眉根を寄せて、周囲を見た。

セドリックの向こうに、人が倒れていた。

こちらに黒いスーツの背中を向けて、膝を折るように丸くなっていた。

死んでいるのか、ピクリとも動かない。

麻由子の背中を寒気が走った。

セドリックのドアが同時に開いた。車から下り立った黒服の男がふたり。ひとりは小柄、額の広い中年男で、もうひとりは不健康なまでに痩せ細っていた。

ちょうどそこにリーホワとすずが登ってきた。

そして、村越も。

犬はともかく、人間たちは急斜面を登って疲れ切っている。

リーホワが雪の中に倒れた田浦を見つけ、驚愕の表情で立ち尽くした。すずがけたたましく吼え始めた。最後に林道に到達した村越が、眼前の光景を見て硬直した。

「爺さん。手こずらせてくれたな」

阿久津がいいながら、煙草をくわえた。ライターで火を点けた。

紫煙が薄闇に立ち昇る。

「どうしてここがわかった」と、村越が訊ねた。

「GPSだよ。俺の携帯をセドリックの後ろのトランクに入れっぱなしだった。その信号で、車の居場所が特定できた。通りがかりの車をいただいてすぐさま追跡したんだ」

阿久津が笑いながら答えた。「組の連中だって、あんたらの動向は正確につかんでたさ」

「まるで魔法だな」

村越が皮肉をいったが、彼はしらけたような顔でかぶりを振る。

「まだわかんないのか、老いぼれ」

いくらも吸っていない煙草を傍らに吐き捨てると、阿久津がせせら笑った。「横浜の本牧にある東亜海運ってのは、幇《パン》、つまりチャイニーズ・マフィアの密輸入のルートのひとつなんだよ。あんたらは、それをあてにして、娘を中国に密航させようとしていたわけだ」

「楊樹光が……」

村越が顔をしかめた。考えられることだった。

「奴はスネークヘッドの幹部のひとりだ。そもそもリーホワを上海から密入国させたのも、あいつの会社だったんだ。長春の東方海運公司と楊の会社は姉妹関係というわけだ。うかつだったよなあ、くそジジイ」

麻由子は見た。ドアをめいっぱい開いたままのセドリックの後部座席に、未緒が横たわっていた。田浦のように血まみれには見えなかったが、生きているのか、死んでいるのかは判然としない。

「柳。女どもを縛れ」

阿久津がそう命じた。

セドリックの後部トランクを開いて、柳がロープの束を持ち出してきた。腰のズボンのベルトに差し込んだサバイバルナイフを鞘から抜くと、それを適度な長さにサクッと切った。

麻由子は腕を乱暴に摑まれ、喉許に長大なナイフの切っ先を突きつけられた。

「後ろを向け」

低い声でいわれた。

強引に向き直らされ、後ろ手にロープできつく縛られた。

歯を食いしばる麻由子の脳裡に、いやでもあのペンションのことがよみがえっていた。

「まず、ジジイにはこの場で即刻、死んでもらう」

阿久津がいいながら村越をにらみつけた。右手には白鞘のまま、匕首を握っている。

柄の部分が血で汚れていた。おそらく田浦を刺したのは彼に違いないと、麻由子は思った。

すずの声がふいに消えた。

リーホワの傍でおとなしくなっていた。彼女が身をかがめて、すずの背中にそっと手を載せているからだった。優しくすずの被毛を撫でてから、リーホワはゆっくりと立ち上がった。

「私を殺して下さい」

彼女は阿久津の前に行って、そう告げた。「他の人たちは、私、関係ないです」

阿久津は大きな顔をゆっくりと振った。

「悪いが、お嬢さん。そうはいかないんだよ。俺の雇い主は、あんただけじゃなく、あんたの周りにいる関係者全員に消えてもらいたがっている。だから、俺としちゃ、この機会を逃すわけにはいかんのだな」

阿久津は匕首を振るった。鞘がするりと抜けて落ちた。

長大な刃が闇に光っていた。

リーホワを柳のほうに突き飛ばすと、阿久津は村越に向かって、足を踏み出した。

それきり動かなかった。

猫背になってうなだれている阿久津の前に行き、靴先で顎を持ち上げた。

阿久津は意識を失っていた。

村越はふいに躰の痛みを覚え、表情を歪めた。

老骨に鞭を打ってしまったか。

それでなくても、急斜面を登ってきたばかりだ。そう思いながら、ゆっくりと向き直ったとき、チャン・リーホワの背後に立って、彼女の喉の辺りに長大なブレードのナイフを突きつけた柳の姿が目に飛び込んできた。

枯れ枝のようにかさかさに痩せた手が、リーホワの口許を押さえている。

「動くなよ。一気に切り裂くぜ」

静かな声で柳がいった。

すずが近くからけたたましく吼え、威嚇した。

リーホワは覚悟を決めたかのように目を閉じていた。口を真一文字に引き締めている。

「犬を黙らせろ。くそが」

柳はいいながら、リーホワとともに、少しずつ横移動した。

村越に対して死角を作らないように計算している。

「ここで全員、殺すつもりかね」

「いいや、耄碌爺さん。まずは、あんただけだよ。女たちはゆっくりと慰みものにしてから殺す。山の中だし、死体はとうぶん見つからない」

リーホワの身体をさらに自分に引き寄せながらいった。「だが、このまま中国娘の喉を裂いてやってもいいな。血飛沫があんたを真っ赤にするところを見たくなった」

柳がそういって、凄絶な笑みを浮かべた。

「やめろ！」

村越が怒鳴った。

「もう遅い」

柳が真横に持ったナイフを、ぐいっとリーホワの首に食い込ませた。

ふいに近くで足音がした。

村越が、柳が振り返った。

胸から下を血まみれにした田浦が、猫背気味に立っていた。虚ろな顔で柳を凝視している。

黒いスーツの小柄な躰が、ゆっくりと揺れて見えた。

「てめえ……何の冗談だ。ゾンビみたいに立ち上がりやがって」

柳が怒鳴ったとき、村越は気づいた。

田浦は右手に何かを握っていた。

黒い、拳銃だった。

トカレフか、おそらくは中国製のコピーだ。

田浦はそれをゆっくりと水平に持ち上げた。震えながら片手でかまえた拳銃の遊底を、もう一方の手で後ろに引いて、離した。金属音とともに初弾が薬室に装塡《そうてん》された。

柳の顔が歪んだ。

「てめえ、まさか本気――」

言葉の途中で、耳をつんざく銃声が轟いた。

薄闇を切り裂く青白い銃火が、一瞬、村越の網膜を焼いた。

柳が顔の真ん中を撃ち抜かれ、のけぞりながら背後に倒れていった。

轟々という銃声の谺《こだま》が、遠い山々を渡っていった。

村越は鼓膜が内側に張り付いたような感覚と、ジェット機の爆音のような耳鳴りの中で、立ち尽くしていた。リーホワは無事にそこに立っていた。そして麻由子も。

すずだけが、けたたましく吼え続けている。

田浦は発砲時の反動で、ほぼ真上を向いていたトカレフを、ゆっくりと下ろした。そして雪の上に両膝を落とし、膝立ちになった。

リーホワが自分の首に突きつけられていた柳のサバイバルナイフを拾い、麻由子を後ろ手に縛っていたロープを切った。そしてセドリックの後部座席に横たえられている未緒のところへ行った。すずも興奮に尻尾を振りながら、彼女に従った。

麻由子も一瞬、逡巡してから、セドリックのほうに走った。


村越は田浦に近づいた。

彼は血の気を失って真っ白になった顔で、村越を見上げてきた。

ふっと顔を歪めた。

大量出血もいいところだった。ショック症状を引き起こしていないのが奇跡に思える。

それどころか、この男は自力で立ち上がり、行動を起こしたのである。

なにゆえに彼がそこまでやれたのか。村越には理解できずにいた。

「車の……グローブボックスの中に、これ、入ってたんですわ」

田浦がいって、トカレフを村越に差し出すと、苦しげに笑った。「すっかり、忘れとりました」

発砲の熱が残った拳銃を受け取り、村越はいった。

「おかげで、助かった」

「未緒さんは……」

村越は振り向いた。

セドリックの車内から三枝未緒を下ろすと、左右から彼女を支えるようにして、リーホワと麻由子が歩いてきた。膝立ちになっている田浦の前に立ち止まり、未緒がいった。

「田浦さん」

彼はゆっくりと顔を上げた。

未緒の姿を見て、田浦は無理に微笑んだ。

「よかった。生きとりましたか」

未緒はうなずいた。涙をぬぐって、いった。「ありがとう。でも、こんなことになってしまって」

「ええんです」

田浦は未緒を見つめたまま、いった。「あなたに逢えたから、ええんです。ぼくは、幸せでした」

ふいにその目が虚ろになった。

消えかかったローソクのように、生命の光がか細く瞬き始めていた。

未緒は口を引き結び、涙を堪えた。

そっと彼の背中に両手を回して抱いた。

田浦は未緒に身を預けた。母親にとりすがる子のように、未緒の胸に顔を押しつけていた。震える両手を未緒の腰に回そうとしたところで、ふいに力尽きた。

膝立ちのまま、両手がだらりと垂れ下がった。

未緒はそれでも田浦の躰をしっかり自分に抱き寄せていた。そして昏い森の上を振り仰ぎ、目をしばたたかせた。

村越は眉根を寄せたまま、ふたりの姿を見つめていた。

無意識に右手がズボンのポケットをまさぐっていた。自分が煙草を捜そうとしていることに気づいて、苦笑した。そういえばあれから——雪に閉ざされた深い森の中、車内で目を覚まして以来、煙草を一本も吸っていなかった。ポケットから出した右手をぎゅっと握りしめた。皺だらけの拳を村越は見つめた。


遠くでパトカーのサイレンが聞こえた。

最初はかすかに、やがてだんだんとはっきりとそれが耳に届くようになった。

携帯で通報してから、まだ十五分と経っていなかった。おそらく近くをパトロールしていたのだろう。

静かな山に重なり合いながら響くサイレンの音に、興味深そうな表情で聞き入っていた犬のすずが、ふいに鼻先を上に向けて吼えた。

オオカミのような、長く尾を曳《ひ》く遠吼えを放った。

顎をしゃくり上げるようにふるわせ、小さな躰を精いっぱい伸ばして、すずは長く、朗々と、魂の挽歌のような長吼えを続けていた。

終　章

午前九時ちょうどに成田国際空港を飛び立ったアシアナ航空のエアバスＡ３２１、一〇七便は、二時間半後にソウル空港に着陸した。

およそ五十分の乗り換え時間を経て、午後十二時二十分、アシアナ航空三三九便のボーイング７６７がハルビン太平国際空港目指して飛び立った。

到着は二時間十分後を予定している。

ビジネスクラスの席に身を預けながら、村越謙作は窓外の青空を見つめていた。

隣の座席に座るチャン・リーホワは、背もたれを少し倒して寝入っている。

寝顔は安らかだった。

故郷の夢を見ているのかもしれない。そう思って、村越は微笑んだ。

いままで、実の孫娘のように思っていたが、リーホワはあくまでもリーホワであって、梨花ではなかった。それが寂しいわけではなく、むしろ嬉しく思えるのだった。

あの夜、雪の森の中で、彼らは神奈川県警に保護された。

女性三名とは別の車輛に乗せられ、村越は移送された。急遽、帳場（捜査本部）が立ち上げられた厚木市内の所轄署に連行された村越は、容疑者として取り調べを受けた。未緒も麻由子も、別室で取り調べられていた。

リーホワは、入管の担当者たちが到着するのを待ってから、県警の捜査員たちによって徹底的に素性を洗われ、経緯を調べられた。

事件は広域にわたっていた。

大月市内のペンションで見つかった夫婦の変死体との本事案の関連ありということ。さらに長野県南佐久郡竜臥村で起こった倉島祐也の〈自殺〉との関連も明らかになって、けっきょく、神奈川、山梨、長野の各県警の合同捜査という体制となった。

翌日のうちに、新宿歌舞伎町にある関東俠友連合荒神会事務所に警視庁による家宅捜索が入り、組のヤクザたちの怒号の中で、本件に関する証拠捜しが強行された。

国道四一三号線から神奈川県の国道一六号線に至るルートで起こったいくつかの死亡事案も、すべて今回の出来事に絡んでいた。

白いカローラの所有者である四十八歳の男性と、四十六歳の女性の遺体。

崖下に転落した車輛などから見つかった荒神会のヤクザの遺体が六つ。これに主犯と見られる荒神会の柳克紀、田浦滋の二名を合わせると、全部で十二名もの人間が、たったの二日間で亡くなっている。

この事案そのものが、たんにヤクザと一般市民のトラブルではないことは明らかだった。主犯格である荒神会の阿久津達男が生きたまま逮捕されていた。

彼の供述で、真相が徐々に明らかになっていった。

竜臥村にあるレタス農家の息子の死が、実は自殺ではなく他殺であり、容疑者は現地で働いていた中国人労働実習生のチャン・リーホワ、二十四歳と確定されると、いきおい捜査は、彼女を入国させた受け入れ機関である日中交流事業組合に及ぶ。

ところが、その時点で、組合の理事長である尾野泰俊は、公安外事二課の捜査員による行確（行動確認）対象とされていた。そして三県の県警による捜査の手が伸びる前に、尾野は公安によって逮捕されてしまった。

竜臥村秋川地区にあるレタス農家の主、倉島康治もまた、殺人教唆の疑いで逮捕。

公安によって身柄確保されていた尾野泰俊もまた、チャン・リーホワへの殺人教唆およびフリージャーナリスト沢井一磨への暴行を示唆したという疑いで再逮捕されている。そして荒神会のトップである組長も、尾野の殺人依頼を直接、受けたということで、あらためて逮捕となった。

その翌日、横浜本牧にある東亜海運に横浜県警による家宅捜索が入ったが、社長の楊樹光は上海に渡航中で身柄確保は先送りとされた。

入管による密入国者の扱いは強制国外退去だが、チャン・リーホワの場合は、倉島祐也殺害の件で法廷に立たされることになった。

当人の諸般の事情を鑑みて情状酌量の余地ありということで、検察は殺人から過剰防衛へと罪状を切り替えた。その結果、懲役二年の実刑判決が下され、リーホワ本人もそれを受け入れることになった。

二年でリーホワの顔つきは、ずいぶんと変わっていた。

刑務所で歳月を過ごしたというのに、顔色がよく、頬は少し丸みをおびていた。髪をずいぶん短く、ばっさりと切っていたため、ボーイッシュなかわいらしさが現れていた。

身柄引受人には村越が名乗り出た。

リーホワの釈放までの間、彼は中国への帰還手続きをすべてすませていた。

犬のすずは、村越の横浜の自宅でずっと飼われていた。

彼女を迎えに行くときも、もちろん、すずといっしょだった。

二年間の服役に関して、リーホワは何もいわなかった。村越はずいぶんと心配していたが、尾野泰俊の逮捕と、ヤクザ組織が壊滅的な打撃を被ったおかげで、おそらく刑務所内における謀殺もなかったのだろう。インターネットの世界では、この事件がずいぶんと騒がれ、流出したリーホワの写真もあちこちに出回ったらしいが、やがて次第に鎮静化していった。

リーホワが中国へ、吉林省の故郷に帰る日は、釈放の翌月。七月十二日となった。

ちょうどその頃、都内の大手出版社から、横浜の村越の家に一冊の本が届いた。

タイトルは〈烈〉とあった。

サブタイトルは――中国人労働実習生たちの光と影――と読めた。

著者は沢井一磨。

最初のページをめくると、著者献本と記された短冊が挟んであった。

巻末には、いくつかの献辞に混じって、著者の妻である沢井麻由子への謝辞が書かれてあった。


エンジュの並木に挟まれた未舗装の道路を、薄汚れたバスが土煙を曳きながら走っている。

ボンネット型でこそないが、車体はおそらく旧ソ連製。定員は二十名程度だろう。

ガタガタとひどく揺れる車内に、乗客は数名。

ほとんどが行商の大きな荷物を床や座席に置いた男女であった。車内で煙草を吸い、暇さえあれば、飲茶《ヤムチャ》やパンなどを食べ散らかし、声高にしゃべって会話を繰り広げながら、開きっぱなしの車窓から外にゴミを捨てていた。

バスは走行中に何度もエンストを起こし、そのたびに運転手が「休憩」と告げては、道端にバスを停め、エンジンを調整していた。

道路は定規で精緻に描いたように、どこまでも一直線だった。

運転席の埃っぽい窓の向こうに、遥かな地平線の先まで放物線となって続いている。

走っても走っても、景色はいっこうに変わらなかった。

風が吹くたび、もうもうと褐色の土煙が巻き上がり、開けっ放しの車窓から入ってくるので、村越はハンカチで口許を覆ったままだった。

隣に座るリーホワは、じっと外の景色に見入っていた。

すずは彼女の前、座席の背もたれとの間の狭い空間に座っていて、ぴったりとそろえたジーンズの太股の上に小さな顎を載せていた。飛行機の貨物として、ずっと狭い場所に押し込められていた小さなドッグケージは足許に置いてある。

すずは長い舌を垂らしていた。ハアハアと躰を揺らし、暑さに耐えているようだった。

傍らに置いた青いデイパックの中には、獣医師の三枝未緒が「お餞別《せんべつ》」といって渡してくれた日本製のドッグフードが入っている。

リーホワはときおり、すずの頭をそっと撫で、すずもまた、彼女の手を舐めていた。

車窓の外は、どこまでも広がる高粱畑だった。

夏の熱い風の中で、青い穂先がいくつも波打ちながら揺れていた。リーホワにはお馴染みの、懐かしい風景なのだろうと村越は思った。

リーホワの家もまた、高粱やデントコーンを主に作付けした農地を持っているという。日々の収入は微々たるもので、莫大な借金を返せる見込みは、おそらくまったくない。だが、村越はあらかじめ日本からいくばくかの額を送金していた。それで全額が返済できるわけではないが、少しは負担も減るだろうと思ったからだ。

そのことで、リーホワは何度となく詫びてきた。

村越は首を振って笑うだけだった。自分にはもう家族もいない。妻も死に、娘夫婦も、孫も。

しいていえば、自分が身許引受人となったリーホワと、彼女の犬だったすずだけだ。それでも短い間だったが、村越は本当の家族のように思ってきた。

彼の額の生え際のところに、小さな傷が白っぽく残っている。

それをリーホワは見つめ、何度も謝った。初めて出会った日、村越のことが怖かったし、無我夢中で薪で殴りつけて、財布のお金を奪ってしまった。あのときのことを思い、自分は何ということをしてしまったのかと、いつも反省すると。

それもこれも、出会いなんだ。村越はそういって笑った。

バスの中でそのことを思い出した。

地平線の彼方から流れて来て、自分の後ろに去っていく道。

人生という時間の流れの中で、ほんの偶然から大切な人と出会うことがある。結婚がまさにそうだし、親友との出会いもそうだろう。もしかしたら、村越にとってリーホワという若い異国の娘も、運命的な出会いだったのかもしれない。そして海で失ってしまった孫娘との再会だったのかもしれない。そうした悲喜こもごもの巡り合わせを人に投げかけながら、人生という道はどこまでも続いていく。死という終点に向かって、絶えず時間に流されてゆく。

煌山という街は、意外にも大きかった。

吉林省のほぼ省境に近い場所にあって、低くなだらかな山に囲まれた盆地だった。老河《ラオホー》と呼ばれる細い河川の畔《ほとり》に、家々がひしめき合うようにかたまっていた。

街のあちこちに外井戸があって、いくつかの家には家畜を入れた納屋が隣接していた。それぞれの家の前には、茶色や白の鶏が自由に歩いていて、地面の小さな餌を嘴《くちばし》でついばんでは啼いていた。そんな中を、薄汚れ、孔の空いたジャージを着た小学生ぐらいの子供たちが、元気よく歓声を上げながら走り回っていた。

すでにリーホワ帰還の報せを受けていたらしく、バス停に彼女の家族が立っていた。

リーホワの父親は、まだ五十にならないはずだが、日焼けして皺だらけの顔、頭に蓬髪《ほうはつ》をまとって、やけに老け込んで見えた。長い人生でまるで躰が圧縮されたように、全体が小さく、縮こまって見えた。

リーホワのふたりの妹たちは、薄手の白いシャツを風になびかせながら、赤い頬を膨らませて微笑んでいた。

バスから降りたリーホワの姿を見て、父親が震え出した。顔が真っ赤になるほど興奮していたが、何もいえず、ふいに苦しげに表情を歪めた。娘たちが、病人のようによろけた彼を支えようとした。父はそれを断り、娘に向かって歩いた。

リーホワは黙って父に向かい、そっと彼を抱いた。父もかさかさに乾涸びたような手で、娘のリーホワを抱き返した。硬く抱擁し合っていた。

それから、妹たちとも、泣きながらスキンシップを交わした。

街外れにある張の家は、日干しレンガを重ねて作った、古く崩れかけた平屋だった。窓はあちこちが破れ、ガラスがテープで修繕されていた。部屋は四つあって、いちばん大きな居間は、朝鮮式のオンドルが設置され、きれいな刺繍が施されたアンペラが敷いてある。緑の窓枠がある壁の上には、毛沢東の肖像写真が飾ってあった。

その夜、村越はささやかな歓待を受けた。

高粱酒や黄酒に酔って、張の父は高らかにしゃべった。娘たちも笑った。

中国でもポピュラーな歌となっていた〈北国の春〉や〈昴《すばる》〉を、みんなで声を合わせて唄った。

中国東北部の田舎にある、小さな家庭の、小さな幸せだった。

村越はそれをじゅうぶんに満喫して、リーホワとの別れの盃《さかずき》とした。

それが自分の過去との訣別でもあった。

その晩はオンドルの片隅で毛布をかぶって眠り、翌朝になって最初のバスで街を出た。

見送ってくれたのはリーホワとすずだけだった。

バスの窓から身を乗り出すようにして振り返ると、ふたりの姿は、土煙の向こうに、ぽつんとふたつの影になって見えていた。リーホワは泣きながら手を振っていた。傍らに座するすずの姿も、染みのような小さなシルエットになっていた。

村越は窓から座席に戻り、深々と座り込んだ。

やおら財布をとりだすと、その中にふたつ折りにして入れていた娘夫婦と孫の写真をとりだして、じっと見入った。

村越は納得したかのように、小さくうなずき、笑った。

人生にはいくつもの岐路がある。

二年前のあの冬、ひとりでお前たちのところに行こうと思った。それが、どうしたことか思わぬ回り道になった。

そのおかげで、私はかけがえのない経験をし、いくつかの出会いがあり、こうして別れをすることになった。それが空っ風が吹き抜けるような老人の人生を、ほんの少しだけ、豊かなものにしてくれた。

いずれは私もお前たちの元へとゆく。

だが、それはもう少し先になるだろう。

了

参考文献

『外国人実習生　差別・抑圧・搾取のシステム』「外国人実習生」編集委員会編　学習の友社
『外国人研修生殺人事件』安田浩一　七つ森書館
『ルポ　差別と貧困の外国人労働者』安田浩一　光文社新書
『平均年収2500万円の農村』藤原忠彦　ソリックブックス

この作品は書き下ろしです。

なお、本作品はフィクションであり、実在の個人・団体などとは一切関係がありません。

解説

細谷正充

樋口明雄の作品と聞いて、あなたは何を思い出すだろうか。「山」「馬賊」「釣り」「犬」「ホラー」「酒場」……。多彩な作風を誇る作者だけに、いろいろ挙げることができるだろう。だが、熱心なファンならば、必ずや「道」も思い出すはずだ。なぜなら作者は、ロード・ノベルに強いこだわりと愛着を抱いている作家なのだから。

編集プロダクションに勤務していた二十代の頃、ゲームブックのライターを振り出しにジュブナイル（現在のライトノベル）作家となった作者は、やがて大人向けの冒険小説やホラー小説に創作をシフトさせ、現在に至っている。『約束の地』で第十二回大藪春彦《おおやぶはるひこ》賞と第二十七回日本冒険小説協会大賞をダブル受賞、『ミッドナイト・ラン！』が第二回エキナカ書店大賞に選ばれるなど、作品の評価は高い。その『ミッドナイト・ラン！』だが、集団自殺をしようとした五人の男女が、ヤクザに追われる少女を助けたことから誘拐犯として指名手配をされ、警察とヤクザを向こうに回して突っ走る、痛快ロード・ノベルであった。また、高校生ふたりが陸上自衛隊の戦車を乗っ取って、海へと向かったことから起こる騒動を描いた『ＷＡＴ16』（原題『俺たちの疾走』）も、青春ロード・ノベルの快作である。

いやいやそれどころか、小説デビュー作である「戦場は、フリーウェイ」（塩田信之《しおだのぶゆき》・吉岡平《よしおかひとし》との共著『ルパン三世 戦場は、フリーウェイ』収録）からして、ご存じ『ルパン三世』のレギュラーである次元大介《じげんだいすけ》が、訳ありの少年を護ってアメリカの街道で闘いを繰り広げるロード・ノベルであったではないか。樋口明雄のロード・ノベル好きは、最初から明らかにされていたのだ。そんな作者のロード・ノベルに、新たな一冊が加わることになった。文庫書き下ろし長篇の本書『オン・ザ・ロード』である（以下、ある程度、物語の内容に踏み込んでいるので、未読の人は注意していただきたい）。

村越謙作《むらこしけんさく》、七十歳。元神奈川県警の刑事の彼は、あの津波により娘一家を亡くしてから、抜け殻のような日々を送っていた。孫娘は発見されていないが、死んでいることは間違いないだろう。長野県山中に止めた車の中で、あてのない時間を過ごす村越。だが、一匹の犬と出会ったことから、彼の運命は激変する。後にすずという名前だと分かる犬に導かれ、たどりついた別荘には、生気を失った二十四歳の女性がいた。孫娘と同じ名前を持つ、中国人の張梨花《チャンリーホワ》だ。外国人研修制度を悪用したブラック農家で働かされていた彼女は、さんざん自分を弄んだ農家の息子を殺してしまい、逃亡していた。最初は村越を警戒していた梨花だが、彼の無私の行動を見て、ふたりで横浜を目指すことになる。

しかし梨花を殺すべく、三人のヤクザが放たれていた。周囲に暴力と死を振りまきながら、梨花を追う三人。もっとも、凶悪な阿久津達男《あくつたつお》と柳克紀《やなぎかつき》に比べ、芸人から落ちぶれて運転手をしている田浦滋《たうらしげる》の胸中は複雑である。逃げる村越と梨花。追うヤクザたち。阿久津たちに痛めつけられたフリージャーナリト・沢井一磨《さわいかずま》の妻の麻由子《まゆこ》や、獣医の三枝未緒《さえぐさみお》（短篇集『ドッグテールズ』収録の「バックパッカー」にも登場しているので、併せて読むことをお薦めしておく）を巻き込みながら、逃亡と追跡のドラマは熱く激しく展開していく。

ある目的を持って、A地点からB地点へと旅をする。これはエンターテインメント・ノベルの黄金パターンのひとつであり、日本の時代小説では道中記物といわれてきた。冒険小説でも、ギャビン・ライアルの『深夜プラス1』を筆頭に、数々の名作が生まれている。また、映画の世界でも昔から、道中記物は多かった。個人的な記憶なので間違っていたら恐縮だが、そうした道中記物の映画に対してロード・ムービーという言葉が使われるようになったのは、『パリ、テキサス』『ストレンジャー・ザン・パラダイス』が公開された、一九八〇年代半ばのことだった。ついでにいえば、このロード・ムービーが小説に敷衍《ふえん》され、ロード・ノベルという言葉が使われるようになったようである。

さて、こうしたロード・ノベルの特色は、主人公たちが動くということだ。当たり前だというなかれ。主人公が動くことで物語が動くという、エンターテインメントのセオリーが、明確な形で表現されているのである。もちろんそれを一番承知しているのは作者だ。だからなのだろう。作者の描く、主人公の村越謙作の行動には迷いがない。梨花の事情を知り、中国に逃がそうと決意すると、伝手《つて》のある横浜目指して車を走らせるのだ。しかも追ってきた敵と対峙すれば、躊躇《ちゅうちょ》なく攻撃する。うん、いいね。アクション物の主人公は、小さい事に悩むのではなく、これくらい果断でいてほしい。護《まも》ると決めた梨花のために、ずたぼろになるまで闘い続ける村越は、まさにヒーローらしいヒーローなのである。

一方、ヤクザの阿久津と柳も、悪い意味で行動に躊躇がない。村越たちの心温まるエピソードが、彼らによって無惨に踏みにじられる様には、怒りと悲しみがこみ上げた。でも、だからこそ村越たちと阿久津たちの対決が盛り上がる。路上で繰り広げられる、危機また危機の連続と、その果ての決着。阿久津たちが徹底的な悪であるからこそ、激しいアクションに夢中になってしまうのである。

さらに、それぞれの行動を通じて、主人公及びその周囲の人々が、どのように変化していったかも、本書の読みどころである。娘一家を失ってから、生きがいをなくしていた村越は、梨花を護ることで変わっていく。現実に絶望しきっていた梨花も、なんの欲得もなく自分を助けようとする村越たちを知り、やはり変わっていく。寄《よ》る辺《べ》なき魂が出会い、響き合ったことで、立場も年齢も超えたふたりは、新たな道を切り拓く意欲を取り戻していくのだ。

いや、村越と梨花だけではない。運転手として阿久津たちに付き合わされる田浦も、血に塗れた追跡劇を経て、大きな変化を遂げる。登場人物の行動が物語を動かし、動いた物語が、彼らの心を変えていく。作者はそのような構図の中で、愛すべきキャラクターを躍動させているのである。

そうそう、この解説を執筆しているうちに思い出した。冒頭に書いた樋口作品のキーワードだが、重要なものがひとつ抜けているではないか。権力の腐敗と理不尽な暴力に対する怒り――すなわち「正義」である。小説デビュー作の「戦場は、フリーウェイ」から樋口作品では、そのような「正義」へのベクトルは示されていたが、しだいに実際の社会問題と絡めて表明されるようになってきたのだ。本書でいえば、外国人研修制度である。

外国人研修制度は、外国人が日本の技術や知識を学べるようにした制度である。一九九三年に技術実習制度が導入されたことにより、外国人研修生が日本で労働に従事できるようになった。きちんと機能しているならば素晴らしい制度なのだが、実際には問題が多い。なかでも顕著なのが、外国人研修生の労働酷使である。低賃金や時間外労働に加え、パスポートの取り上げや、賃金の強制貯金など、非人道的な行為が、あちこちの現場でおきた。殺人や訴訟まで起こる事態に制度が見直されたが、まだまだ闇は深いのだ。

この外国人研修制度に、作者はメスを入れた。梨花を通じて露わになる労働現場の実態は醜悪極まりない。だが、ちょっと調べてみれば、それが実際に有り得たかもしれないケースだということが理解できるだろう。さらに、ネットを使った人権侵害についても、軽く触れられている。今、この瞬間にも起きているかもしれない、リアルな社会問題を取り上げ、真《ま》っ直《す》ぐな怒りをぶつけているのだ。そしてこの物語を読むと、作者の怒りを共有せずにはいられないのである。

とはいえ本書は、あくまでエンターテインメント作品。真面目なことは、本を閉じた後に考えよう。これから物語に取りかかるなら、圧倒的な疾走感に乗って、ページを捲《めく》ればいい。長野から横浜へと向かう道を、主人公たちと一緒に突っ走ればいい。どんなにヒート・アップしても大丈夫。樋口明雄が創った「道」は、読者が満足できるラストへと、間違いなく導いてくれるのである。

（ほそや・まさみつ　文芸評論家）

中公文庫

オン・ザ・ロード

2015年12月20日　初版発行

著　者　樋《ひ》口《ぐち》 明《あき》雄《お》

発行者　大橋 善光

発行所　中央公論新社
〒100-8152　東京都千代田区大手町1-7-1
電話　販売 03-5299-1730　編集 03-5299-1890
URL http://www.chuko.co.jp/

ＤＴＰ　嵐下英治
印　刷　三晃印刷
製　本　小泉製本

Published by CHUOKORON-SHINSHA, INC.
Printed in Japan　ISBN978-4-12-206204-7 C1193

各書目の下段の数字はISBNコードです。978－4－12が省略してあります。

中公文庫既刊より

お-75-3
セクメト
太田忠司
若手刑事・和賀が追う連続「殺人鬼」殺人事件。凄惨な現場には、必ず一人の女子高生が現れていた。驚愕のハイブリッド警察小説・始動！〈解説〉梶　研吾
206049-4

お-75-4
クマリの祝福　セクメトII
太田忠司
被害者の腹を裂き、内臓を奪う凄惨な殺人事件が高校の敷地内で起きた。所轄署に左遷された和賀は謎の言葉「くまり」を手掛かりに捜査を進めるが……。
206162-0

こ-40-1
触　発
今野　敏
朝八時、地下鉄霞ヶ関駅で爆弾テロが発生、死傷者三百名を超える大惨事となった。内閣危機管理対策室は、捜査本部に一人の男を送り込んだ。
203810-3

こ-40-2
アキハバラ
今野　敏
秋葉原の街を舞台に、パソコンマニア、警視庁、マフィア、そして中近東のスパイまでが入り乱れる、ノンストップ・アクション&パニック小説の傑作！
204326-8

こ-40-3
パラレル
今野　敏
首都圏内で非行少年が次々に殺された。いずれの犯行も瞬時に行われ、被害者は三人組で、外傷は全く見られない。一体誰が何のために？〈解説〉関口苑生
204686-3

こ-40-20
エチュード
今野　敏
連続通り魔殺人事件で誤認逮捕が繰り返され、捜査は大混乱。ベテラン警部補・碓氷と美人心理調査官・藤森のコンビは巧妙な「犯人すり替え」のトリックに迫る！
205884-2

こ-40-21
ペトロ
今野　敏
考古学教授の妻と弟子が殺され、現場には謎めいた古代文字が残されていた。捜査一課の碓氷弘一警部補は、外国人研究者を相棒に真相を追う。シリーズ第5弾。
206061-6